今朝有錢今朝賺

2

風 文創 1289

綠色櫻桃 ㊟

目錄

第十一章

天氣越來越熱，絲綢生意卻反而有了些起色。

陸伊冉和江氏母女倆去鋪子時，見客人竟然比往日增加了許多，讓她們有些意外。

這晚，一家人坐在院中乘涼，陸佩顯從屋中拿出一個快要完工的小木馬，坐在廊廡下，做最後的打磨。

循哥兒一看，立即歡快地跑到陸佩顯身邊，嚷道：「外祖父！小木馬……我的小木馬！」

「對，是我們循哥兒的小木馬哦！」陸佩顯手上的動作沒停，一邊忙碌，一邊逗著自己的外孫。

江氏微微一笑。

陸伊冉和陸伊卓姊弟倆則驚得張大嘴巴，你看我、我瞅你。

循哥兒本來有個小木馬，在船上被壓壞了，回來拆開已是一堆廢木頭，讓循哥兒哭了許久。

陸伊冉去許多鋪子看過，都沒找到相似的。

碰巧，鄰家孫子有一個和循哥兒幾乎一模一樣的小木馬，循哥兒每回見了都要去搶，可那小娃比他大兩歲，自不會相讓，於是奶娘只好繞道走，不讓循哥兒與那小娃碰面。

後來一問才知，是那小娃娃的爺爺自己親手做的。

陸佩顯知道後，便自己畫出草圖，又去請教木匠，只要一有空就在書房裡搗鼓。

如今快完工了，才展示在家人面前。

循哥兒有了木馬，高興地連蹦帶跳，時不時地湊到陸佩顯跟前看一眼，目光緊緊鎖在木馬上。

「爹，您每日縣衙那麼繁忙，哪需要您親自動手？我本想找木匠的，娘卻攔著我。」話畢，陸伊冉看向江氏，見她神秘一笑，才後知後覺地發現自己娘親早知道此事了。

「人家孫子有爺爺親手做，我們循哥兒也有外祖父，如何就不能自己做了？剛好，循哥兒生辰快到了，就當是外祖父送的禮好不好？」陸佩顯寵溺地看向循哥兒，柔聲問道。

「好！」循哥兒答應後，格格地笑起來。

陸伊卓蹺著二郎腿坐在躺椅裡，又開始拈酸吃醋起來。「外孫就親手做木馬，只怕到了自己親孫子就是一個舊木馬了。」

陸伊冉笑嘻嘻地打趣道：「爹，卓兒又吃味了！要不，明日您也給您未來的孫子再做一個？」

「木馬沒有，木棍有一條。」江氏接過話，轉身從花壇裡撿起一根樹枝，作勢就要打，嚇得陸伊卓從躺椅上滾落下來。

循哥兒見狀，被逗得哈哈大笑，一院子丫鬟、下人們也跟著笑出了聲。

陸伊卓被氣走後，江氏又提起另一件事。

「老爺，你和公爹去尚京，最晚七月十五就得動身，循哥兒的生辰在十八，要不提前先幫他把生辰給過了？」

惟陽郡主的大婚在七月底，從青陽到尚京要十天左右的路程，時間上的確有些緊。

「此事妳看著安排吧。」家中內宅事向來都是江氏作主，陸佩顯通常也只是提提意見。

江氏想了想，說道：「那就定在七月初十這天吧！」

陸伊冉不想讓她娘操心，想也沒想就拒絕了。「娘，我看還是算了吧，他今年兩歲了，不必這麼隆重，要不我們一家人外出遊玩一天就好了。」

江氏抱過在院中跑來跑去的循哥兒，輕輕吻了吻他肉嘟嘟的臉蛋，應道：「去年你們在尚京，抓週時我們不能到場，妳爹在家長吁短嘆了半日，今年無論如何，都要給我們的孫兒熱鬧熱鬧！」

自從陸伊冉回來後，生意上她能分擔一些，江氏就沒那麼累了，內宅的事也相對輕鬆些，因此陸伊冉也就不再阻止了。

七月初九這日，陸伊冉從作坊出來後，買了些零嘴，帶著阿圓和雲喜要去看方嬤嬤。

明日是循哥兒過生辰，她想把方嬤嬤一家也請到府上來。

方宅在城西，駕車一個時辰才到。

自從尚京回來後，她們就再也沒見過方嬤嬤，陸伊冉也有些想她了。

到了方宅後，方嬤嬤把三人帶到她住的東屋，桌上有糕點和消暑湯，還有新鮮果子，恨不得把屋裡的東西全端出來。

陸伊冉忙拉著她，說道：「嬤嬤，妳快歇歇，有這些就好了。」

一到府上，陸伊冉就發現家裡冷冷清清的，不見家中的其他人，方嬤嬤也是一臉憔悴。

「嬤嬤，家中怎就妳一人？叔和大哥哥呢？」

方嬤嬤一愣，隨即回道：「他們出門了。」

陸伊冉放下手上方嬤嬤剛塞給她的果子，輕聲問道：「嬤嬤，妳家裡是不是出事了？」

「嬤嬤，妳快告訴姑娘，發生何事了？」阿圓知道方嬤嬤的性子，什麼事都忍著不願給主子添麻煩，在她們面前還能笑臉相迎。

方嬤嬤兩眼泛紅，愣了愣，只應了句。「沒啥事。」

幾人說話間，突然傳來一陣斷斷續續的哭聲，不細聽，還發現不了。

陸伊冉心中預感不妙，幾步出了東屋，走到院中，這時哭聲更加明顯了，是從西屋傳出來的。

「嬤嬤，快告訴我，究竟發生了什麼事？那屋住的是誰？」陸伊冉急了。明明就有事，方嬤嬤就是不願說，怕給自己添麻煩。

方嬤嬤低聲哽咽道：「我的好姑娘，您快別問了，你們家的恩情，老婆子我已經還不起了。那人您惹不起，老爺也惹不起，您尚京的事都還未解決好，我家的事您就別管了。」

突然，西屋的門吱呀一聲，從裡面打開，緩緩走出來一個身懷六甲的年輕婦人。她長相出眾，即便懷著身子，也不減損她的美貌。

「您是陸家的大姑娘嗎？求您救救我的相公吧！」

「孩子，快回屋去，別給姑娘添亂了！」

到了此時，方嬤嬤還不願說出實情，看得幾人揪心。

「娘，您讓大姑娘救救明海吧，我怕他……」

陸伊冉不願再聽她們爭執，開門見山問道：「大哥哥人在哪裡？究竟發生了何事？」

陸伊冉隨方嬤嬤進了西屋，看到榻上奄奄一息的人時，方嬤嬤才哭著把事情一五一十說了出來。

原來方嬤嬤這個媳婦，是她兒子從青樓裡贖出來的。

兩人從小就訂了親，結果女方家中遭了變故，被賣到青樓去，後來被青陽通判的兒子汪連覺看中，要贖她回去做妾室。

羅明海知道後四處籌錢，最後還是陸伊冉的母親為他籌齊的贖金，他才把人先一步贖出來。

這一年，他們一家人都躲著汪連覺，不料最後還是被汪連覺找上門來，讓人把羅明海打得半死，並嚴禁青陽的大夫給羅明海看病，想讓羅明海活活痛死。

方嬤嬤和她老伴走遍了附近幾家醫館，都無人敢給她兒子看病。她老伴只好整天在山裡挖草藥，她便在家熬藥，照顧兒子和懷孕的兒媳婦。

陸伊冉在方嬤嬤講述時，就把青陽通判家的底細在腦中給翻了出來。

青陽通判汪樹是陳勁舟的連襟，在青陽可以說是一手遮天。以前汪樹事事針對自己的父親，後來她嫁到謝家後，對方才有所收斂，只怕現在知道她回了青陽，與謝家再無關係後，更會肆無忌憚地為難她父親。

方嬤嬤也是知道他家的背景，所以才不敢貿然到陸家求助。

一時之間，陸伊冉還真沒了主意。如果把羅明海帶回陸宅，只怕會讓汪家逮住機會，對她父親不利；但讓她放任不管，看著方嬤嬤傷心欲絕，她也做不到。

方嬤嬤早已淚流滿面，說道：「姑娘，您回去吧，如果我兒命硬能捱過這一關，老婆子我還要回去伺候您；如果我兒熬不過去，老婆子我也只能隨他去了。」

韻娘哭腫了一雙眼，雲喜和阿圓也偷偷抹著淚。

陸伊冉也心疼自己的嬤嬤，紅了眼眶。

沈默半晌後，陸伊冉突然說道：「嬤嬤，我們去找慧空大師，他一定會救大哥哥的。」

幾人都是神色一怔。

一家人慌了神，竟忘記了慧空大師，經陸伊冉這一提醒，臉上都露出了幾分歡喜。

慧空大師是眠竹寺的住持，經常下山為百姓們義診。
「好，姑娘提醒得對，找慧空大師去！」方嬤嬤黯淡無光的臉上，這才有了幾分欣喜。
車伕把人揹上馬車後，陸伊冉帶著方嬤嬤和阿圓，也緊隨在後上了馬車，只留雲喜在此照顧韻娘。
馬車一路疾馳，很快就到了慧空大師義診的大樹下，看診的隊伍排得老長。
他們還來不及下馬車，就被一群帶刀侍衛圍住了。
方嬤嬤剛撩開車簾，一名身材魁梧的侍衛就攔在馬車邊，惡言惡語道：「賊婆子，我們公子就知道你們要來找大師，所以讓我們攔在此處。妳想救妳的兒子，也得看我們公子答不答應！」
方嬤嬤哭訴道：「你們這樣欺辱我兒，還有沒有王法？」
「在青陽，我們老爺就是王法！」那壯漢囂張至極，攔在車門口。
「嬤嬤，別理他，我們去找大師。」
突然，一陣清脆悅耳的聲音響起，那壯漢聽得一愣。隨即便見一道婀娜身影出現在他面前，雖戴著紗帽，可一看身形便知是位貌美的小娘子。
趁那人愣神時，陸伊冉和阿圓忙下馬車，往大師的位置走去。
可還沒走出兩步，就被一群人圍在中間。

此時呼喊求救只是徒增麻煩，慧空大師根本幫不了她們，反而會連累大師。

陸伊冉心中著急，卻也無奈。

「小娘子，妳要去何處？我們公子說了，沒有他的允許，誰也不能給羅明海看病，大師也不行！」

「我看這閒事，妳還是少管的好。」

那群侍衛七嘴八舌，把陸伊冉攔在中間，不讓她們靠近慧空大師。

阿圓把陸伊冉護在身後，大聲罵道：「滾開，別靠近我們姑娘！」

阿圓的話徹底激怒了那群侍衛，他們直接掀掉了陸伊冉的紗帽。

她的臉曝露在眾人面前，人群中瞬間發出陣陣驚訝聲。

陸伊冉徹底被惹怒，狠狠踩在離她最近的幾人腳上，而後拉著阿圓擠出人群，但還沒跑兩步就被人追上了。

方嬤嬤站在馬車前焦急地呼喊著。

車伕被幾人雙手反扣，根本無法反抗。

眼看就要落在這一群人手上，她的身後卻突然響起一片哀號聲。

陸伊冉轉身一看，不敢相信自己的眼睛。

只見幾位黑衣人出手果斷，不費吹灰之力，就把一群惡人打倒在地。

剛剛那壯漢被一名黑衣人用腳牢牢踩在地上，他氣得大聲吼道：「你們是何人？報上名來！」

黑衣人懶得和他廢話，一掌劈暈了他。

趕走了通判家的那群惡奴後，所幸慧空大師醫術高明，他擠壓出羅明海肚中的瘀血，又讓他服下一碗湯藥，一個時辰過去後，羅明海才緩緩睜開了眼。

隨後慧空大師又為他開了幾日的藥方。

幾位黑衣人善後，為羅明海買了藥，還把方嬤嬤母子倆送回方宅。

但無論陸伊冉如何追問，是何人派他們來的，幾人就是守口如瓶，一個字都不願說。

陸伊冉和阿圓回陸宅時，已是黑夜降臨。

兩人剛下馬車，就聽到身後傳來一道熟悉的呼喊聲——

「夫人。」

陸伊冉沒有回頭，她以為自己聽錯了，直到那人走到她身旁，她不得不抬頭，就看到謝詞安微微俯身，那張過分英俊的臉龐出現在她面前。

阿圓愣然。「是侯……侯……」話還沒說完，就見謝詞安做了一個噤口的動作。阿圓領會後，直接丟下陸伊冉，跑回府裡喊人去了。

謝詞安緊緊抱住呆愣住的陸伊冉，埋首聞著她的髮香，這一刻他的心才終於踏實下來。

「夫人，我來接妳和循兒回京。」

身子真實的觸感讓陸伊冉終於醒過神來，她用力推開謝詞安，正色道：「侯爺，我們已經和離了，我不會和你回尚京的。」到此時，陸伊冉已經完全理清了今日之事。幫她的那些黑衣人是謝詞安派來監視她的，她在青陽的一舉一動都逃不過他的眼。「也請你不要再派人跟著我了。」

「我不放心你們母子倆，若是像今日，歹人傷到了妳，可如何是好？」謝詞安是申時到的，一到青陽他就喚來暗衛們了解情況，才知今日發生的事情。他心中擔憂，來不及收拾自己的儀容，就迫不及待地往陸宅趕。他問過門房，知道陸伊冉還未回府，遂等在府外。一個時辰後，終於見到了歸來的陸伊冉，打量一番，見她一切都好，他才放心。「夫人，和我回尚京吧，在尚京無人敢這般對妳。」謝詞安不願放開陸伊冉，不顧她的掙扎，把她牢牢鎖在懷中。

「是沒外人欺負我，因為欺負我的都是你們謝家的人！」

謝詞安兩手一伸，把掙脫開的陸伊冉再次抱進懷中。「不會了，我再也不會讓這種事發生。妳不願意住在侯府，我們一家就搬到惠康坊的宅子可好？只有我們三人。」

「如今一切都晚了，謝詞安，我不會和你回尚京的。」陸伊冉兩手抵住謝詞安的胸膛，不讓他抱住她。

「放開冉冉！」

謝詞安不願放手，直到聽見陸佩顯的喝斥聲。

謝詞安愣愣地抬頭，便見一屋子人全出現在大門口，這才不甘地放開陸伊冉。

「爹爹！」快兩月不見，循哥兒一眼就認出了謝詞安。他忙從江氏懷中掙脫下來，奔向謝詞安。

謝詞安疾步邁上臺階，一把摟住循哥兒，貼著他肉嘟嘟的臉蛋問道：「想沒想爹爹？」

「想爹爹，這兒想！」

循哥兒可愛地指了指自己的腦袋，這才讓沈寂的氣氛得到一點緩和。

謝詞安放下循哥兒後，躬身向江氏和陸佩顯見禮。「岳父、岳母，小婿來遲，特地前來賠罪。」

陸佩顯去尚京多次，每每看見謝詞安時都是高高在上的謝都督，和他的位置中間永遠隔著朝中大員，陸佩顯只能仰望著他，即便是後來謝詞安被迫成了自己的女婿，也依然如此。

剛剛對謝詞安的厲色也只是身為父親的本能反應，此時謝詞安態度誠懇，還紆尊降貴地向他賠罪，讓他一時間驚得有些不知所措。

江氏見陸佩顯有些失態，此時又在正門口，動靜過大，四處鄰里都能聽到，遂冷靜地道：「入府再議。」

一行人剛到大廳，謝詞安讓人備的禮也及時送了過來。

他剛剛擔心陸伊冉，先一步到達陸府，他從尚京帶的禮，暗衛們此時才送到，都是謝詞安精心挑選的，擺滿了整個案桌。

隨後，謝詞安撩袍跪在江氏和陸佩顯跟前。

陸佩顯嚇得倏地起身，江氏沈著地把自己夫君拽回圈椅裡。

陸伊冉和阿圓也是一臉的驚懼。

「晚了三年的回門禮，小婿慚愧，特前來賠罪，希望岳父跟岳母能給小婿一個機會。」

陸佩顯知道自己惹不起眼前這個人，也無法為自己女兒討公道。「這個禮太大了，我們受不起，你還是起來吧。」

謝詞安紋絲不動地跪在兩人面前，不願起身。

陸佩顯見他不為所動，繼續勸道：「如今你們已和離，我們兩家也再無瓜葛，依下官……我看，你還是把和離書寫給冉冉，以後嫁娶各不相干，也不耽誤你。」

刺耳的字眼，又被人提起，謝詞安心中一痛，但仍不肯妥協，雙眼猩紅，語氣堅定地道：「小婿和冉冉不會和離。小婿只想與她好好過日子，希望岳父跟岳母給小婿一個機會。」此時的謝詞安只是一個誠心想改過的晚輩，並不是什麼高不可攀的謝侯爺或謝都督。

「往日小婿沒顧及冉冉，讓她一人在謝府無依無靠，都是小婿的錯。來之前我已讓人打掃好另外一座宅院，回京後她就能搬過去，不再受人約束。日後在青陽，也不會有人再來為難岳父，小婿定會為岳父打點好一切。冉冉今日遭到歹人欺負，好在小婿的人一直跟著她，不然後果不堪設想。」

此刻陸佩顯夫妻倆才知道陸伊冉今晚晚歸的原因，一臉後怕。

謝詞安這是故意從側面提醒陸佩顯夫妻倆，他不但護得住陸伊冉，還能護得了他們一家子。

汪樹對陸佩顯欺壓多年，大大小小的事算起來，只怕一個帳本還不夠記。

夫婦兩人面面相覷，無法反駁謝詞安的面面俱到。

謝詞安就是有這樣的本事，無論他處在何種不利於自己的場面，總能有辦法反敗為勝。

陸伊冉見她爹娘有所動搖，心中一慌。在自己家中，也不用顧及言談舉止，忙把謝詞安往外拽。「你不要再為難我爹娘了，你走吧！」但任憑陸伊冉用盡力氣，也拉不動謝詞安半步。

「娘親！爹爹！」循哥兒何曾見過自己爹娘這般吵架的行為，當即嚇得大聲哭喊起來。

江氏抱起循哥兒，安慰道：「循兒乖，爹爹和娘親是鬧著玩的，別怕，別怕。」

謝詞安和陸伊冉兩人也是一臉愧疚，陸伊冉只好住了手。

「今晚就先這樣吧，明日府上有客人，等過了明日再商議此事。」接著，江氏又吩咐玉娘帶謝詞安回客房歇息。

起身後，謝詞安不得不提及此趟行蹤的禁忌。「岳父、岳母，小婿此次來青陽是為私事，不方便洩漏行跡，還請替小婿保密。」

幾人一臉詫異。

陸佩顯隨即表態。「自當如此。」

而後謝詞安駐足原地，不願離去，視線一直凝在陸伊冉身上。看著她更加嬌豔的臉龐，雙腳像釘在地上，挪不動半步。無奈陸伊冉直接無視，不給他一點回應。

玉娘提醒了幾聲，謝詞安才肯邁步離開。

今晚幾人注定失眠。

江氏和陸佩顯在床榻上唉聲嘆氣半天，無論從哪方面看，謝詞安都是陸伊冉最好的選擇，最關鍵的一點是，兩人還有一個孩子。

謝詞安乾脆坐在桌邊等天亮，自己心心念念盼的兩人就在隔壁院子，他哪能安心入眠？

陸伊冉則是一整晚都在擔心她爹娘動搖後答應謝詞安的要求，她更怕謝詞安帶走循哥兒。

她本以為自己帶著循哥兒到青陽就安全了，因為謝詞安一時半刻根本抽不出時間來青陽，也不可能為了他們母子過來，可今日他卻丟下公務來了，讓她措手不及。

第二日，一家人都有些心不在焉地招待江氏的娘家人，和陸伊冉的二叔一家。

方嬷嬷脫不開身，沒有過來。

只有還不知情的陸伊卓，沒心沒肺地與人說笑，談他的正事。

陸伊冉的舅娘余氏率先提道：「冉冉，把妳的兒子抱出來讓我們看看，妳表姊說，妳兒子長得跟糯米糰子般可愛呢！」

「舅娘，奶娘帶他到巷口玩了。」陸伊冉強打起精神，應付著余氏。

循哥兒是兩歲的孩子，本就喜歡往外跑，因此幾人也沒多想。

實際上，此時循哥兒的確是在巷口，只不過帶他的人不是奶娘，而是謝詞安。

「爹爹，找哥哥！」

循哥兒拉著謝詞安的手，把他往那戶與自己常一起玩的孩子家門口帶。

小短腿走得又急又快，謝詞安手上還拿著一個木馬。

兩人像是約好似的，循哥兒只站在門口一喊，那個大他兩歲的孩子成哥兒，就出現在父子倆眼前。

「哥哥，我的木馬！我的爹爹！」循哥兒奶聲奶氣，一臉驕傲。

成哥兒不信，反駁道：「你騙人！我祖母說，你爹爹不要你了，你沒有爹爹！」

循哥兒嘴一癟，委屈兮兮地望向謝詞安。

謝詞安低身屈膝，與兩個孩子平視，輕聲細語地說道：「那你走近些，看我與循兒長得可像？」

成哥兒才四歲，湊到兩人跟前瞅了半天，說道：「不像，你黑，循哥兒白。」

「循兒有一半是隨他娘親的白，都長在了臉上；另一半隨我的黑，都長到頭髮上，現在看可像我？」

「像！」成哥兒確定地道。

「所以你祖母說得對嗎？」謝詞安大手一張，手上全是糖紙鮮豔的糖果。

成哥兒吞了吞口水，搖頭道：「祖母說得不對，你就是循哥兒的爹爹！」

「說得對，回去記得告訴你祖母，循哥兒有爹爹。」謝詞安把一半糖果分給成哥兒，出聲交代。

「嗯！」

循哥兒聽了，又蹦蹦跳跳起來，兩人一邊吃糖果，一邊玩木馬。

直到父子倆玩得一身臭汗，循哥兒累了，兩人才從側門回到府上。

客人們還在，謝詞安也不好出去，只好在客房裡一個人用午膳。

奶娘則是抱著循哥兒，去前廳跟親戚們打招呼。

屋中剩下謝詞安一人後，他臉上落寞的神色越發明顯，心中苦澀無人能訴。

他想到，從前陸伊冉便是這樣。

謝家的酒宴從不會叫她，她總是孤孤單單的一個人，被謝家人隔離在外，被他隔離在外。

一陣揪心的疼意流過他的全身。

面前的食物變得難以下嚥，他喚來門口伺候的丫鬟，撤下膳食，漫步向前廳走去，聽到大廳眾人的說話聲，又默默退了回來。

陸伊冉陪著舅娘他們用過午膳後，抱著已熟睡的循哥兒回自己閨房。過甬道時，身後的阿圓才小聲對雲喜說起侯爺來了。

雲喜驚得半天合不攏嘴，想問余亮有沒有跟來，又不敢當著陸伊冉的面開口。

兩人在後面嘰嘰喳喳，陸伊冉也無心去聽，她精神不濟，沒注意腳下，險些和懷裡的循哥兒一起撞在拱門上。

兩個丫鬟嚇得不輕，雲喜急忙接過她懷裡的循哥兒，阿圓則是扶著陸伊冉走路。

「姑娘，您累了，回去好好歇歇吧！」阿圓扶正她被撞亂的珠花，說道。

天氣炎熱，樹上的知了吵得人心煩，她們也加快了腳步，片刻後就到了陸伊冉雨燕閣的閨房。

幾人一進屋，看到謝詞安已坐在圓凳上，頓時嚇得不輕。

雲喜把循哥兒放上床榻後，和阿圓默默退出廂房。

陸伊冉則是找個離謝詞安較遠的角落坐下，氣憤道：「你這般偷偷摸摸的，被人看到了不好，晚上我們到大廳去說。」

昨晚夜間，謝詞安就把陸伊冉廂房的位置打探得清清楚楚了。他來一趟青陽不容易，不願與陸伊冉如陌生人那般客氣疏遠的相處。

「我不主動來找妳，妳私下會見我嗎？」謝詞安沈吟半晌，不答反問。

她心中暗道：當然不會，遠離你還來不及呢！

謝詞安苦澀一笑，也未再問下去。

像是被人逼到了窮途，謝詞安做著最後的掙扎。「我究竟要如何做，妳才會答應和我回尚京？」

「無論你怎麼做，我都不會再回尚京的，別浪費精力了。你公務繁忙，還是快些回去吧！」

陸伊冉決絕的語氣，又一次否定了他所有的努力。

謝詞安想起自己三姑母的話，錯過了，就是錯過了。難道他此時只能放手，成全她嗎？他做不到呀！

一聽穆惟源來了青陽，就能讓他方寸大亂；下一次若是聽見她與別人大婚，豈不是要手刃了那人？

但他一味強求，只會把陸伊冉越推越遠，他不得不先妥協。

「妳不願回尚京，我答應妳就是。」謝詞安神色黯然地答應了她。

陸伊冉神色一變，不信地問道：「你真的答應？」

「但妳我從此天各一方，循哥兒怎麼辦？」

「你要帶他回尚京？」陸伊冉心中一慌，就知道逃不了。

一想到循哥兒被他帶回尚京，日後他們母子倆想見一面都難，她就心如刀割，連呼吸都痛。她臉色蒼白，腳步踉蹌，身子無力地滑落。

謝詞安一把接住了陸伊冉，卻被她用力掙開。

他懷中一空，失落地道：「妳這般排斥我，那往日與我纏綿床榻又算什麼？難道是為了讓我心甘情願，一步步落入妳的計劃，放鬆對妳的警惕？」陸伊冉的沈默，在謝詞安看來就是默認。不過他不在意了，他只想用他的方式來好好守護她。「循兒是我的長子，妳不願回尚京，我只能帶他回去。」

「不，你不可以帶走他！你帶走了他，那我怎麼辦？」陸伊冉轉身過來，踮起腳尖，兩手抓住謝詞安的衣襟。

謝詞安也不制止，任由她發洩。

「夫人，妳要與我和離時就應該想到的，妳只能暫時帶走循兒，他終是我謝家的嫡孫。」一見陸伊冉哭得無力，謝詞安把她牢牢地抱進懷中，眼神柔得出水，一臉哀戚地吻了吻她圓潤的額頭。「妳捨不得循哥兒，同樣地我也捨不得，他是我們的骨血。妳自己好好想想該怎麼選。」

冷靜下來後，陸伊冉又一次推開謝詞安，坐到一旁的玫瑰椅上，沈默半天不出聲。

謝詞安也不急於得到答案，只是癡癡地看著她，好似永遠看不夠似的。

「如果……如果有一天，有人要傷害我姑母和元啟，你會救他們嗎？」

「當然會。」謝詞安下意識應道，卻一頭霧水，不知為何她在此時突然說這些無關緊要的話。

「那如果，我說傷害元啟母子倆的人是皇后，你還會救他們嗎？」

謝詞安一愣，他從未想過陸伊冉會大膽地妄言宮中事，本想出言制止，可一觀她的神色，竟是前所未有的嚴肅。「不會有這樣的事發生。」謝詞安果斷地回答。

陸伊冉做著最後的掙扎，為了循哥兒，她再問了一次。「可我想知道答案。」

謝詞安腦中的那根弦斷了，他不知該怎麼回答，也不會回答。

自他入陳州軍的第一天，他祖父就讓他銘記家族責任，並教導他，家族利益重於一切。

這些年他拚搏如斯，始終秉持著這一點。

所以，這也是他三年前排斥陸伊冉的原因。當年他有多堅持，如今就有多後悔。

朝堂之上的暗湧他如何不知？皇上一旦廢掉太子，九皇子勢必就成了六皇子最大的隱患，他長姊謝詞微如何會放過安貴妃母子倆？

今日陸伊冉這般直截了當地提出來，證明她……謝詞安神色驟變，幾步走到陸伊冉身旁，正色道：「這就是妳一定要和離的原因對嗎？那這次是夢見的，還是找人算出來的？」

「這些不重要，我只想知道你會如何選？」陸伊冉執著地想得到一個答案，也是在衡量她究竟該如何選擇。

如果真到了那一天，他會如何選擇，心中早就有了答案，那是他的家族責任。只不過，這一次他又多了一份他作為男人該負的責任。無論朝中如何變化，他不會讓任何人傷害他的妻兒。

「夫人，妳不要胡思亂想了，妳說的這些事不會發生的。」謝詞安不願回答，迴避了這個問題。

她諷刺一笑，最後的一點幻想終是破滅，最終還是自己最可靠。

突然，陸伊冉聽到屋外她舅娘余氏和二嬸劉氏兩人的聲音，知道雲喜和阿圓兩人攔不住她們，她一臉慌張地看向謝詞安。

謝詞安給了她一個安撫的眼神，進了內室。

余氏和劉氏進來後，家常嘮叨起來就沒完沒了。

陸伊冉時不時會向內室看一眼，又強裝鎮定地和兩人聊起閒話。

二嬸劉氏見她精神不佳，知道她有午睡的習慣，便藉故把余氏帶走。

兩人一離開，陸伊冉立刻疾步走進內室，一看，哪裡還有謝詞安的身影？

心頭連日放著事，昨兒又一整晚沒歇好，晚上陸伊冉又發起了燒。

好在這次不算嚴重，人還是清醒的。

雲喜歇在外間，聽到裡面有動靜，從門縫偷看一眼，不敢進去。

謝詞安拉來圓凳坐在床榻邊，一會兒為陸伊冉打涼扇，一會兒又為她用溫水擦拭手心和腳心，動作生疏卻小心翼翼。

陸伊冉發了汗，驚醒時，看到是謝詞安在為她打扇。

她驚得忽地起身，問道：「怎麼是你？」

「我聽說妳發燒了，就想著過來看看。」謝詞安手上動作未停，開口回道。

「我已無礙，你回去歇息吧。」她的心都提到了嗓子眼。動不動就毫無聲息地進屋，她的病哪會好，只會越來越嚴重。

「夫人，我在青陽人生地不熟的，無依無靠，妳與循兒就是我的親人，別總想著趕我走，除了這裡，我還能去何處？」

「你還能回客房。」陸伊冉從未見過裝傻充愣的謝詞安，一時間頭疼得很，想大聲罵他幾句，又怕惹來了自己的爹娘。

一聽她還是要趕自己走，謝詞安只好說起陸伊冉最在意的話題，來轉移她的注意力。

「夫人，妳每次太過憂心一件事，總會病倒。上次是因為去宮中，這次是因為害怕我帶走循哥兒。」

說到循哥兒，兩人都是心口一痛。孩子是父母的心頭肉，無論何時都連著命脈。

陸伊冉的眼淚在眼眶中打轉，就是倔強地不肯落下。

「妳放心，循哥兒這幾年先放在妳身邊，我不帶他回尚京。」

她猛地一抬頭，有些不相信謝詞安的轉變。「你說的是真的？」

「當然。」謝詞安又挪到床榻邊，伸手擦掉她眼角的淚水。「不過我們不和離。夫人，妳的心不在我身上，可我的心卻在你們母子身上。妳想利用就利用吧，至少我還有些利用價值，不是嗎？」

語氣卑微，驚得陸伊冉說不出話，腦子也被他攪得稀裡糊塗。

「只要每年在我生辰時，妳帶循兒到尚京來住兩月，可好？」

謝詞安已做了最大的讓步，這與和離也無甚差別，反正她又不準備再嫁。只是這一次委曲求全的，是他謝詞安。

「你不後悔嗎？」陸伊冉再次確認。

「不後悔。我們既然還是夫妻，那今晚我與妳同榻而眠不為過吧？」

謝詞安以退為進，總想私下和陸伊冉多待在一起。這兩月，他在思念中煎熬著，此時的短暫相聚顯得尤為重要。

他不想被陸伊冉一次次地推開，連孩子討糖吃才用的手段，他都用上了。

見陸伊冉不依，謝詞安忙更正道：「放心，妳不願意，我不會碰妳的。」

此時已經深夜，陸伊冉也不想把家人吵醒，只好悶不吭聲，默應了下來。

就這樣，謝詞安成功地從客房睡到了陸伊冉的廂房。

雲被上是他熟悉的香味，身旁是思念已久的妻子，片刻後，謝詞安就安然入睡了。

陸伊冉心中雖有一股無名火氣，可因湯藥有安眠的效果，沒堅持多久，也睡了過去。

早上，陸伊冉起來時，身邊的人已經離開。

還未漱洗，就聽到屋外循哥兒的哈哈大笑聲。

她探頭到窗口一看，就見謝詞安把循哥兒高高舉起，忽上忽下的，孩子高興得合不攏嘴。

早膳後，謝詞安說要帶他們母子倆去城外騎馬遊玩。

陸伊冉無法拒絕，因為循哥兒兩眼滿含期待，許久都沒這麼高興過。

他們去的不是馬場，而是一片空曠的草場。陸伊冉未出嫁前，經常來這裡練習馬術。

循哥兒坐在謝詞安身前，興奮地抓住韁繩，一點兒也不懼怕，甚至學著自己娘親那般，奶聲奶氣地對馬兒凶道：「駕！」見馬兒站在原地不動，又凶道：「駕！你駕！」

謝詞安的目光，則是追隨陸伊冉的身影而去。她騎著高頭大馬，身形柔美，卻多了一股英氣和幹練。這樣鮮活靈動的陸伊冉，讓謝詞安不由得失神許久，看癡了。

而陸伊冉風馳電掣間，早已超過父子倆。

「循兒，到娘親這裡來。」她已到了草場的另一頭，向父子倆揮著手。

循兒急了，這馬兒不聽他的話，只好轉身過去，喊他爹爹。

「循兒坐穩了，我們去追娘親！」謝詞安臉上閃過喜悅，許久不曾這般開懷。他顧著身前的兒子，馬速緩慢。

循哥兒卻呵呵笑個不停，從未有人帶他騎過真馬。他坐在馬上扭著屁股，高興得短胳膊、短腿亂蹬。

等父子倆騎到陸伊冉跟前，早已熱得滿臉通紅。

陸伊冉欲抱下循哥兒，他還不依不饒，不願下馬，謝詞安便又帶著他，慢悠悠地繞了兩圈，他才作罷。

阿圓和雲喜已在樹蔭處鋪好了軟毯，擺好了糕點、消暑湯和新鮮的果子。

三人坐下後，謝詞安突然說道：「夫人，願不願意和為夫賽一場？」

那聲「為夫」讓她極不順耳，可循哥兒在場，她也只好忍住。

陸伊冉本不想理他，結果謝詞安又加了一句──

「勝出者，可以向對方提一個要求。」

她眼中頓時燃起欣喜，問道：「什麼要求都可以？」

謝詞安溫和一笑，頷首回應。

兩人依然按著從起點到終點，誰先到誰贏的規則。

臨時抓一個小廝過來充當判官，隨著他一聲號令，馬兒帶著二人飛奔往前。

實在太快了，雲喜和阿圓坐在毯子上，只能看到馬蹄翻飛。

循哥兒看到爹娘的身影，站在毯子上蹦蹦跳跳，欣喜地拍著兩隻小手。

陸伊冉始終跑在謝詞安前面，兩人就這樣一前一後，之間的距離保持不變，像是用衡尺量過。

這場比賽，陸伊冉竭盡全力，謝詞安卻輕鬆應對。他在後面把控著安全的距離，想快想慢全看他的心情。

陸伊冉迫切想贏，更想擺脫身旁謝詞安的靠近，速度越來越快。

眼看終點就在眼前，最後一刻，謝詞安卻輕鬆越過陸伊冉，贏了她。

雲喜和阿圓看得一愣，還以為她們侯爺會一直讓下去呢，畢竟他始終跟在她們姑娘身後，若真想贏，早就超過她們姑娘了。意外的是，最後一刻，他卻不願讓步。

陸伊冉負氣翻身下馬，惱怒道：「謝詞安！你就是故意逗我玩的，對不對？」

「夫人，妳錯怪為夫了。我身下的是一匹公馬，妳身下的是一匹母馬，牠們要這般挨著，我也沒辦法。最後，我甩了牠一鞭子，牠才清醒，跑到妳們前面了。」

謝詞安又開始裝傻充愣，陸伊冉氣得狠狠地把馬鞭摔在他身上，扭頭就走。

謝詞安上前一步，把她緊緊按在懷中，湊近陸伊冉說道：「夫人，我贏了，願賭服輸，妳得答應我一個要求。」

「什麼要求？」陸伊冉抬頭緊張地望著他。

看著她白得透明的耳背上一根根細小可愛的汗毛，就像她本人那般嬌俏可人，謝詞安恨不得此刻一口就含上去；又見她露出一截纖細的脖頸，謝詞安貪婪地湊到陸伊冉耳邊，喉結滾動，氣息變粗。如果不是青天白日，還有幾雙眼睛看著，他只怕自己早已控制不了。

「與循兒無關，我的要求就是，晚上讓我在榻上出一回力可好？」謝詞安的嘴緊靠著陸伊冉的耳背。

遠處的雲喜和阿圓以為兩人在親熱，羞得趕緊捂眼。

陸伊冉也是一臉通紅，她感覺到了謝詞安的身體變化，惱怒地推開他，啐一口道：「你作夢！」

「作夢也行，只要夢裡有妳。」謝詞安緊緊握住陸伊冉的手，大膽地低頭一吻。

陸伊冉怕他做出過分的舉動，也懶得與他理論，疾步跑到雲喜她們面前，不自然地接過雲喜手上的涼茶。

誰知，循哥兒卻笑呵呵地牽起陸伊冉的手，學謝詞安那般低頭一吻，逗得雲喜和阿圓忍不住笑出聲。

陸伊冉哭笑不得，拿起果子就向謝詞安砸去。

回到府上，江氏和陸佩顯正等他們用午膳，桌上無人再提一句和離。

陸伊冉一早就把謝詞安的決定告訴自己的母親，江氏也是一臉驚意。

幾人沈默用膳，除了循哥兒時不時地冒出一句「爹爹，騎馬馬」。

陸佩顯摸了摸循哥兒的頭，一臉寵溺地哄道：「循兒乖，稍後外祖父帶你去坐木馬可好？」

「不要木馬，我要坐馬馬！不要外祖父，我要爹爹！」循哥兒噘起小嘴，重複道。

謝詞安聽得渾身舒暢，陸佩顯則是訕訕一笑，呵呵應好。

江氏睨了眼自己的夫君，在心中幸災樂禍道：人家親父子倆親暱，你非要吃味，活該！

陸伊冉為自己的爹爹抱不平，瞪了眼謝詞安。

就在此時，陸伊卓衝進來，差點撞到上菜的丫鬟，他一臉歡喜地走到謝詞安面前，躬身道：「姊夫，我等你好久了，你就收下我這個徒弟吧！」

陸家人對謝詞安的敵意，到了他這裡那是消失得不留一點痕跡。

其實，這還真不怪他不能與爹娘共情。

姊姊陸伊冉嫁到謝家三年，自己的爹娘沒在他面前抱怨過半句謝家的不是，自己姊姊回來也只報喜不報憂，且陸府沒姨娘，他不懂什麼勾心鬥角，更不會留心自己姊姊過得好不好。

他小時候日日出府，和自己的幾個朋友天天沈迷於茶樓裡說書先生口中的人物，最崇拜的就是陳州軍的護國侯謝宗堂和他的孫子謝詞安，崇拜到甚至在他十五歲那年，帶著幾個總角好友，瞞著家人，帶上行李要去從軍。

結果夢想未遂，被他母親扼殺在搖籃裡。

今日在鏢局時，聽七月悄聲提起自己心心念念的將軍姊夫就在他家，陸伊卓當即什麼也顧不上了，著急忙慌地往家趕。

跑了一路，七月也提醒了一路，萬不能洩漏姑爺的行蹤。

結果一路保持的謹慎，到了府上也不敵他這一嗓子，這下子整個府上的人都知道了。

一見自己兒子這般丟臉，陸佩顯當即喝斥起來。「胡說八道！他是……是你姊夫，怎麼能收你為徒？」

「岳父大人，我願意教……」謝詞安求助地看向陸伊冉，他實在不知這個從未見過面的小舅子叫何名？主要是小舅子這聲「姊夫」，讓他心情愉悅。

陸伊卓的腦子轉得倒是快，見狀迅速接過話，自我介紹起來。「姊夫，我叫陸伊卓，今年十七歲，生辰是九月十二。我如今在鏢局做鏢師，會些拳腳功夫，還未成親——」

「前面一句就夠了。」謝詞安忙阻止。說罷，他放下筷子，把陸伊卓帶到院中。

桌上幾人全都一臉呆愣，尤其是陸伊冉，她心中掠過一絲不安，有種正在落入某人圈套的感覺，但想制止已來不及了。

江氏讓府上人瞞著自己兒子，就是怕有這麼一齣，誰知道，怕什麼、來什麼！

第十二章

等三人用完膳再到院中時，兩人已過了好幾招……嚴格地說，是謝詞安把陸伊卓撂倒了好幾次。

陸伊卓每出一招，謝詞安都能指出他的破綻，並教他如何還擊。

七月的天，大中午正熱時，兩人曬得滿頭大汗，卻沒有一人退縮。

陸伊冉從未見過謝詞安這般有耐心，一招一式皆用心傳授，甚至還能聽到他的鼓勵和讚美。

這是她爹娘永遠不會對陸伊卓講的話，她在自己弟弟眼中，也看到了從未有過的專注和渴望。

那種心情她知道，多年前自己練馬術時便是如此，好想有個人能教教自己，能給自己一些鼓勵和支持，哪怕只是一句話也行。

江氏和陸佩顯哀嘆一聲，各自回了廂房。

晚上，陸伊冉怕謝詞安再闖入自己屋內，忙關嚴窗戶和門。

可到了晚上，陸伊冉睡醒起來喝水時，他又睡在了自己身旁。

陸伊冉氣憤地搖醒他，讓他回客房睡。

謝詞安卻又拿賽馬說事，弄得陸伊冉想反擊都沒了理，動靜大了又怕驚動其他人，乾脆懶得理他，想越過他去取水，誰知謝詞安又早一步端到她跟前。

以前在尚京時，她也有半夜起床喝水這個習慣，謝詞安也會這般遷就她。

喝過水後，兩人又安靜地躺下。

「夫人，我在青陽待不了幾日，只有在妳身邊我才能睡個好覺……」幾乎是剛說完話，謝詞安就沾著枕頭睡著了。

次日一早，謝詞安就出了陸府，去了暗衛在青陽的住處。

河西那邊的線報是今日一早送到的，暗衛通知後，他便馬不停蹄地往此處趕。

追蹤的那幾個刺客，逃到秦王的駐軍處，就再也沒有出來過，這個消息和謝詞安猜測的大致相同。

秦王常年駐軍在河西邊境，與西楚國相鄰，當年趕走西戎人後，大齊的邊軍就駐紮在此處。

秦王是先皇的第十皇子，此人有勇有謀，手上還有兵權，雖駐紮在此，卻一直是當今皇帝的心腹大患。

實際上秦王一點也不冤，因為每一次的尚京大動靜，細查下去都會有他的影子。

無奈，除了一些蛛絲馬跡，就再也找不出確鑿的證據，所以皇上也動不了他。

因此就只能把秦王的母妃太后娘娘作為質子，關在尚京宮裡多年。

上一次李慕容誣陷謝詞安投毒暗害太子國舅范陽侯一事，就是拜他所賜。

謝詞安看到信件後，並未燒毀，而是轉手給了林源。

作為謝家暗衛統領，也是謝家的死士，謝詞安經手的消息都不會隱瞞他。

謝家在大齊各處都有暗衛，他們都是林源親手調教和安排的。

林源看後，當即用火燒毀。「侯爺，下一步該如何做？」

「先按兵不動，現在還不是呈到皇上面前的時候。」謝詞安神色不明，腦中一番思量後，突然說道：「你先隨我去辦一件事。」

陸宅這邊，幾人等到午膳後，都未等回謝詞安。

陸伊卓一整日都沒去鏢局，在院中反覆練習謝詞安昨日教他的招數。

他手上用的長劍，正是謝詞安送他的那把。

只是劍和招數不連貫，也未融會貫通，看起來有幾分怪異。

江氏見他一身薄衫被汗水打濕了都捨不得停一下，有些心疼地道：「卓兒，你都練了半天了，該歇歇了。」

「我不累。」平常嘮叨個沒完的話癆，今日就只回答了簡短的三個字。

「娘，您讓卓兒練習吧，他難得有件自己喜歡的事。」

兒子這邊不聽勸，江氏又想到府上最近住進來的那尊大神，忍不住問道：「循兒他爹何時回尚京？」

陸伊冉想起謝詞安最近頻繁的小動作就頭疼，巴不得他趕緊消失，她猜測娘親也和自己一樣，想趕他走。「娘您放心，他公務繁忙，待不了多久，今日外出說不定就是為了公務，最多不會超過十日。」

江氏難堪地輕咳一聲，忙斥責道：「妳這孩子，他好歹也是循哥兒的爹；況且，他來時送的禮，都夠在陸宅住幾年了。妳娘若連這點氣度都沒有，還做什麼縣令夫人？」

陸伊冉無語。

母女倆閒聊片刻，見勸不住陸伊卓，只好作罷，正準備各自回屋歇息，卻見迎面走來的謝詞安，他滿臉喜色，大步而來。

「岳母大人安好。」謝詞安先對江氏抬手一躬禮。

他這恭敬的一禮，倒讓江氏有些受寵若驚。這幾日，謝詞安見了江氏夫婦倆，總會時不時來這麼一禮。

江氏提前做好的板臉表情，每每都會被他恭敬的樣子給破防。

隨後，謝詞安從懷中掏出幾十種顏色各異的玉簪，放在她們身邊的石桌上。

「冉冉，妳看！為夫今日出去，給妳挑了這麼多玉簪，妳可喜歡？」

江氏和丫鬟們驚得眼睛瞪得老大，個個微張著小嘴。

「妳之前說，我送妳的髮簪與衣衫的顏色不搭配，今日我挑的髮簪都是按妳衣裙的顏色來選的。」謝詞安輕聲說道。

陸伊冉臉上浮現一抹紅暈，湊到他身旁咬牙道：「你這是做什麼？這玉簪又不能當飯吃，你不知道髮飾是物以稀為貴嗎？」

他不解女人的心思，疑惑地問道：「兩者兼具不是更好嗎？每日一支，還不重樣。」說完，謝詞安也不顧還有人在場，迅速選了一支和陸伊冉身上襦裙顏色一樣的碧色髮簪，插在她頭髮上。

陸伊冉見自己娘親還在，他就這麼大膽，恨不得挖個地洞鑽進去，伸手就要取下來，卻被謝詞安按住不放。

玉娘醒神後，立即拉著愣住的江氏，屏退幾個丫鬟，離開了涼亭。

院中的陸伊卓聽見謝詞安的聲音，忙幾步走進涼亭。

「姊夫，你回來了！我有幾處不得法，你教教我可好？」

陸伊卓渾身濕透，一股汗味熏得陸伊冉緊捂著鼻子。

「哥兒，姑爺還沒用膳呢，您也歇歇吧。」玉娘正好端著一整盤菜餚回來，身後跟著的兩個丫鬟則端著熱氣騰騰的參湯。

她們擺好後，又折身退出涼亭。

玉娘順手想把不懂情趣的陸伊卓往外拉，他卻跟木頭樁子似的，一動也不動。

謝詞安遂勸道：「卓兒，武藝不是一朝一夕的事，不能急於求成。你先去歇息吧，稍後我再教你。」

「好咧！」

旁人說得再多，也不及謝詞安中肯的一句。

陸伊卓離開後，謝詞安沈默地用著午膳。

陸伊冉心中火，也懶得理他食不言的規矩，開門見山問道：「侯爺，你何時回尚京？我爹和祖父後日就要動身了。」

謝詞安放下筷子，耐心解釋道：「我還得晚幾日，岳父和祖父他們的船我已安排好，他們到尚京後的一切也都安排好了，妳放心。」

陸伊冉愣住半天，她是在趕謝詞安，難道他聽不出來？還揣著明白裝糊塗，安慰起她來了！

更讓陸伊冉意外的是，他何時對自己家人這般上心了？想起上次他幫她娘親周轉銀兩的事情，又悶聲問道：「那一萬兩的銀票，是不是你讓童飛送到我娘親手上的？」

謝詞安用膳時幾乎是食不言的，這會兒陸伊冉的問題一個接著一個的來，他乾脆放下碗，不再用膳，回答道：「既然妳已知道了，何須再問？」見陸伊冉一臉嬌憨，一雙清澈的杏眼裡全是自己的影子，他心中軟得似一灘水。他緊緊握住陸伊冉的雙手，兩眼滿含期待。

「夫人，我以前做得不好，我會改，希望妳別急著拒絕，轉身看看我可好？」

「可我不想再回頭了，而你也已經做了選擇，再做這些都是徒勞的，只希望你能記住自己的承諾就好。」陸伊冉掙脫雙手，不想與他再多說，決然地出了涼亭。

留下一臉傷神的謝詞安。

林源和暗衛們回府後，個個滿臉疑惑，有人忍不住問道：「統領大人，這差事是侯爺吩咐的嗎？」

「今日算是把青陽找了個遍了，此時閉著眼，屬下都能數出今日去了多少間玉器鋪子。」

林源回答不了他們的問題，因為他也是第一次接這樣的任務。

陸伊冉回到自己閨房時，循哥兒已睡熟，奶娘守在一邊給他打涼扇。

「妳先下去歇息吧，這裡有我。」奶娘每日跟著循哥兒，也是很費精力。

「姑娘，奴婢不累。您每日要巡鋪子，您安心歇息吧，我來照顧哥兒。」

陸伊冉本來心中就有事，沒再堅持，剛躺下就有一陣涼風搧過來，隨後就聽到奶娘小聲說道——

「姑娘，哥兒今日等在巷口不願回屋，奴婢怎麼哄他都不聽，最後又把成哥兒叫來，哥兒也不願與他玩，一直用手指著巷口的方向，讓我帶他去找姑爺。」奶娘以為陸伊冉睡著了，輕聲兩句後，便沒再出聲。

陸伊冉看似合眼睡著了，實則卻緊緊攥著兒子的小手，心中五味雜陳，一滴滴淚從眼角滑落。

她在心中暗道，為了循哥兒，就讓他在青陽多待幾日吧！

午睡後，陸伊冉也沒去鋪子，給老太太和謝庭芳回信後就準備出府給兩人買些東西，讓人帶回去。

謝詞安在院中教陸伊卓劍術。

循哥兒則在一旁看得直愣愣的，見兩人稍停，他才邁著短腿跑過去。

上午沒見到父親，此時見到了就歡喜得很，也不顧謝詞安一身汗，上前就抱著他的大腿，奶聲奶氣地哭道：「爹爹不走，不走！」

謝詞安心中一疼，彎腰把他抱在懷中，抹乾他臉上掛著的兩行淚珠，柔聲道：「爹爹沒走，不是在嗎？」

江氏和陸佩顯夫婦倆正好看見這一幕，心中百感交集，也只能沈默地回了廂房。

再過兩日，陸佩顯就要動身去尚京了，江氏帶著玉娘為他收拾細軟。

陸佩顯坐在圈椅裡，唉聲嘆氣半天，也不說一句話。

玉娘退下後，江氏才開口問：「今日是為何事煩惱？」

「只怕我們陸家以後還得仰仗謝……我們姑爺。」陸佩顯接過江氏為他倒的涼茶，呷一口後，神神秘秘地道。

「這是怎麼了？不是說好了，聽冉冉的不回尚京，循哥兒也在青陽待著，就這麼晾著他，怎麼今日連姑爺也喊上了？」

陸佩顯把茶盞一放，卻對江氏說起另一件事。「我今日把蔣主簿給辭了，換了另一位有些才學的故友。」

「陸佩顯，你是不是糊塗呀？那蔣主簿是汪樹的人，你這樣做，是不是嫌自己命太長！」江氏悍妻的名號不是白叫的，把她惹毛了，她敢去縣衙打陸佩顯。只是這幾年歲數大了，脾氣才收斂些。

「汪樹昨日就帶著他家兒子上門，為日前衝撞冉冉的事來給我賠禮了。」

江氏心知肚明是何原因，一時間也明白了陸佩顯的意思，可一想到自己女兒在謝家受的氣，還是不願鬆口。

「妳知我換的何人嗎？」

江氏啐他一口，凶道：「我如何知道你換的何人？有話就說！反正我是不同意讓女兒再回京受氣了！」

「是我之前的同窗，袁綏，原東宮舍人。他之前在東宮深受太子重用，與他一聊才知，此次回青陽是準備在家養病，至於為何離開東宮他是半字未提，只說……說我們陸家翻身的日子就在後頭。後來我派人一查，才知他買了去河西的船票。」見江氏一臉莫名地看著自己，他又解釋了一句。「秦王駐軍在河西。」

聽到此處，江氏嚇得一臉慘白，悶聲許久都沒開口。

「後來，我給了他一個主簿的職位。」陸佩顯慎重地道：「此事對任何人都不能提起，包括冉冉。事情究竟如何，得要進了宮才知道。」

「袁大人會同意留下？你這樣留得住他？」江氏抬起一張蒼白的臉龐，擔憂地問道。

「他費了這麼多周折，就是為了讓我留下他。他不能在尚京拋頭露面，轉回青陽是他的另一條路。此人有些謀略，知道我不留下他，宮中的秘密一旦洩漏出去，東宮那頭有變，九皇子便會成了眾矢之的，陷入險境。」

「不是還有六皇子嗎？」

「皇上忌憚謝家，如何會……」

夫妻倆再一次沈默下來，心中一片慌亂。

最好是他們想多了，畢竟與六皇子為敵，就是與謝詞安為敵。

關鍵在謝家。

江氏這才明白陸佩顯的意思——日後能保護九皇子母子和他們陸家的，也就只有謝詞安了。

兩人都能看出來，謝詞安如今對自己的女兒還有幾分心思，一旦他對冉冉失去了耐心，不顧一點舊情，只怕到時陸家想自保都是難事。

「冉冉不回尚京也好，就讓旁人以為他們關係淡薄，至少讓宮中那位少些注意，對瑤兒和冉冉也有利。」

陸佩顯在青陽做縣令十多年，一直忍受汪樹的欺壓，更不主動上摺子入京，就是怕連累自己的妹妹和九皇子。

上次安貴妃在信中提到，九皇子十歲會分封到吳郡，他懸著的一顆心才算落到實處，但如今再起波瀾，只有進京見了自己的妹妹，才能知道事情的真假。

七月十五這日，陸佩顯父子兩人坐上了謝詞安提前安排的客船。

陸伊冉的危機感越來越重，家中排斥謝詞安這件事只有她自己一人在默默堅守著，她實在不明白，爹娘的態度為何一夜之間轉變得如此之快？

晚上，謝詞安又從窗口溜了進來。

陸伊冉氣不打一處來，死死捏住床帳，不讓謝詞安進床榻。

「夫人……」謝詞安不敢太用力，怕傷了她。

「謝侯爺，你手段真是高明，不但收買了卓兒，還收買了我爹娘！」

「他們應是看在循兒的面上，才可憐我的吧？」

這話分散了陸伊冉些許的注意力。

於是謝詞安不費吹灰之力就乘機拉開了床帳，側身上了床榻。

見陸伊冉滿臉淚痕、眼眶微紅，柔弱的樣子讓他既自責又心疼，隨後不顧陸伊冉的反抗，溫柔地吻上了她的眼角，捨不得放開，又輾轉到她的額頭和耳背。

「冉冉，我們之間的約定不會變。過兩日，我就要回京了，你們母子倆在青陽好好的。」

陸伊冉推開謝詞安靠過來的身體，再次強調。「你回京後，切莫再來青陽尋我們了。我與你不可能有往後的，你以後會另娶別人，記得讓人把和離書帶給我。你不許使卑劣的手段，對我身邊的人下手。」

她想到謝詞安日後會娶陳若芙，如今他說再多的話她都不相信。她甚至還想著，若兩人早些成婚，有了他們自己的孩子，就會忘了循哥兒。

結果一不小心，她竟把心裡話都說了出來，不禁懊惱自己沈不住氣。

謝詞安咬牙問道：「妳這般篤定，又是讓何人算的？」

「沒何人，是我自己想的。」說罷，她躺下，身子背對著謝詞安，不敢看他，就怕他深挖下去，自己招架不住。

謝詞安長臂一伸，把她撈到自己懷中，與她額頭相抵，低吼道：「我現在就證明給妳看，除了妳，我不會再娶任何人！」

陸伊冉被他決絕的樣子驚得冒冷汗，開口問道：「如何證明？」

謝詞安迅速下了床榻，坐到書案後的圈椅裡，鋪好桌上的宣紙，片刻後，就見兩行優雅的小楷字體躍然紙上。

陸伊冉心神不安，緩緩走近一看，只見他寫道——

吾謝家二房長子謝詞安，字應淮。在此立誓，今生唯有一妻陸氏伊冉，無論日後遭遇何種變故，皆不會棄她另娶。天地為證，日月為鑒。若違此誓，將無權領回長子謝允循。

陸伊冉震驚得半天回不過神，她不敢相信謝詞安真會寫下如此誓言。

而後一想，這不正是她想要的東西？他娶陳若芙是板上釘釘的事，一但有這承諾，到時他若變卦想帶走循哥兒，有了這個就不怕他不認帳了！

她按捺住心中狂喜，佯裝惱怒。「這有何用？又沒章印，誰信！」

謝詞安心頭一喜，以為陸伊冉終於在意他一回，想也沒想就從窗口輕鬆地跳了出去。

片刻後，又從窗口一躍而入，動作行雲流水。

陸伊冉看得直冒冷汗，這廝動作如此熟練，要是被人發現了，還以為她房中進了採花賊呢！

謝詞安手上拿著一方圓印，往紙上一蓋，「謝詞安」三個大字就出現在陸伊冉眼前，用的還是侯府的家族印章。

她迫不及待地拿過誓言書，片刻後才摺起來放進內室。

直到這時，謝詞安才明白她的用意，僵立在案桌後良久。回神後他心碎自嘲道：「夫人今日這一招激將法，用得委實高明，為夫佩服。」

陸伊冉也懶得再裝下去，嗔怪道：「是你自己要證明的，我攔也攔不住。」

謝詞安傷心失落，像一頭困在情愛中的孤狼，無論他如何表明真心，依然換不回陸伊冉的半點心意。

就算他此刻剖開自己的胸膛，讓她看一眼那顆為她跳動的心，只怕陸伊冉也懶得多看。曾經的垂手可得他不知珍惜，如今變得遙不可及才妄想得到她的真心。

他心中苦澀，知道一切都是他咎由自取的結果。

這是他欠陸伊冉的，利用也好，算計也好，他都甘之如飴。

謝詞安走近陸伊冉身旁，輕聲道：「妳的願望達成了，那妳是不是也該還我一個？」

「什——」陸伊冉的話還沒說完，就被謝詞安拉了過去。

他不顧陸伊冉的反抗，低頭吻上她飽滿微翹的紅唇，從淺嚐輒止到深吻吮吸，所到之處，不留一點縫隙。

陸伊冉掙扎無用，狠狠地咬住那作怪的舌頭。

眨眼間，一股血腥味瀰漫在兩人的唇齒間。

謝詞安依然不願作罷，這反倒刺激出他的慾望，又改道吻向他渴望已久的耳背。

他牢牢掐住陸伊冉的腰身，讓她緊靠在自己懷中，不能動彈半步。

他熾熱的目光不知饜足地凝視著陸伊冉，眼中流露出的脆弱和渴望讓她不敢直視。

唇齒角逐，陸伊冉落荒而逃，眼淚無聲滑落。

謝詞安終究心軟，他埋首在陸伊冉胸前，半天才平息好自己的情緒。

把陸伊冉抱上床榻後，他又把人摟在自己的懷中，輕聲說道：「此次來一趟，我知妳一心想遠離我，但我不會讓妳得逞的。妳是我的，誰也別想奪走，否則我會以命相搏！」

陸伊冉不敢再回嘴刺激他，就怕他管不住自己。

尚京侯府，仙鶴堂膳廳。

七月十六日，老太太正和謝庭芳在用午膳，她一碗參湯還未喝完，就放下了湯匙。

眼看著循哥兒的生辰一日比一日近，陸伊冉母子倆卻依然沒有一點信息。

「母親，您別擔心，說不定後日就到了。」其實這一個月謝庭芳也不好過，明知事情的真相，卻不能在自己的母親面前透露半句，為了寬她的心，還得說謊哄騙她。

「妳說說，究竟何時歸來？也得給我們一點準信，才好派人去接他們母子倆啊！我的循哥兒，只怕都認不得我這個曾祖母了。唉……」

一時間，母女倆都有些傷感。如今謝詞安也不在府上，兩人都覺得這侯府是越來越冷清了。

謝庭芳想勸勸母親，但也不知該從何說起。這些謊話她每日都要說幾次，下次母親再問同一個問題時，她都不敢保證自己能不能圓回去。
屋中只聽得到老嬤嬤打涼扇的聲音，老太太覺得心煩，正想制止，就聽到屋外三兒媳鄭氏的說話聲。
「讓她進來。」老太太對外吩咐道。
鄭氏撩簾而進，身後的丫鬟端了一大漆盤的香瓜。
「母親，這香瓜是冰鎮過的，您和三妹妹嚐嚐。」
鄭氏從丫鬟手上接過漆盤後，放到她們中間的炕几上，又挑了兩塊大的，塞到老太太和謝庭芳手上。
「多謝三嫂。」謝庭芳推託不了，只能收下，埋首吃瓜。
「三兒媳，妳有心了。瓜先放著，有什麼事就直說吧。」
老太太哪裡還吃得下瓜，轉手就讓身邊的嬤嬤把香瓜放回了漆盤。
她對三個兒媳婦都頗為寬容，沒什麼晨昏定省的要求，更不會給她們立規矩。平日裡除非有事，才會喚三人來仙鶴堂，在尚京城算是個明事理的好婆母。
三個兒媳婦私下比來比去的，但對這個婆婆的確沒多少怨言。
此刻鄭氏找到仙鶴堂來，自是有事。
「母親，兒媳的確有事找您。今日我給淮兒相看了一家姑娘，想來問問您的意見。」
自從謝詞錦入宮後，鄭氏在尚京的貴婦圈也能說上幾句話了。況且，自己的兒子在翰林院任職，也給她長了不少臉，有不少女方家主動來詢問。謝詞淮除了有個不光彩的弟弟外，其他方面都不弱，長相俊秀，外出時，也能收到不少姑娘扔的帕子。

於鄭氏而言，自己的長子從小就乖巧聽話，可比小兒子懂事多了，讓他們夫婦倆省心不少。

只是讓她意外的是，平常罕言寡語的兒子竟然主動提起，讓她託人去詢問徐將軍家的長女可有婚約，這不就是看中人家姑娘嗎？因此鄭氏無論如何也要幫他一幫。

一問才知，此女眼光高，有許多去說親的媒婆都吃了閉門羹。

鄭氏有些擔心徐家看不上自己的兒子，把情況跟老太太說明了。

老太太擲地有聲地道：「有何可擔心？淮兒有出息，朝中還有他兩個哥哥相幫，日後必仕途順遂。妳讓人先去問問，也算如了他的願。徐家遠不及從前了，倘若徐家姑娘不願意，那我們謝家也不勉強，淮兒不愁找不到好親事。」

「有母親的支持，兒媳就什麼都不懼了！」鄭氏喜笑顏開，凡事只要有老太太給她撐腰，膽子都大些。「兒媳明日就讓人去問，有結果了一定立即回覆母親。母親您歇息吧，兒媳不打擾了。」鄭氏的身子剛邁出正廳，又想到什麼，轉身走了回來。

「說吧，又有何事？」老太太見她欲言又止的樣子，和聲問道。

「母親，今日我出府時，聽到一些對安兒不好的閒話……」

謝庭芳暗道不好，只想打岔阻止，鄭氏卻先一步說了出來。

「聽說，安兒在……在惠康坊養了外室。」鄭氏在老太太嚴厲的目光下，終於磕磕絆絆地把一句話說完。

「豈有此理！這樣的謠言，妳怎麼敢傳到我耳邊來？妳是他的嫡母呀！」老太太氣得連拄枴杖。

鄭氏本想討好老太太的，沒承想卻適得其反，反倒惹怒了老太太，遂趕緊解釋道：「母親，兒媳沒有亂說！聽府上人說的，安兒走時，已經挑了幾位老嬤嬤去那宅院打掃了。」

這時老太太才反應過來，惱怒地看向謝庭芳。

鄭氏見狀趕緊開溜，走出仙鶴堂時看見周氏和袁氏坐在涼亭，趕忙湊過去，想把這事分享給她們婆媳兩人，誰知兩人見她來了，竟掉頭就走，一點情面都不給她留。

「三太夫人，您沒看到大夫人的眼眶都哭紅了，定是他們大房有事，不想讓您知道呢！」丫鬟平兒看得真切，忙悄聲說給鄭氏聽。

鄭氏聽後心中歡喜，大房有事，二房也有事，就她三房最近好事連連！

她撫了撫衣袖，昂首挺胸地回了自己的院落。

七月的天，烈日炙烤，捨不得停歇一日。

正好循哥兒生辰這天是陰天，謝詞安便帶著循哥兒和陸伊冉坐船出去遊玩。

今日是循哥兒的生辰，陸伊冉不想讓孩子掃興，便沒有拒絕。

「娘親，花、花！」循哥兒指著岸邊開得正豔的杜鵑花。

陸伊冉擦乾循哥兒臉上的細汗，寵溺地回道：「娘親看到了，看把你高興的。」

她一襲白色大袖束腰襦裙，把玲瓏身形勾勒得更加明顯，看得謝詞安慾火焚身。

他幾次提醒陸伊冉換衣裙，陸伊冉都不依。

最後謝詞安固執地又從陸伊冉的妝奩中拿出一支他那日送的同色髮簪，戴到陸伊冉的髮髻上，見她沒有反對，他才罷休。

他則回了客房，把原先穿的鴉青色涼衫換成了一身月白色素白道袍，頗有幾分文人的雅興，和陸伊冉的襦裙倒是相配。

此時他們正在遊船內，紗簾半捲，河道兩岸的風景一目了然。

謝詞安起身走到母子倆身邊，彎腰抱起循哥兒，柔聲道：「循兒，喜歡嗎？父親去給你摘過來可好？」

「好！」

於是，謝詞安放下兒子，從船內縱身而起，身輕如燕，在空中踏步，片刻間就到了杜鵑樹上。

循哥兒見自己爹爹這般厲害，高興得大喊大叫。

陸伊冉、阿圓和雲喜三人看得一臉呆愣，不敢相信謝詞安竟有這般高強的武藝。

突然，窗外也響起一片歡呼聲。

阿圓探頭一看，當即怒道：「姑娘，您看那些女子跟沒見過男子似的，眼睛都不眨一下，不害臊！」

陸伊冉淡淡回了句。「是沒見過這麼英俊，還武藝超群的男子。」

「姑娘！」阿圓很不解自家姑娘，為何就這般不在意自家夫君？

謝詞安風姿俊逸，剛剛飛躍出去的那刻，也同樣讓陸伊冉看傻了，只不過，她知道這副好看的皮囊下，是怎麼樣的一副冷心腸。

謝詞安踩在又高又細的杜鵑樹上，如履平地般，輾轉幾回後，懷中已是滿滿一束鮮紅的杜鵑花。

他迅速返回船艙，把嬌豔的花兒放於圓桌上。

循哥兒踮起腳尖要拿，謝詞安隨意地給了他兩朵。

隨後，謝詞安選了兩朵最大的紅杜鵑，插上陸伊冉的髮髻。

陸伊冉知道他想幹麼，正要躲開，卻防不勝防，還是被他得逞了。正惱火要拿下時，就聽到船外有膽大的姑娘在喊話——

「船上的娘子，妳夫君長得真俊，配妳一人太浪費了！如不嫌棄，我們給妳當姊妹如何？」

船內幾人聽得發傻，她們還從未見過這般膽大的女子。

阿圓正想回罵幾句，讓她們住嘴，卻見謝詞安唇角扯出一絲冷笑，目光如刀，寒聲回道——

「我娘子不需要姊妹，在下倒是需要幾個練箭用的活靶子，願意的話儘管來找在下！」

話音方落，河岸邊的小娘子們就嚇得一哄而散，霎時清靜了不少。

「你嚇唬別人做甚？不要理會就好了。」陸伊冉有些看不慣謝詞安的狠戾，不滿地出聲道。

「只想告訴那些意欲染指循兒爹娘的人，都該死。」

他冷著一張臉，陰陽怪氣的腔調，讓陸伊冉覺得這話像是在說給她聽的，也懶得理他了，逕自把循哥兒抱到懷中，餵他茶水。

剛剛那幾個女子，讓謝詞安想起了穆惟源，如果不是穆惟源已離開了青陽，自己哪會那麼輕易罷休。

場面變得沈悶，船的速度也慢了下來，抬頭就見岸邊有一座涼亭。

「妳們先帶循兒到涼亭等我，我要帶夫人去一個地方。」謝詞安直接吩咐道。

阿圓還在徵求她們姑娘的意見，就被抱著循哥兒的雲喜一把拽走了。

陸伊冉也沒阻止，她知道謝詞安不會亂來，且自己若反抗，怕是又會嚇著循哥兒。

見三人上岸，走到涼亭處，陸伊冉才問道：「你要帶我去何處？今日是循兒生辰，不是我的生辰。」

「到了就知道了。」謝詞安淺飲一口茶水，神神秘秘地答道。

很快地，遊船靠邊停在河岸處，兩人下了船，上了一輛早已準備好的馬車。

車廂內，陸伊冉遠遠地坐在角落。

謝詞安也不強迫她，但心中一口濁氣不吐不快。「聽說穆惟源上次來青陽，走時夫人還特意為他親手準備了一包袱的東西，為夫真是羨慕得緊呀！」邊說邊湊近陸伊冉身邊，見她依然不理睬自己，心中更堵得發慌。「為夫這幾日就要回京了，夫人會親手準備嗎？不然時間就來不及了。」

他軟磨硬泡，纏得陸伊冉心煩，只好實話實說。「那包東西全是給長公主和郡主的，沒有一樣是給穆惟源的。這下可滿意了？」

謝詞安見她小臉微皺，生氣的樣子極為生動可愛，綢緞一樣光滑的膚色襯得周圍的一切都沒了顏色，一雙清澈的杏眼眨得他渾身通暢，心情愉悅。

怕陸伊冉又惱他，他自動地與她拉開距離，嘴角上揚，心中的鬱氣已一掃而光。

大概過了半炷香的時間，馬車才停在城外眠竹寺門外。

陸伊冉一臉莫名，隨著謝詞安進了寺廟，兩人一路來到一棵千年古榕樹下。

謝詞安拉過陸伊冉的手，柔聲道：「妳剛嫁我那年，經常提起這棵千年古榕樹，說許願最靈。今日我就把我們的紅綢掛上去可好？」

陸伊冉最煩謝詞安提過去，因為總會讓她想起那些不堪的日子。她抽出手，冷聲道：

「現在做這些還有什麼意義？你自己掛吧，我要走了。」

謝詞安忙從身後緊緊抱住了陸伊冉的身子，乞求道：「夫人，之前都是我不好，我不奢望妳能原諒我，就當我們與之前作個告別可好？妳告別之前那個沒人在意的自己，我告別之前那個冷心腸的自己。從今以後，換我來守護妳。妳曾經受過的委屈，讓我也統統嚐一遍。」謝詞安轉過陸伊冉的身子，見她眼眶含淚，內疚之餘準備用手帕為她擦拭。

陸伊冉卻先一步用寬大的衣袖一抹，再用力推開謝詞安靠近的身子。

「阿彌陀佛。」

她難堪地轉身，就看到慧空大師出現在他們身後。

「多謝這位女施主，為本寺添了一年的香火錢。」

陸伊冉一愣，隨即便明白過來，定是謝詞安讓人捐的香火銀子。睨了眼旁邊還一臉愧疚、不肯開口的某人，她只好客氣地回禮。「大師客氣了。」

她臉上戴著半截面紗，不想讓慧空大師認出自己，暴露了謝詞安的身分。

「大師，這榕樹真的能保佑我們夫婦白頭偕老嗎？」謝詞安突然走到慧空大師面前，虔誠地兩手合十問道。

「阿彌陀佛，能得千年榕樹靈氣庇護，定能為你們擋去一切磨難。」

有了慧空大師的肯定，謝詞安更是義無反顧，走到專門為人寫紅綢的僧人前，報上自己和陸伊冉的名字。

陸伊冉想阻止也沒用，乾脆放棄，讓他折騰。

這時，陸伊冉又向慧空大師問道：「大師，今日寺內為何不見別的香客，只有我們二人？」

「今日眠竹寺的有緣人，只有你們夫婦倆。」慧空大師淡笑道。

兩人說話間，身邊突有一陣疾風拂過，只見謝詞安的身子高高躍起，雙腳一蹬，輕盈地落到榕樹上，身體敏捷地向榕樹高處攀去。

陸伊冉難為情，實在沒臉看。別人的紅綢都挨挨蹭蹭地掛在一處，最高的也是竹竿能觸摸得到之處，而他竟然差點掛到樹冠上了，跟寶貝似的還捨不得放手。

慧空大師也是一臉驚訝，看著謝詞安的行為，極為不解。

回程的車廂裡，陸伊冉開口問道：「寺廟裡的其他香客，是不是你趕走的？」

「是。今日這特殊的日子，老榕樹上只能掛我們兩人的名字。」謝詞安說得霸道無理。

陸伊冉又坐回角落，準備遠離他。

這回謝詞安卻不依了，緊緊靠在陸伊冉身上，埋首在她的脖頸處，貪婪地聞著她身上的幽香。

「夫人，我明日就要動身回尚京了，妳答應我，每隔十日給我寫一封信可好？要不然，我就來青陽長住，直到妳願意給我寫信為止。」

陸伊冉沒有吭聲，她巴不得謝詞安永遠不要再出現在青陽，還想要給他寫信？她心中一百個不情願，但為了把他打發走，陸伊冉只好答應下來。

謝詞安幽怨地看了她一眼，好像知道她此時的想法，湊近她耳邊，曖昧地說道：「說話算話，不然為夫會在床榻上罰妳。」

陸伊冉臉上一紅，正想啐他一句，轉身就被謝詞安吻了上來，這次卻不像往日那般急促。

他溫柔地碰著陸伊冉的臉龐，繾綣不捨，不帶一點情慾，像是安撫，更像是歉意，都在他的唇齒之間。

目光交纏間，他眼中的柔情濃得化不開。

陸伊冉怕再次深陷，閉眼任他胡來，如一根木頭般，想讓他失去興致。

謝詞安卻不肯罷休，一遍又一遍地輕輕喚著她的名字，像是要在她封閉的心口處執著地撬開一個缺口，才肯罷休。

直到她睜開眼，他看到了自己的影子，才放開了陸伊冉的雙肩。

晚上，謝詞安讓人把江氏接了出來。

在河岸邊的酒樓，他為循哥兒辦了一個不一樣的生辰宴，放了循哥兒最喜歡的花炮，照亮了整個河岸。

翌日一早，謝詞安吻了吻熟睡中的循哥兒，不捨地看了一眼陸伊冉。

拜別江氏後，他不再回頭，躬身進了馬車，片刻間，馬車便駛出了陸宅附近的巷口。

馬車消失在陸伊冉視線的那一刻，她人輕鬆了不少。

隨後想到循哥兒醒後定會找他爹爹，就又頭疼了起來。

這是她虧欠循兒的，也只能在別的地方加倍彌補他了。

畢竟她已知道結局，就不會讓自己和家人再次陷進去。

謝詞安上船時，林源已等候在船艙客房，他要和謝詞安一起到兗州，去河西接替童飛的任務，童飛早幾日已從河西出發，將隨謝詞安一起回京。

「青陽這邊可安排妥當了？一定要留可靠的人。」

「侯爺放心，屬下安排的是碧霞和如風。」

兩人都是女暗衛，出過許多重要的任務，此次分派的任務對她們來說是最輕鬆的一次。

謝詞安聽後，沒再作聲。客船鳴笛一響，他便揮手讓林源先退下。

客船駛出青陽不久，謝詞安正手持一卷兵書認真翻閱，突然動作一頓，對外喝道：「還不出來！」

陸伊卓這才以龜行的速度挪過去，也不敢抬頭，垂首悶聲道：「姊夫，你帶我去尚京吧……」

「我就當你是去尚京遊玩一趟，到時再和岳父他們一起回青陽！」謝詞安失了往日的溫和，一臉厲色。

「姊夫，我不想留在青陽做一個混吃等死的公子哥兒，我想和你一樣，做一個堂堂正正的男子漢！」陸伊卓跪在謝詞安面前，小聲哽咽起來。

自己的爹爹在縣衙被汪樹打壓多年，他一直都知道，大家都以為他沒心沒肺，看似性子粗，其實他比誰都看得遠。

青陽人人都知通判汪樹，卻不知縣令陸佩顯。

只要有功績，都是汪樹的；有紕漏不足之處，都是他爹爹的。

他想出人頭地，為他爹娘爭氣一回。

昨日他就準備好了自己的盤纏，今日一大早，人人都以為他還在睡懶覺時，他已經背著所有人偷偷出了府，就連七月都沒帶。

陸伊卓用衣袖抹掉臉上的淚水，那動作和神態，和陸伊冉有幾分相似。謝詞安不禁心軟，扶起陸伊卓，耐心地道：「卓兒，你已經長大了，這樣莽撞行事，家裡人都會擔心的。」

「我知道，我給姊姊和娘都留了書信的。」

陸宅。

江氏是在午膳後才看到書信的。

而陸伊冉壓根兒就沒拿到什麼書信，她還是從江氏口中得知的。

她前腳才哄好循哥兒，後腳就聽到這個消息。

江氏一面哭訴謝詞安一來就攪得家裡不安生，一面又把陸伊卓罵成了狗。

陸伊冉最先冷靜下來，勸慰道：「娘，您別著急，爹在尚京，卓兒出不了亂子；況且，謝詞安……會照顧他的。」

第十三章

陸佩顯父子倆坐了十日的客船，兩人腳沾地的那刻，頭都還是暈的。

一下客船，就有人把父子倆請上馬車，說是他們侯爺已給兩人安頓好了住處。

不用像往日一般，住店打尖折騰下來，就得花上一、兩個時辰。

馬車把父子倆載到惠康坊的宅院正門，門匾上醒目的「如意宅」三字把父子倆嚇得不輕，以為走錯了地方。

「大郎，這車伕是不是走錯道了？這宅子這般氣派，我們兩人哪住得起？」

「老太爺和陸大人，裡面請。」

父子倆正躊躇不定時，就見余亮出門來接他們。

陸佩顯不認識這宅子，可他認得余亮。這一刻，他才相信謝詞安是真為他們安排好了一切。

余亮把兩人往木香院的客房帶，路過一座華麗的庭院，白牆青瓦、雕梁畫棟，院中的花香撲面而來。

從牆外看去，臺階處以及拱門處都雕刻著精美的茶梨花，一看就是女子住的院落。

抬頭一看，門匾上「伊冉苑」三字出現在他們面前。

陸佩顯斟酌一番後問道：「余侍衛，這院子住的何人？」

「自是侯府夫人，您的女兒，陸大娘子。」

陸佩顯和陸老爺子一聽，渾身一震，不敢相信，這奢華程度都快趕上皇宮了。

這是一座女子住的二進別院，院中花草的養護都極為精細。

尤其是主院，就是現在的「伊冉苑」，裡面更是寬敞又精緻。

花圃設計新穎，四季皆有不同的景觀，無論哪個季節都有花香。

廂房正廳裡的門框、窗牖、頂格和家具上都雕刻著精美的花紋，屋內桌椅、床榻華貴無比，都是用上好的紫檀、黃花梨或紅木製成，連床榻上的被褥、枕頭，用的都是絲綢、錦緞的料子。

陸佩顯父子倆看得眼花撩亂。

「大郎，你們也別把冉冉留在青陽太久了，這裡才是她和循哥兒的家。」陸老爺子看破不說破，由衷地提醒道。

而後，老爺子吩咐照顧他的小廝扶他下去歇息。

余亮喚來家丁，把他們帶去客房。

陸佩顯又漫步到屋外，院中的鞦韆架吸引了他的目光。

他走過去，坐在上面，慢悠悠地盪起來。

小時候，陸伊冉曾在他面前提過多次，想要在院中做個鞦韆架。

那時他們住的院子不大，他嫌孩子吵鬧，會影響他處理公務，強烈阻止。因為此事，陸伊冉第一次與他頂嘴，還說以後一定要找一個願意為她做鞦韆架的夫君。她兩手扠腰、氣呼呼地與他理論的樣子，他到現在都還記得。

不知不覺，陸佩顯眼中噙滿淚水，越發覺得自己對陸伊冉虧欠良多。

「余侍衛，這院子是侯爺何時買的？」

「去年五月。」

這座宅院是一個富商轉賣出來的，謝詞安也是無意中聽衙門同僚提起。

那時陸伊冉剛落了胎，謝詞安見她心情沈悶，本想接她出來住兩天，但那時他忙著洗脫自己身上的嫌疑，就忘記了此事。

陸伊冉離京後，謝詞安才想起這座宅子，讓余亮帶人過來重新打掃，添置用品。

院外的茶梨花，是謝詞安特意要求刻上去的。院中的景物和擺設，都是按侯府如意齋的樣子布置。

之前院中沒桃樹，謝詞安又讓余亮去別處移栽過來兩株。

臨出院子時，陸佩顯輕聲說了一句。「你們侯爺有心了。」

翌日。

按照原先的計劃，陸佩顯第二日就要帶著陸老爺子進宮面見安貴妃和皇上。

天家皇子大婚，凡是七品以上的官員都可入京，參加大婚儀式。

但能得天子面見的很少，除非皇上傳召。

然而昨天晚上父子倆商量後，又改成了今天先到侯府拜見老太太。

老太太在仙鶴堂，聽人通報後，連忙起身，吩咐下人把父子兩人迎進來。

路過雲展敞廳時，三房的太夫人都在猜測，來的是老太太的什麼親戚？

短暫對視，陳氏和陸佩顯都認出了彼此。

陳氏記得，那是陸伊冉嫁進謝府的第一年，新歲之日，外放官員回京朝賀時，陸佩顯上門拜訪，要求見陸伊冉一面。

陳氏剛好在院中消食，聽人通報後，她去門外瞅了眼，就吩咐門房的人把陸佩顯趕走。

父子倆還沒到仙鶴堂，老太太已親自等在甬道處接兩人。

「今日陸某帶父親前來，打擾老太太了。」陸佩顯先一步施禮，躬身一拜。

「是我們謝家失禮，讓你們和孫媳婦受委屈了，快請進！」

老太太已做足了被陸老爺子責罵的準備，畢竟人家孫女嫁到謝家受了這麼多委屈，被她祖父說兩句也是應當的。

進了仙鶴堂，父子倆一句也沒提陸伊冉受委屈的事，只是說帶了些東西和書信來。

這讓老太太心中越發不安，隨即吩咐身旁的老嬤嬤，讓人把父子倆的行李搬回客院去。

結果這時才知，父子倆是昨日到的尚京，在府外已找好了落腳處。老太太不依，堅持讓人把他們的行李搬到府上來。

直到陸佩顯道出，府外的住處是謝詞安吩咐人安排的，老太太這才作罷。

「老太爺，我那孫媳婦和曾孫，怎麼沒和你們一起回來？」

陸老爺子不知其中的曲折，正想解釋，陸佩顯先一步接過話。「冉冉回青陽後水土不服，身子剛調理過來，她母親捨不得，想讓她再好好養養。」就是不說何時回京。

聞言，老太太心中再想念循哥兒，嘴上也只能答應下來。「這麼久沒見到我的循哥兒，只怕他早不記得我這個曾祖母了。」

「老太太放心，冉冉常在孩子面前提起您，他們都不會忘記您的。」陸佩顯不擅長與婦人們家長裡短的閒聊，只能硬邦邦地說了這麼一句。

即便知道只是句安慰的話，老太太也能高興半天。

謝庭芳在內室把他們送來的包裹一拆開，心中不好的預感就越發強烈了。

信中對歸期一字沒提，給老太太帶的補品足足可以吃上一年，給自己帶的醒神茶葉也能喝半年。

她猜測，陸伊冉短時間內是不會回尚京的。

父子倆推辭不了老太太的熱情，只好在府上用過午膳後，再去宮中。

江氏為了陸伊卓，氣得病倒在床，幾副湯藥下去才有所好轉。

家中和鋪子生意上的事，全落在陸伊冉一人身上。

這日陸伊冉剛回陸宅，一下馬車，就見門口有一個穿著一身水紅色襦裙的小姑娘，十三、四歲的模樣，頭上頂著兩個雙鬟髻。

小姑娘一見陸伊冉她們下了馬車，忙躲到石獅子後。

陸伊冉、雲喜和阿圓三人互望一眼，也沒多加理會，徑直往門口走去。

這姑娘已在陸宅門口出現幾日了，見人就躲，也不說話，一問就紅著臉跑開。

眼看她們要進門了，小姑娘終於鼓起勇氣叫住了陸伊冉。「請問妳是他的姊姊嗎？」

「誰的姊姊？」這話問得不清不楚的，陸伊冉便轉身回問道。

小姑娘見陸伊冉轉過了身，害羞得又要躲起來。

陸伊冉見她有張圓圓的臉蛋、大大的眼睛，長得十分可愛，忽然起了逗弄之心，打趣道：「別躲了，尾巴都露出來了！」

小姑娘紅著臉，趕緊把裙襬扯進去，惹得雲喜和阿圓哈哈大笑。

見人笑她，小姑娘羞得拔腿就跑。

陸伊冉輕聲勸道：「別跑，小心摔了。」

小姑娘見她人很隨和，便乖巧地立在原地，羞澀得低頭不語。

「叫我姊姊的，有陸伊萱、陸伊裏還有江錦然，哦，還有一個叫陸伊卓的。這幾個人裡，妳問的誰？」

去。

「我問、我問……陸伊卓。」一句話說完，小姑娘的臉已紅得不像樣了，她忙又背過身去。

陸伊冉嘴角上揚，這副少女懷春的樣子，讓人一看就明瞭，定是陸伊卓在外惹的桃花債。她不忍心繼續打趣小姑娘，只好如實告知。「陸伊卓去尚京了，妳找他何事？妳叫什麼名字？」

「我叫裊裊，我想找他幫幫我。」小姑娘沒了防備，膽子也稍微大了起來，這才敢抬頭正眼看陸伊冉。「姊姊，妳長得可真好看。」

陸伊冉莞爾一笑。「妳也好看，長大了定是個大美人。要不妳半個月後再來吧，天氣也熱，快些回家去，別讓家裡人擔心。」

「我不想回去。」小姑娘小聲地咕噥了一句。

陸伊冉心中一軟，猜測定是家裡管得嚴，遂起了惻隱之心。「那妳願意和我回府，喝碗消暑湯嗎？」

小姑娘想去又不敢去。

陸伊冉遂主動牽起她的手，把人帶回陸宅。

回到自己閨房後，陸伊冉讓阿圓給小姑娘端來糕點和香飲子。

小姑娘用完一盞，與她們也熟絡起來，這才說出她是震遠鏢局鏢頭的女兒，也就是陸伊卓的小東家。

「姊姊，能不能叫陸伊卓早些回來？」

小姑娘放下碗時，露出來的手腕處有一圈青痕，屋中幾人都看得清清楚楚。

陸伊冉心頭微跳，極有耐心地問道：「裊裊，妳究竟有何事？陸伊卓不在，我也可以幫妳的。」

裊裊又低頭不語起來，半晌後，才小小聲地說道：「我……我繼母要把我賣給一個很醜的人做小妾……」

陸伊卓這廂，徵得了謝詞安的同意後，有了靠山，他的心情自是好得很。不暈船，吃得下，也睡得香。

船艙太小，他想練習又伸展不開拳腳，因而時不時就往他姊夫的客房跑。

謝詞安即便在忙公務，也不喝斥他。

此時，他們已過了競州，剛坐上回京的官船。

書案上，全是從驛站送來的諜報。

童飛已為謝詞安整理好，他忙時，童飛也不敢輕易打擾。

然而陸伊卓卻在謝詞安對面的羅漢榻上呼呼大睡，呼嚕聲沒有，就是總會說幾句聽不清的夢話。

船上風大，謝詞安讓童飛拿來雲被為陸伊卓蓋上。

謝詞安忙完公務，就出了客房，走到甲板上，從懷中掏出一個香囊，拉開一看，裡頭全是剪下來的衣角碎片。他合眼聞著香囊上的味道，感受著那股熟悉的氣息，嘴角忍不住上揚，覺得安心不少。

甲板上風大，吹得他的衣襬呼呼作響，謝詞安忙把香囊揣在懷中，好似怕風把這氣息給吹走似的，寶貝得很。

隨即心中一片苦澀，沒承想他謝詞安也有做賊的一天，別人偷金偷銀，他卻偷香，偷的還是自己夫人的體香。

香囊裡裝的，全是從陸伊冉的肚兜上剪下來的衣角。

每晚睡在她身邊，對如今的他來說也是一種奢望，於是就想起自己在軍隊時聽到的渾話，將士們離家時，都會帶走自己娘子的肚兜，思念時就能拿出來聞聞、看看，以解相思之苦。

他原本也是這樣計劃的，但轉念一想，只拿走一件太少了，也無法引起陸伊冉的注意，於是腦中就浮現了這麼個歪點子。偷來的東西不大，拿出來時不會讓人笑話，還能讓陸伊冉每日穿衣服時都能記起他。

那幾晚，他沒碰到陸伊冉，心中的渴望和遺憾促使他不放過陸伊冉的任何一件肚兜。

他知道陸伊冉不愛鋪張浪費，只破一個小洞的肚兜不會扔掉，因此她穿的時候，就會罵他一遍，也算是記得他一回了。

宮人在前面帶路，陸老爺子精神矍鑠，沒人攙扶依然走得又穩又快。

陸佩顯想伸手扶一把，還遭陸老爺子一頓訓斥。

「這是在宮中，拉拉扯扯成何體統？你一個朝廷官員，要時刻注意儀態，別給貴妃娘娘丟臉！」

陸佩顯啼笑皆非地回道：「是，兒子受教了。」

安貴妃早早就等在清悅殿門口，要不是宮規嚴格，她簡直恨不得到東華宮門口接人。

當父兄倆的身影出現在安貴妃視線裡的那刻，她立即幾步走到兩人身前。

「爹！大哥！」喚出聲的那一刻，眼淚也奪眶而出。

「參見娘娘。」

父子倆雙膝跪下，異口同聲向安貴妃請安。

看著老父親佝僂著身子還要給自己行跪禮，陸佩瑤憎恨自己這重身分，更恨這困住自己一生的牢籠。

「爹、大哥，快起身！」她扶起二人，當即挽住陸老爺子的手。「爹，女兒終於見到您了！」父女倆已有六年未見，這一刻好似一場夢。

「娘娘，我們先回屋吧。」陸佩顯壓抑著激動的心情，提醒道。

回到殿內，陸老爺子堅持要先拆包袱。

連秀一打開，全是陸佩瑤兒時愛吃的零嘴。

陸佩瑤哽咽道：「爹，我已經不是孩子了。」

陸老爺子老淚縱橫，苦澀地回了句。「在爹爹心中，妳到一百歲都是孩子。」

一併帶來的，還有家中其他人給陸佩瑤的東西，東西不矜貴，卻件件能暖她的心。

老爺子走了這麼一路，很快精神就有些不濟，陸佩瑤和連秀先把他扶到客房歇息。

兄妹倆這才有時間說上朝中事。

「娘娘，東宮可有何變動？」屋中只留連秀一人伺候時，陸佩顯才輕聲問出他這段時日最憂心的問題。

「大哥，你在何處聽的謠言？」

「不是謠言，下官只想求證，心中也好有數。」

陸佩瑤走近陸佩顯身旁，悄聲道：「大哥，皇上已停了太子在六部的重要事務，聲稱太子身子不適，須靜養。」

「皇上……可有拒絕九皇子分封去吳郡？」

陸佩瑤半天才黯然傷神，頷首默認。而後，又問陸伊冉何時回京？

陸佩顯不想為自己的妹妹再添煩惱，答的也是和老太太一樣的說辭。

再難得的相聚，也有告別的時候。

好在，他們還可以在尚京待幾日，安貴妃也可以出宮與父兄見面。

今日皇上繁忙，不得空召見陸佩顯。

陸佩顯心中反而鬆了一大口氣。公事汪樹早就呈了上去，私事的話，孝正帝不問，他還真沒那個膽提。

青陽這邊。

那日，小姑娘說出自己的困境後，陸伊冉本想設法相幫，卻被江氏阻止了。

小姑娘雖然身世可憐，卻是別人的家事。

江氏對震遠鏢局的事，比陸伊冉知道得多些，了解那鏢頭的繼妻是個不好惹的性子。

如今丈夫不在，謝詞安也剛離開，若貿然替別人出頭，她怕陸伊冉會惹禍上身。

細想一下，小姑娘還有幾個月才及笄，她繼母就算要她嫁人，也要等到及笄禮後。

那時陸伊冉的父親已回青陽，到時或許由陸佩顯出面，可以幫幫那小姑娘。

因此，陸伊冉把小姑娘安撫一番後，讓人先送她回家，並讓她有事隨時可以來找自己。

近幾日，阿圓經常向陸伊冉提起她們鋪子旁開了家玉器和首飾鋪，首飾件件華貴，許多都是珍珠、瑪瑙。

阿圓性子活潑，從夥計口中得知，他們玉器鋪的東家不是青陽人。

陸伊冉就當閒話聽聽，也沒多在意。

這天，她人剛進琉璃街鋪子，一盞茶還沒喝完，就見一個穿著一襲象牙白刻絲長袍的郎君走進鋪子，他風度翩翩，有一雙桃花眼。

夥計以為他是客人，他卻說找他們東家有事。

陸伊冉在內室聽到說話聲，挑簾一看，心中不由得一陣感嘆，青陽何時出了這樣的美男子？

「這位可是陸娘子？」

「正是。這位郎君找妾身有何事？」陸伊冉大大方方地從內室走出來，答道。

「在下游韶，是新開的玉器店鋪的東家，今日冒昧上門打擾。日後大家就是鄰里，這是小小心意，不成敬意，還請陸娘子收下。」

他侃侃而談，除了青陽話不甚熟悉外，一看便知是在生意場上吃得開的人。

雖是商賈出身，卻不見半點俗氣，反而有些文雅之氣。

而後，他直接打開手上的妝匣，是一對紅瑪瑙耳璫，顏色鮮豔，圓潤透亮。

合上妝匣後，他放到陸伊冉身旁的案桌上。

陸伊冉戴著面紗，對他微微福身，說道：「游掌櫃實在客氣，這禮太過貴重，妾身委實不敢收，還請游掌櫃帶回去。」非親非故，一見面就出手如此闊綽，不是求人，就是有事，因此陸伊冉想也沒想就拒絕了。

「陸娘子無須客氣，游某送出去的東西，萬萬沒有再拿回來的道理。日後在青陽，還少不得陸娘子幫襯，就當是一點謝禮吧。那游某先行告辭，就不打擾陸娘子了。」游韶說完話，快速離開。

「姑娘，他自己要送的，您就收下吧，您戴這個肯定好看。」阿圓忍不住拿起來看了又看，捨不得放手。

「再好看都是別人的東西，我也不缺這麼一對耳璫。妳去問問周邊的鋪子，看看他們有沒有收到此類重禮？」

「嗯。」

阿圓愛嗑瓜子，這周圍鋪子裡的夥計都是她用一把瓜子嗑出來的情分，隨便一問就能知道答案。

這條街離青陽縣衙近，之前做綢緞和棉布生意的也有好幾家，現在只剩下江氏的兩家鋪子。

如今絲綢生意有了起色，前幾日鄰家動土修繕，陸伊冉還以為是老鄰居回來了，原來卻是外地人。

這琉璃街猶如尚京的御街，周圍住的都是青陽非富即貴的人家，把玉器鋪子開在這裡，不愁沒銀子賺。

片刻後，阿圓就打聽完回來了。

前前後後問了好幾家，都沒收到過游掌櫃送的禮。

陸伊冉沈吟半晌，仔細端詳一番，總覺得這對耳璫有些熟悉，彷彿在何處見過。
思忖一番後，陸伊冉讓雲喜挑了兩疋上好的綢緞送過去，算作回禮。
她倒要看看，此人接近自己究竟有何目的？

青陽一間華麗的宅院廂房中。
一俊美男子盤腿坐於美人榻上，他身旁的女郎正為他斟滿酒盞。
女郎嫵媚一笑好似能勾魂攝魄，俊美男子忍不住低頭一吻，長手一伸，把人牢牢固定在自己懷中，兩人纏綿良久才放開彼此。
女郎長得千嬌百媚，人間尤物一般，五官深邃，一看就不是中原人的長相。
「韶郎，你說她會上鈎嗎？」女郎沒有骨頭似的靠著男子，輕聲細語地問道。
女郎說的不是青陽話，卻特意學了青陽人的吳儂軟語，聽著有些不倫不類。
可那男子並不在意，反而直誇她有進步。
摟著女郎的男子，正是玉器鋪的掌櫃游韶，他一雙多情的桃花眼微微一笑，讓他懷中的女郎失神片刻。
「見她不像一般的官家女，一副耳璫怎會讓她輕易上鈎？」
「那她有我美嗎？」女郎不喜他稱讚別人，紅唇一噘，不悅地問道。
「自是不及我的阿依娜。」說罷低頭，再次吻了上去，隨後紗簾也被慢慢扯下。

七月二十八這日，是惟陽郡主與六皇子的大婚之日。整個尚京從朱雀大街起，到平康坊這幾條主幹道，都被裝點得煥然一新。

尤其是平康坊瑞王府周圍，街道上掛滿了紅燈籠和紅絲帶。

王府內布置得喜氣又隆重，就連門口的石獅子都綁上了紅綢緞。

皇宮內苑也是一派喜氣。

謝詞微一身紅色宮裝，雍容華貴。

孝正帝一身龍袍，雖到了知天命的年歲，卻依然儀表堂堂。今日他臉上少了些帝王的威嚴，多了些平常人家的慈父笑容。

此時，二位新人正在向帝后行跪拜之禮。

宮中司禮聲音大而洪亮。

瑞王緊緊拉著惟陽郡主的手，莊重又緊張。

新人三拜後，群臣又向帝后跪禮恭賀。

氣勢威嚴，聲音響徹整個皇宮。

所有禮儀完畢，惟陽郡主被送到瑞王府時，人已經累癱。

趙元哲與她喝過合巹酒後，也捨不得讓她再受累了，急急挑開惟陽的紅蓋頭。

眾人退下後，惟陽郡主紅著眼睛不願理他。

趙元哲一面拉著惟陽的手搓揉，一面哄道：「我的好九兒，今日妳受苦了。別哭了，等會兒熄了紅燭，任妳打還不行嗎？」

「笨蛋！今日的紅燭能熄嗎？」

惟陽郡主紅豔豔的小嘴一噘，看得趙元哲心猿意馬直搖頭。

「趙元哲，你就是個負心漢！才剛拜完堂就想反悔，你母后都把側王妃給你娶進門了！你今晚別來我屋裡睡，去找你的側王妃！」惟陽一說完，水汪汪的大眼裡已盈滿淚。

這可把趙元哲心疼壞了，手忙腳亂地給她擦淚。「那側王妃是母后娶的，又不是我要娶的。妳知道的，我母后決定了的事，我反對也沒用。我們兩人的洞房，我都盼了幾十年了，妳怎能趕我去別人的房裡？」

「說話牛頭不對馬嘴！你才多大，就盼了幾十年！」惟陽氣得背過了身去，乾脆不理他。

「我的好九兒，我說錯了，妳就饒了我可好？我的心、我的人全是妳的！」接著，就從懷中掏出一本書冊。「好九兒，我昨日連夜為妳作了首新詩，唸給妳聽聽可好？」

一聽是新詩，惟陽才轉過了身，嬌羞地道：「真難為你了，你先別唸，外人聽了又要笑話你，我先找找，看看有沒有錯字。」

「欸，還是九兒最好了，不笑話我，也不逼我讀書，還會給我挑錯。」趙元哲開心得分不清東西南北，早忘了外面廳裡，還有一幫等著他招待的客人。

一本詩冊裡，找出了好幾個錯字。

等趙元哲改好後，外面的小公公已急得恨不得進屋把人揪出來。

「九兒，別再傷心了。我答應皇姑的，這輩子定會好好護著妳，不讓妳傷心。明日我就帶妳去賽馬可好？」

一句話，讓惟陽郡主破涕為笑。

等謝詞安回到尚京時，已完美錯過了瑞王的婚事。

一到尚京，他先把陸伊卓送到惠康坊。

回到侯府後，讓余亮備了份禮送到瑞王府，隨後去了榮安堂，給陳氏請安。

這麼多日過去，陳氏見了謝詞安依然沒有好臉色，謝詞儀見了也不肯再喚他。

謝詞安卻並不在意兩人的態度，放下給她們的禮後就準備離開。

「安兒，你如今眼中已沒有我這個母親了，你的東西拿走，我不要！」陳氏驕縱，哪受過這樣的委屈？過了這麼久，謝詞安都沒在她面前道半句歉，她如何肯服軟？

「這個禮，府上人手一份，母親如果不想要，扔掉就好。」謝詞安答得也乾脆，依然沒半句軟話，轉身就走。

陳氏氣得傻在當場，心中也開始慌亂起來。兒子都不維護自己了，她在侯府還有何臉面？

「我的天爺呀，我怎麼就養了這麼個沒心沒肺的不孝子呀！和他爹一模一樣，為了一個女人，連自己的母親都不要了！」陳氏捶胸頓足地哭訴起來。多年前，她就是這樣失去丈夫的心，如今陳氏感覺自己又快失去兒子了。

「母親，兄長不孝敬您，還有我和長姊，反正他從小就不和您親。」

陳氏這次沒再縱著謝詞儀，反而開口訓斥道：「這句話以後不許再胡說！聽到沒？無論是妳，還是妳長姊，都還需要他。母親說幾句怨言罷了，妳萬不可得罪他。儀兒，做人要圓滑些，不可再這麼隨興了，過完年，妳就要出嫁了。」

「知道了，母親。」

謝詞儀與梁國公長孫梁既白的婚事，定在明年三月。

此時謝詞儀還是一副小孩子脾氣，不見一點城府和穩重。陳氏心中暗暗著急，就怕她嫁到梁國公府去，和人處不好關係，要吃暗虧。

謝詞安充耳不聞身後的哭鬧聲，快速走出榮安堂。

余亮見他一臉鐵青，在身後也不敢吱聲。

快進仙鶴堂時，謝詞安突然開口說：「你不用跟著我，雲喜給你帶了東西，我讓人放到你屋裡了，去看看吧。」

「侯爺，您說的是真的？雲喜給我帶東西了？」余亮笑得眼睛都瞇成一條縫了。

謝詞安見他高興得像個孩子，羡慕余亮有人惦記，而自己只有惦記她的分，心中忍不住一陣失落。

謝詞安在仙鶴堂用過晚膳後，去了一趟宮中，把河西的情況如實報給孝正帝後，出宮徑直去了惠康坊的如意宅。

陸佩顯他們已歇下，他讓余亮把他的箱籠放到伊冉苑。

雲被的顏色和料子，都是按之前如意齋的款式採買的。

屋中的熏香也是陸伊冉喜歡的味道。

床榻旁的碧紗櫥裡，全是陸伊冉之前沒帶走的衣裙。

謝詞安打開箱籠，把自己的衣袍掛在她的衣裙旁。

之前嫌她傻氣可笑，如今自己也一樣。

想追逐過去的腳步，一點點相似的場景都會讓他覺得彌足珍貴。

陸伊冉不給他機會，他就創造機會，只為抓住那一點點渺茫的希望。

次日是陸佩顯父子倆離京的日子，謝詞安特意休沐一天，送別兩人，並準備好了給陸伊冉帶回去的東西。

謝詞安早早讓人備好了早膳，等陸佩顯和陸老爺子到膳廳時，他已等候多時。

陸伊顯昨夜為了陸伊卓不願與他回青陽的事而一夜未眠，神色憔悴。桌邊三人不是那種互訴衷腸的關係，一、兩句話說完後，就沈默地用著早膳。

備好的膳食都是按照陸佩顯他們的青陽口味，稍微有些偏甜。

「不知今日的膳食是否合太岳父和岳父的胃口？」謝詞安難得在用膳時主動說話。

「合胃口，你有心了。」陸佩顯早發現了這些，煩躁的心頭一暖，答道。

昨日，陸伊卓被人送到他面前的那一刻，他真是恨不得活活打死這個不省心的兒子。氣一消，只能耐心地把所有利益牽扯，還有陸伊冉和謝詞安如今的真實情況都如實相告。沒承想，這反而更堅定了陸伊卓要留在尚京的想法。

勸說無用，今日一早，陸伊卓已在院內練習，謝詞安也沒去打擾他。

陸老爺子年紀大了，一碗鮑魚粥就能讓他飽矣。他知道兩人有話說，藉故到客房收拾東西。

分別在即，兩人都有心事。

謝詞安先開口說道：「岳父大人，冉冉和循兒在青陽，就拜託您和岳母照顧了。」

「冉冉是我的女兒，照顧他們母子倆本是天經地義之事。卓兒我勸不了他，只怕暫時也要拜託你了。」

父子倆昨日吵得不歡而散一事，謝詞安也聽說了，只能委婉勸道：「岳父大人，卓兒您不用操心。他想參軍，小婿也不贊成；不過，他還有一條路可選——御林軍侍衛。每年十月，宮中都會選拔一批侍衛，如果你們同意，以他的悟性和勤奮，再苦練一年，明年定能選上。」

「這……」這消息太過突然，一時之間陸佩顯也回答不了。

「岳父大人不必急著回答，回去和岳母商榷一番後，再寫信告訴小婿就好。」

見謝詞安對自己兒子的事如此上心，陸佩顯心中感激，回道：「好，就勞你費心了。」

皇城司的衙房裡，謝詞安正埋首處理公務。

趙元哲帶著自己的新婚王妃，堂而皇之地走了進來。

「臣，參見瑞王和瑞王妃。」謝詞安起身長袖一揖，向兩人施禮。

「舅舅，你不必這般客氣。」

有他的新婚妻子在場，謝詞安也不會指責他的稱呼，把兩人請到上首落坐。

「謝大人，我們到府上去過，一問才知你、你……夫人不在尚京。惟陽有一份回禮想給你夫人，麻、麻煩你幫忙轉交給她。」惟陽郡主從未近距離接觸過謝詞安，看他一臉嚴肅，說話都有些不索利了。她讓人拿出一個紅木匣盒，放到謝詞安面前。

聽聞是為了此事，謝詞安臉上露出一絲極淺的笑容，溫和道：「多謝王妃。」

見他不再冷臉，惟陽郡主又忍不多問了一句。「不知夫人她何時回京？到時妾身好去找她。」

謝詞安喉嚨微梗，神色一滯。

「好了九兒，妳就別問這麼多了。舅舅剛剛回京，事務多，我們就別打擾他了。」趙元哲以為謝詞安不悅，忙阻止她繼續問。畢竟人人都知道，他這個舅舅對他那個舅母不太滿意，他們和離的傳聞就沒停過。

「瑞王殿下，臣有話說，還請留步。」

本來今日趙元哲不願來見謝詞安的，因為這些日子他一天都沒去過兵部，整日帶著惟陽郡主四處遊玩，所以有些心虛。

余亮把惟陽郡主帶出堂屋後，謝詞安又恢復之前清冷的樣子。

「瑞王殿下，你新婚三日早過了，希望你以公務為重。」昨日謝詞安入宮時，在路上碰到兵部尚書，才知道這些日子以來，趙元哲全不把公務當一回事。自己幾番籌劃為他爭取來的，他卻絲毫不在意，這些年用心栽培他一身武藝，也不用到正事上。

趙元哲在長公主府外的荒唐事，已傳得全尚京城都知道，他用荒誕的行動貢獻了一本本「癡情王爺用心抱得美人歸」的話本。

王府內院的事，他這個做舅舅的不能管，可公務上的事卻是能說上幾句。

「就知道你要提這件事，是我母后找你的可對？」趙元哲見脫不了身，只能破罐子破摔，往圈椅上一坐。「兵部的事務有張尚書在，我一個侍郎也管不了那麼多。九兒的父母把她養到那麼大，嫁給我，我就帶她玩幾日而已嘛；況且，這輩子我也不想當——」

「瑞王殿下請慎言！」謝詞安臉色鐵青，立刻喝斥。

趙元哲見他發了火，覷他一眼，不敢再說下去，只好求饒。「舅舅，請你體諒體諒我吧！你的心頭寶是這些公文，所以你忽略了你的家室，讓舅母受委屈；但我的心頭寶是九兒，我不想為了公務忽略她，讓她難受。不過舅舅你放心，再過兩日我就會回兵部處理公務。你先忙，我就不打擾你了。」趙元哲見自己舅舅被他說懵，見機就撤。

謝詞安挫敗地坐回案桌後，無力感湧過全身。

謝家一心扶持的皇子這般不上進，多年堅持又能如何？他祖父拚盡一生，最後落下一身病痛離世，他父親也戰死疆場。

自己為了家族使命，甚至放棄了與妻兒相守的機會。

結果呢，他們費盡心力幫扶，捨棄這麼多，他卻志不在此。

然而，這一刻，謝詞安是羨慕趙元哲的隨興的。

他也好想放下這一切，不管不顧地回到妻兒身邊，他們在何處，他就在何處。

可他祖父臨終前的囑託他不能忘，他父親滿身血污的樣子他也不能忘。

他又掏出腰間的香囊，輕輕觸摸後聞一聞，似乎只有這樣才能讓他緩過神來，提醒自己，路再難也要走下去。

八月初十這日，江氏才收到陸佩顯回青陽的消息，算算日子，再過兩、三日，他們應該就能到青陽了。

她的身子也索利了許多，便吩咐玉娘，讓人把陸伊卓的房間打掃整理一番，她則準備親自去鋪子給陸伊卓挑幾身新衣。她在心中暗暗發誓，這次兒子回來後，說他兩句就好，他的婚事一定要趕緊定下來。

陸伊冉在院中陪循哥兒玩耍，看母親的氣色好了許多，心情也不錯，便猜到是爹爹他們要回來了。

「娘，鋪子這幾日我都去過了，帳也理得差不多，您就不用去了。爹爹他們要回來了，您在家把身子徹底養好吧。等循兒午睡時，我再去作坊看看就好。」

「這幾日辛苦妳了，妳在家好好陪陪循兒，娘親今日去鋪子有事。」

江氏看著循哥兒瘦了一圈的臉蛋，心疼自責得不行，想彎腰抱一抱，又怕把病氣過給他。

謝詞安走了半個月，剛開始幾日，循哥兒天天拉著奶娘的手要去找他爹爹。爹爹找不到，娘親也在鋪子裡一忙就是半天，於是他天天「爹爹」、「娘親」地喊上半日，聽得奶娘和江氏都難受，又不敢告訴陸伊冉。

後來連膳食也不吃了，只好讓陸伊冉把他帶在身邊照顧。

「娘，若不是什麼大事，您又何必急在這一日？」陸伊冉見娘親非要出門，忙勸起來。

「怎麼不是大事？絲綢商行的管事昨日都找到府上來了，說就差我一家綢緞沒有典賣。」

「娘，您要典賣絲綢？」陸伊冉驚得一雙眼瞪得老大，幾步走到江氏身邊。

「不賣又能如何？桑樹都砍了。」

陸伊冉猛地一抬頭，腦中一時靈光閃現，心狂跳不止，忙問道：「是不是汪樹讓蠶農們種藥材了？」

「妳是如何得知的？」

從母親的表情看來，她猜對了。

讓陸伊冉意外的是，今生這件事依然逃不了，只是比上一世提早了兩年。

前世她父親因為此事，差點被皇上罷官，最後她苦苦哀求謝詞安，有了他在中間周旋，她父親才只罰了兩年俸祿。

其實這背後的一切，都是汪樹和一位外商做的手腳。

那時陸伊冉人在尚京，也是纏著謝詞安跟她說了個大概。

外商收購了青陽所有的絲綢，並讓農戶們毀掉了桑樹，種上他帶來的藥材種子。後來他又把在青陽收購的綢緞，高價賣回到大齊。

農戶們種好的藥材賣不出高價、填不飽肚子，最終城內鬧起了饑荒。

此事驚動了朝堂，皇上派人一查才知緣由。

汪樹狡猾，朝中有人給他提前透露風聲，他乘機做好了應對，把鍋甩到陸佩顯頭上。

等在縣衙裡找出外商賄賂的帳本時，便全變成了陸佩顯的責任。

陸伊冉腦中飛速地轉動著，她要想法子解決此事。

不能讓她爹爹揹鍋，更不能讓娘親把綢緞盤賣了。

眼看江氏帶著玉娘將出門口，陸伊冉忙出聲制止道：「娘，綢緞不能盤賣！這兩個月生意都有了起色，以後會越來越好的！」

江氏唉聲嘆氣半天，也是無奈。「我堅持了兩年，貼進去不少銀錢，也算對得起江家的列祖列宗了。如今還剩幾間妳爹爹的私產鋪子，和妳在尚京的生意，大富大貴我們過不了，但也夠養活一家人了。我病了幾日也想通了，兒女才最重要。往年我把心思全花在鋪子上，妳倒懂事，但妳看看卓兒，如今變成這樣，都是我往日疏忽了。」

眼看勸阻無用，江氏鐵了心要賣手上的料子，陸伊冉一時間也想不出別的法子，只好用小時候的法子，裝暈過去。

一院子人頓時慌了手腳，江氏嚇得六神無主，循哥兒則害怕得哇哇大叫。

如此，才成功把江氏留在府裡了。

尚京護國侯府這邊也不安生。

前腳說謝詞安在惠康坊養外室，傳得有鼻子有眼的。

後腳卻被周氏鬧出來，竟是她夫君謝詞佑在外養了外室。

這天，謝詞安惦記他祖母，回到了侯府，和余亮還沒進霧冽堂，就被周氏攔在半道上。

「二弟，你是侯府的當家人，你長兄在外養外室你管不管？」這段時間，周氏一直被這件事折磨，人憔悴了不少，沒了往日那份圓滑和儀態，對謝詞安的態度也是怨氣十足。

自從上次謝詞安收回袁氏的管家權後，就很少和大房這邊的女眷打交道了，今日被攔在路上，他若不言語兩句，看周氏的樣子是不會罷休的。

謝詞安眉頭微皺，情緒掩蓋在眼底，淡淡道：「我雖是侯府管家人，卻無權過問長兄的後院事。長嫂應該去找大伯母和大伯父，實在不該來找我。」說完便要繼續邁步。

「母親、父親還有祖母，他們三人都同意把人接進侯府了；難道現在連你這個當家人也不願意為我主持公道？」周氏徹底沒了主意，紅著一雙眼，大聲對謝詞安吼道。

謝詞安邁出的腳步一停，微愣了下，眼簾一掀，冷聲道：「長嫂想要公道，那妳們欠我夫人的公道，又要怎麼還？」想起陸伊冉一次次被她們幾人欺負，他卻連一次都沒出面幫過她，心再一次忍不住的抽痛和自責。他連自己的妻子都保護不了，旁人的苦難與他有何干係?語畢冷漠離去，不願再多說一句。

周氏醒過神來後，明白謝詞安為了陸伊冉，對自己生了怨懟。

從前那個清正的當家人也變了。

希望落空，周氏哭倒在地，最後還是謝詞婉讓人把她拉回去的。

周氏鬧了這些天，謝詞佑依然不願意妥協，已打定主意要把人帶回侯府。

說起來，這個外室不是別人，正是之前曾和謝詞佑訂過親的田婉。
田婉的父親受人陷害，田家男丁被流放北境，女眷則被賣到青樓教坊司接客。
謝詞佑當時在外地任職，讓人偷偷把田婉贖出來，把她安排在一戶農家住。
後來那農家的兒子竟強要了田婉，無奈之餘，田婉只能嫁給那人。
謝詞佑那時已有家室，也只能忍痛割愛，給了田婉一筆豐厚的嫁妝。
誰知，那農戶一家對田婉並不好，經常非打即罵，那時謝詞佑已回了尚京，也不能為她出頭，田婉就這樣水深火熱地過了一年又一年。
去年，范陽侯投毒一事，謝詞安無意中也幫田家翻了案。
謝詞佑親自找到田婉，才知她這幾年的遭遇，當即就讓那家寫了和離書，把田婉帶回尚京。
他心中對田婉有愧，兩人經常見面，結果舊情復燃，田婉如今還有了身孕。
謝詞佑藏得深，若不是他主動說出來，沒人知道他和田婉的事。
如今田家恢復清白，袁氏和謝庭毓也只能妥協。
就周氏一人不甘，鬧得整個侯府都雞飛狗跳的。
謝詞安怕周氏去仙鶴堂鬧，把老太太接到離侯府較近的一座別院。
本想著把自己的書籍和衣衫也搬到惠康坊的，又怕他祖母傷心，讓侯府再生別的謠言。

他的生辰在臘月二十八，按他的計劃，陸伊冉和循兒那時已回尚京，到時他再搬過去，一家三口正好團聚。

第十四章

這日，余亮回霧冽堂來給謝詞安拿換洗衣袍，在抄手遊廊碰到好久不見的芙蕖。

那一聲嬌滴滴的「余大哥」，聽得余亮雞皮疙瘩起了一身，忙喝斥道：「叫我名字！好好說話！」

「那你倒是問問侯爺，我們兩人該怎麼安置呀？」

芙蕖緊跟在余亮身後，快到霧冽堂院門時，被余亮攔在院外。

「沒有侯爺的允許，閒雜人等不能進霧冽堂。」

「侯爺什麼時候說的？之前夫人還吩咐我送參湯呢！你們不在時，除了書房管家不讓我進以外，其他地方都讓我打掃的。」

芙蕖在府上待久了，不僅臉皮厚實，人也變得圓滑起來，將府上每個人的性子摸得清清楚楚，又知道謝詞安不在侯府，如今膽子越發大了。

她步子輕盈，正要走向書房廊廡時，就聽到身後余亮的抽刀聲，這才停了下來，臉色一白，不滿地抱怨兩句，出了霧冽堂。

回到衙門後，余亮就把此事報給謝詞安，並問道：「侯爺，我們已摸清她的底細，還要留到何時？」

芙蕖剛到侯府不久，謝詞安就讓人查出了她的底細，是東宮太子的人安排進來的。如今太子正處劣勢，之前都沒讓芙蕖打探到任何消息，也沒機會暗害謝詞安。余亮認為不該再留她，免得一直到他眼前來煩他。

謝詞安頭也未抬，淡淡地說道：「那個叫若辰的，給她安置個可靠的去處；至於芙蕖先留著，日後還有用處。」

「是，屬下這就去辦。」

話說陸伊冉裝暈也只能裝一次，見江氏依然要出門，陸伊冉只好把真實情況告訴母親。江氏聽完發愣半天，不敢相信。

陸伊冉為了讓江氏信服，當天就讓府上機靈的小廝去打聽了——

外商放話出來，如果願意賣綢緞製作手藝的，他便贈一間玉器鋪子。

句句與陸伊冉說的分毫不差，江氏這才知道，自己差點落入別人的圈套。那人不但想要她手上的綢緞，還要她家的手藝和秘方。

當年青陽還是個小郡縣，沒有如今這般繁華，也不興絲綢生意，大都是製作棉布。

江氏的曾祖父不甘落後，外出幾年才學到這門手藝。他憑自己的一己之力，帶動了青陽的絲綢生意。

幾代下來，經手的人一多，雖然也被不少夥計偷師，但製作工序繁瑣，少一步都不行，他們沒得到真傳，不是暈染不行，就是刻絲不行，或者是別的問題。

總之做出來的絲綢，價格上不去，只能低價出售。

只要一試他們的手藝就露了餡，那外商也看不上。

江家絲綢最出色的就是暈染，尤其是江氏的曾祖父自創的幾色兼一，在尚京都有名聲。

陸伊冉的外祖父去世前，把秘方一分為二，給了江氏和她哥哥。

後來絲綢的生意一年不如一年，江氏的哥哥身子又不好，也不那麼看重生意，乾脆用持有的一半秘方，換了江氏的幾間鋪子，於是這門手藝如今就落在江氏一人手上。

現在，就只剩下他們一家正主了。

那人早晚要找上門來，但陸伊冉不擔心手藝洩漏出去，暈染的每一缸，都是江氏親自按照秘方上的配料和方法調製的。

「娘親，您別擔心，爹爹馬上就要回來了，我們如今也知道他們的真面目了，一切小心行事就行。」陸伊冉神色篤定地道：「況且，我大概也知道了，那個外商究竟是何人了。」

「是何人？」江氏這邊還沒緩過神，就聽陸伊冉又爆出另一件事。這還是她那個乖巧懂事的女兒嗎？江氏突然覺得，她好像有些看不透自己的女兒了。

「他就是琉璃街上，在我們隔壁新開店的玉器鋪子游掌櫃。」

琉璃街新開的玉器鋪子，江氏自然知道，卻沒人告訴她，那個掌櫃原來大有來頭。他這樣的身分，一般不會親自出面，女兒又是如何不聲不響地知道的？

陸伊冉迎上她娘親探究的神色，俏皮地說道：「他親自告訴我的。」

「這樣奸詐狡猾的人，如何會據實相告？妳莫不是在糊弄我！」江氏見陸伊冉到這時候了還神神秘秘，越說越不像話，不由得喝斥起來。

陸伊冉只好耐心解釋道：「都是左鄰右舍，別人家一根針都沒送，他卻送了一對珍貴的紅瑪瑙耳璫給我們。而且為什麼送我們一副紅瑪瑙耳璫？那樣式和成色，是不是和您之前死當的那對極為相似？先與我們拉近關係，讓我們放鬆警惕，而後出其不意，目的不就是為了您手上的暈染秘方嗎？」

江氏心中一陣後怕，那日陸伊冉拿回耳璫後，她便迫不及待地試戴起來，也的確起了上門拜訪結交的心思。

陸伊冉那日拿回那副耳璫後，本想把疑惑告訴母親的，卻意外得知，她母親在銀兩周轉不過來時，以二千兩銀子死當了最喜歡的那對紅瑪瑙耳璫。

小時候，陸伊冉悄悄拿出來佩戴時，曾被江氏訓了一頓，所以她才覺得熟悉。

「娘，您別擔心，幸運的是他的陰謀詭計我們能提前識破。」

「還是我的冉冉聰慧，要不是妳留心，只怕我們也這般稀裡糊塗地上了當。」

不知不覺，陸伊冉已經成長為江氏慌亂無措時的主心骨兒，她的沈著冷靜讓江氏倍感欣慰。

「娘親，您別急，我們先按兵不動，如今該急的是他們。爹爹過不了多久就會回來了，他們的勝算不大。」她既是在安撫自己的娘親，也是在鼓勵自己。

這日，陸伊冉剛到鋪子，一位穿著樸實卻蒙著面紗的女子走了進來。

進鋪子後，女子挑了幾樣綢緞料子，又猶豫不決地放回原位，目光直愣愣地看向正在與夥計說話的陸伊冉。

雲喜見她不買綢緞，只直勾勾地看著自家姑娘，忍不住上前詢問她有何事。

「我想給我家公子買料子做衣袍，但不知該怎麼選你們漢人的料子。」

她語速極慢，揭下面紗後，露出一張美豔的臉龐，是一個胡人姑娘，看得雲喜一愣。

在尚京，她們經常看到胡人，可在青陽，她還是頭一次看到這麼美豔的胡人。

陸伊冉也發現了那女子，聽到了她與雲喜的談話，遂笑意盈盈地走到她面前，從貨櫃上拿出一疋鴉青色、一疋月白色、一疋寶藍色，還有一疋暗紅色的料子，放到那姑娘面前。

「這些都是男子做衣袍的料子，不知姑娘喜歡哪一疋？」

胡人姑娘當即就選了月白色，又詢問起如何縫製。

雲喜不解。「這位姑娘，妳既然不熟悉衣袍做法，可以直接去成衣鋪子挑選一件。」

「可我想親手做給我們公子穿，他幫了我很多，我想感謝他。妳們能不能教教我？」

雲喜和夥計都一臉愣怔。

「自然可以，不過，妳得自己到我們鋪子來學。」
胡人姑娘猶豫半天後才答應道：「好。」
回到宅院後，胡人姑娘立刻讓人為她準備沐浴的花瓣。
她急忙脫掉剛剛那身棉布褙子，取下臉上的面紗，露出真容。
這位胡人姑娘就是游韶的侍妾，阿依娜。
她一個人在浴室許久才出來，換了一身綾羅水紅襦裙，問了聲丫鬟。「韶郎人呢？」
「公子在書房。」
書房中的游韶，正在交代下人差事，聽到腳步聲，隨即將人揮退。
見到阿依娜出現在自己眼前那刻，他又恢復到溫柔如水的樣子。
「你騙人，她很美！」心中暗道：關鍵是她身上很好聞！
阿依娜對自己的美貌十分自負，韶郎身邊的女人不少，唯獨她能留得最久，美貌就是她最有力的武器。唯一讓她自卑的，就是她身上的味道，所以每次見韶郎前，她都要用花瓣沐浴，且全身塗遍香粉。
游韶一臉莫名其妙，把人抱到懷裡哄道：「我何時騙過妳？我的阿依娜才是最美的。」
「我今日見過你說的陸家娘子了，她很美。」
游韶臉色一變，聲音也不如剛剛溫柔了。「這不是妳該管的事，妳僭越了，阿依娜。」

「我也是擔心你，就怕你這次完成不了任務，你祖父會把管家權傳給你的其他兄弟，到時你就得一輩子看別人的臉色，受他們的氣了。」

游韶沈下臉，推開阿依娜，不悅地道：「妳這樣貿然出面，會打亂我的計劃！」

「我也是想幫幫你嘛……」見游韶有些不耐煩，阿依娜眼眶一紅。

不過這次游韶沒來哄她，反而發了火。「妳究竟是為了什麼，妳自己心知肚明！阿依娜，妳要記好自己的本分！」說罷，憤怒地離去。

游韶是西楚人，他本名叫闞韶，是西楚皇商闞家的二房長孫。

闞家在西楚的存在，就猶如大齊的穆家。

如今闞家掌家人是他祖父，闞老太爺年事已高，想把管家權傳給自己的幾個孫子。條件便是幾人要在一年之內，開拓出一項闞家之前沒有涉獵的生意，並做出成績來。

闞老太爺讓人提前寫好這些生意的紙條，讓孫子們抓鬮決定，闞韶抓到了絲綢。

西楚冬季漫長，夏季短暫，衣飾大都以皮料為主，祖父這也是在考驗他的能力和耐心。

從河西開始一路往南，到了青陽，綢緞手藝才開始盛行，尤其聽說江家的暈染手藝最好。

但這是別人的祖傳秘方，怎麼會輕易給出來？

於是闞韶做了兩手準備，到時就算拿不到製作綢緞的手藝，得不到管家權，也能狠賺一筆，充盈自己的私庫。

對自己祖父交代的事，也算是盡了心。

他計劃趁青陽綢緞不景氣的這兩年，把綢緞全部收購起來，等綢緞緊缺時，他再高價賣回青陽，然後把低價收購的藥材高價賣回西楚，賺中間的高額利潤。

西楚的土地堅硬，盛產礦石，不適合種藥材，都是從大齊和鄰邦國家購買，價格昂貴。

他沒想到的是，阿依娜居然主動找上了門去。

關韶冷嗤一笑，看來是自己把她寵壞了，讓她一個胡人侍妾竟生出了不該有的心思，妄想成為他的正妻。

出了宅院，關韶的馬車直奔汪府。

汪樹聽到通傳後，讓人把游韶請到正廳，片刻後他才緩緩而來。

「汪大人，你讓游某辦的事，游某都辦好了，不知汪大人答應游某的事，何時兌現？」

「游公子是在質疑本官的能力嗎？」汪樹大腹便便，精明的小眼睛此時正不悅地看向游韶。他就是青陽的土皇帝，聽不得半句對他不敬的話！

「質疑不敢，不過游某想提醒一下汪大人，縣令大人這幾日就要回青陽了，只怕到時我們的計劃便會越來越艱難。」關韶不懼汪樹的囂張，他十五歲就混跡名利場，什麼樣的人沒見過？他與汪樹兩人是利益關係，汪樹既拿了他不少東西，而他這邊卻遲遲沒有動靜，那麼適當地提醒一下，一點兒也不為過。

當然，他不會心疼那些東西，因為他用的都是關家的錢財。成功了他名利雙收，不僅能成為管家人，自己也能狠賺上一筆；不成功，他也不虧，反正他還有別的方法自保。

「游公子別急，本官等的就是陸佩顯回青陽，不出十日，我就能讓他夫人交出手藝和秘方，如何？」

「好，那游某就先回去等大人的好消息了。」

游韶走後，汪樹陰沈著一張臉。

旁邊伺候的人說道：「老爺，要不要奴才帶人去收拾此人，讓他長點記性？」

「現在還不是時候。此人看似只是一個出手闊綽的商賈，但身分絕不簡單，不能魯莽行事。」

汪樹背後的靠山看似是陳勁舟，實則卻是皇后娘娘。他斂的財，有一部分是進了謝詞微的私庫。

游韶一出手就是金銀珠寶，又送了府上每個女眷人手一套寶石頭面，試問有幾人能不心動？還有那價值連城的東珠，他一送就是兩顆。

汪樹只敢自己留一顆，另一顆，讓人專程送到皇后娘娘手上了。

尚京城外，軍營。

余亮從官署區辦差回來後，神色有些不對，杵在謝詞安的案桌前，半天不動。

「有何事說吧。」謝詞安剛從練武場回來，手持茶盞，漫不經心地問道。

「侯爺，夫人在御街的鋪子惹上麻煩了。」

午時，天空突然下起了淅淅瀝瀝的小雨，御街上的行人紛紛著急忙慌地往家趕，偶有兩個想進點心鋪子裡躲雨，當即被路人勸走。

前堂的夥計啐了一口。「不進來更好！都是些不分青紅皂白的東西，冤枉我們！」

昨日，有人到他們鋪子來鬧事，說是喝了他們鋪子的消暑湯後中了毒，上吐下瀉的，一直沒好。經此一鬧，生意就一落千丈了，昨日的糕點甚至都沒賣出去一塊。

今日陸叔又讓肆廚重做糕點和消暑湯，但依然沒一個客人上門。

夥計哀嘆一聲，正想抽空打個盹，就見一輛馬車停在鋪子門口，夥計一看來人，睏意立刻煙消雲散，有些不敢相信自己的眼睛，弱弱地喊了聲。「謝……都督。」

謝詞安踏進鋪子，環視一周後，進了後堂。

廚房裡，陸叔和兩個肆廚看著堆在櫥櫃上的糕點和消暑湯，也是一籌莫展。

「陸大哥，只怕這生意是做不成了，要不今日就關門吧？」牛嬸看著辛辛苦苦做出來的東西被人嫌棄，心中很不好受。

這些消暑湯，還是去年她和陸伊冉辛苦自創出來的，如今要這樣一桶一桶地倒掉，她實在心疼得很。

「誰說要關門？生意照樣做。」

謝詞安不容置疑的聲音從門口傳來。

陸叔震驚得發愣，還是牛嬸慌忙中扯了扯他的衣袖。

「侯……爺，您怎麼來了？」陸叔戰戰兢兢地迎上去。

「我怎麼不能來？以後你們鋪子裡有事，記得來尋我，莫要讓夫人知曉。」

陸叔半天才遲鈍地應了聲。「……嗯。」

謝詞安隨手拿起一塊糕點咬了口，慢慢嚥下，臉上的神色也柔和了不少。

果然和他記憶中桃花糕的味道一樣。

他們剛成婚時，夏日回府，陸伊冉必會給他做上一碟。

那時他不懂珍惜，還嫌棄太過甜膩，如今想吃她親手做的，卻沒有機會了。

腦中驀然出現陸伊冉汗流浹背為他忙碌的身影，謝詞安忙背過身去，眼中已依稀有淚。

片刻後，他喚進余亮和十幾個皇城司的侍衛。

他們個個動作麻利，不到一刻鐘，這些糕點和消暑湯就全部被包好帶走了。

陸叔和兩個肆廚皆是一臉不解。

「糕點和消暑湯繼續做，最晚到酉時就會有客人上門了。」見陸叔還一臉懵，謝詞安出聲催促。「快去忙吧。」

「小的們，一切都聽侯爺的吩咐！」余亮帶著侍衛們，從皇宮內苑送起，上到貴人、妃嬪，下到宮女、太監，連侍衛們都人手一份糕點及消暑湯。

皇宮送完，又去官署衙門送。

糕點還沒送完，鋪子裡就有客人陸陸續續上門了。

客人們說，宮中的貴人和官爺們都敢用，還有什麼不放心的？

果然，傍晚時分，鋪子的生意又恢復到忙碌的狀態，還有皇城司的侍衛們過來幫忙。

這下子，就更沒有人敢造謠中傷這鋪子了。

同時間，謝詞安也去了趟宮中的華陽宮。

謝詞微十分惱火謝詞安攪了自己的好事，正想找他問個清楚，他卻自己送上門來了。

「二弟，你最近的行為讓本宮很不解！你是不是忘記了誰才是自己人？」

謝詞安恭敬地施禮，而後回道：「娘娘不必提醒，臣知道自己在做什麼。臣今日來，就是有一句話想告訴娘娘——別動臣的夫人，臣不會再袖手旁觀了。」

謝詞微不敢相信自己的耳朵，謝詞安竟然為了陸伊冉出言威脅她！

「二弟，你最近是不是魔怔了？她人都不在尚京了，你還這般維護她！你為了一個外人，難道連謝家的祖訓都忘了？」

「她不是外人，她是我的妻！」謝詞安一臉怒意，眼中再無敬意，目光冰冷。

謝詞微看得一愣。

「謝家的祖訓，臣一刻也不敢忘記。大是大非面前，臣自然與娘娘為伍，但也希望娘娘謹記一點，凡事莫要過火，否則，臣也無能為力。」說罷，謝詞安不再停留，轉身離去。

謝詞安離開許久後，謝詞微才回過神來，氣急敗壞的一陣亂摔，嚇得殿內伺候的宮女們龜縮成一團。

「陸家那兩個賤人！總有一天，本宮會親手了結她們！絕不能讓那兩個賤人壞了本宮的大事！」她眼神狠戾，像是淬了毒的刀刃，掃向謝詞安離開的方向。

御街上陸伊冉那家店鋪離官署區極近，幾步路就能到。

不僅地段好，又居中，街坊巷口一出來，就能看到那間鋪子。

那本是孝正帝親祖母的嫁妝之一，後來皇上把幾間鋪子賞賜給皇后及幾位貴妃。

當時謝詞微相中的就是那家鋪子，還找皇上提過幾次，但皇上都未答應，還聲稱那家鋪子是特意要留給長公主的。

皇后和其他妃嬪都信以為真，直到半年後，才知孝正帝把那間鋪子給了安貴妃。

陸伊冉大婚時，安貴妃又把鋪子當作嫁妝送給她。

謝詞微看中那間鋪子，覺得做什麼生意都會十分賺錢，因此便用點手段想占為己有，不料卻讓謝詞安給攪和了，她怎嚥得下這口氣！

陸佩顯父子倆是八月十四這日到達青陽。

沒看到陸伊卓的人，江氏徹底慌了神。

陸佩顯卻只淡淡地回了句陸伊卓不願回青陽，有謝詞安在京城照顧，讓江氏放心。

這句話無疑是火上澆油，氣得江氏差點就當場發作，要與陸佩顯誓不罷休。

陸老爺子知道這個兒媳的性子，下了船就讓人把自己送回老宅，走時還給陸佩顯留了個「你自求多福」的同情眼神。

一回到陸宅，個個大氣都不敢喘，知道江氏要發大火了。

陸伊冉亦步亦趨地跟在陸佩顯身後，就怕她娘沒輕沒重地傷了她爹爹，隨即又讓人把循哥兒抱來，才勉強把她娘的怒火給平息下來。

陸佩顯見江氏氣色不是很好，默然半天後，把陸伊冉母子倆支了出去。

回到自己房中，阿圓已迫不及待地想讓陸伊冉拆開老太太給她們帶的東西。

包袱裡有給循哥兒的衣衫，還有給陸伊冉調理身子的藥材，甚至還有幾副秦大夫開的方子。

陸伊冉一臉莫名其妙，不知她爹爹幾句隨意的謊言，卻讓老太太記在了心上。

最底下是一個紫檀木的匣盒，陸伊冉緩緩打開一看，瞬間聽到阿圓和雲喜的一陣抽氣聲。

陸伊冉一看帳本，全是謝詞安的私產。宅院、商鋪、田產和銀票，除了尚京的、老家陳州的，甚至連青陽的都有。

「侯爺……他原來這麼有錢啊！」雲喜喜上眉梢，驚訝不已。

阿圓嘿嘿一笑。「現在這些都是給姑娘的，姑娘手上越來越有錢，那我的五色糕就可以敞開肚子吃了！」

「妳這腦袋瓜子，成天就想著吃！」雲喜笑罵她一聲。

兩人打打鬧鬧的。

陸伊冉臉上卻沒多大變化，沈吟許久不作聲，心中冷笑。她需要這些的時候，他不給，等過了再送來又有何用？她迅速鎖好匣子，啪的一聲扔進妝奩裡。

阿圓不死心地繼續翻包袱，又翻出一封信。

一看字跡，陸伊冉就知道是謝詞安寫的。想著也沒什麼好話，看都不願看一眼，扔到一旁，不料卻被循哥兒撕開，露出「定不可食言」幾字。

心想著她什麼也沒答應，怎麼就食言了？陸伊冉不確定地從循哥兒手上拿過來一看，原來是提醒她，十日就要給他寫一封信，不然就斷陸伊卓一天的水糧。

以他來青陽時做的這些荒唐事，陸伊冉還真不敢食言，畢竟倒楣的可是她的弟弟啊！

她心中氣憤，忍不住罵道：「謝詞安，你個大壞蛋！」

「爹爹不是壞蛋！」循哥兒小嘴一癟，立刻反駁。

看他一副想哭又沒哭的樣子，陸伊冉心疼壞了，忙抱起來哄道：「娘錯了，娘不罵了。循哥兒的爹爹不是壞蛋，他只是回京了，過陣子就會回來看我們。」

「爹爹回來！」循哥兒聽後，才高興地笑起來。

「回來，回來哄我們的循兒舉高高。」

看著自己兒子這張越來越像謝詞安的臉龐，陸伊冉心中五味雜陳。自己與他的這段孽緣，受苦的卻是孩子。

為了不連累陸伊卓，陸伊冉連夜就給謝詞安寫了信。

內容說的都是讓謝詞安勸陸伊卓回青陽，並警告謝詞安若敢虐待她弟弟，她就馬上在青陽給循哥兒找個爹！在結尾用一、兩句提了循哥兒，至於她自己則是半句都沒寫。

次日一早，陸伊冉就讓府上的小廝把信送去了驛站。

早膳時，陸伊冉見娘親臉色如常，也不知道爹爹是如何說服娘親的？

想著兩人應該和自己一樣，不願欠謝詞安的人情，遂開口說道：「爹，卓兒總纏著謝詞安也不是辦法，我已寫信讓他勸卓兒回來了。」

「冉冉，我和妳娘商量好了，同意卓兒留在尚京，他的事妳以後也莫要管了。妳寫信給謝侯爺時，還是多提提妳自己和循哥兒的事吧。」

陸伊冉一臉懵，視線在爹娘兩人臉上來回巡視，但兩人就像商量好似的，找不出一絲破綻，不解釋也不再多提一句。

「冉冉，我們先要應對眼下的事。」江氏一邊給循哥兒餵米粥，一邊繞過話題。

江氏昨晚已把近日遇到的事情告訴陸佩顯，他倒不急，畢竟手藝和秘方都在他們手上，誰也搶不走。

爹娘默契十足地不願讓陸伊冉多管，她也只能暫時放棄。

隨後，她不顧江氏的勸阻，又向爹提起了裊裊的事。

還沒說完，就被陸佩顯打斷了，反問道：「妳知道鏢局那位胡姑娘要嫁的人是誰嗎？」

「誰？」

「汪樹。」陸佩顯無奈地道。

陸伊冉氣得起身，震得她面前的粥碗一晃。「怎麼又是汗樹？真是該死！」

這些年，汪樹納的妾室遠遠超過了孝正帝納的妃子，他還專挑十四、五歲的黃花大閨女下手。有的是人家送的，有的是他強搶的。

自從他正妻去世後，再沒人管束，他就徹底放縱自己的私慾，讓不少妙齡姑娘遭了殃。

上梁不正下梁歪，他兒子也是有樣學樣，正妻都還沒娶，就開始荒唐起來。

汪樹的女兒在青陽也是個小魔頭，動不動就用鞭子抽人，陸伊冉也遭過她的毒手。

因為汪樹是震遠鏢局的重要客人，胡鏢頭不敢得罪他。

況且，如今是胡鏢頭的繼妻當家，胡姑娘又不是她生的，想也沒想就答應了。

「冉冉，爹爹無法與他抗衡，他後面有皇后娘娘做靠山，誰也動他不得。」陸佩顯一臉為難，他也想不出更好的辦法。

「裊裊我必須救。」陸伊冉不想看著一個無辜女子被汪樹毀了一生，到時自己只能空留自責。她不顧身後陸佩顯和江氏的阻攔，出了膳廳。

靜下心來後，陸伊冉思慮一番，讓人把七月叫來。

七月被陸伊卓丟下後，整個人消瘦了不少。他萎靡不振，垂著腦袋來到陸伊冉院中。

「大姑娘，找小的來有何事吩咐？」

「如果我有法子讓你去尚京找卓兒，你可願意？」

七月一聽，立即撲通一聲跪在陸伊冉面前，喜極而泣地回道：「小的作夢都想去找少爺，無奈夫人不准！大姑娘若有辦法，小的做牛做——」

「不用你做牛做馬，你只要把震遠鏢局的夫人是如何對待她繼女的事告訴我就行了。」

原來裊裊的繼母劉氏，只是她爹買回來的一個妾室。裊裊的生母壞了身子，不能為胡鏢頭再生育子嗣，所以就買了劉氏。後來劉氏如願為胡鏢頭生下兒子，仗著胡鏢頭的寵愛，在胡家作威作福，經常欺負裊裊母女倆。裊裊的生母性子懦弱，整日鬱鬱寡歡，沒多久就撒手人寰，丟下裊裊一人。

胡鏢頭把劉氏扶正，這也促使劉氏越發囂張，對裊裊打罵是常事，還經常不給她飯吃，讓她做苦力。

鏢局的老鏢師也是敢怒不敢言，只有陸伊卓次次都出手維護裊裊。

要不是雇用陸伊卓很便宜，給他很少的工錢就能把他打發了，只怕劉氏早就不要陸伊卓了。

陸伊冉沒想到這麼乖巧懂事的小姑娘，每日過的卻是這樣的日子，也更加堅定了她要救出裊裊的決心。

次日一早，陸伊冉穿著華麗的綾羅襦裙，頭上插滿玉簪和點翠鑲寶石步搖，一身珠光寶氣。

雲喜和阿圓看得瞠目結舌，半晌都說不出話來。

她們姑娘以往進宮時都沒這麼隆重過，不知今日她要去何處？

陸伊冉扔給她們一人一頂紗帽，出府時，只對兩個丫鬟交代道：「把紗帽戴好，今日看我眼色行事，一句話都不要說。」

馬車在震遠鏢局大門口停下。

雲喜和阿圓沒想到，她們姑娘竟然主動找上震遠鏢局的當家夫人。

劉氏一見來人的穿著和派頭，態度立刻恭敬起來，當即就把人請到正廳，還讓丫鬟上了好茶。「不知姑娘要押何物到何處？我夫君近日不在府上，遠處只怕去不了。」

胡鏢頭的繼妻劉氏，長相圓潤，膚色白皙，頗有幾分姿色。

陸伊冉神色如常，大方地回道：「不出遠門，就在青陽。我要出趟遠門，不得空，得找一人陪我祖母在青陽遊玩幾天。妳打算要多少酬金？說個價。」

劉氏從未聽說過這樣的買賣，不禁有些遲疑。

這時，劉氏身旁的一位老婦人忙扯了扯劉氏的袖子。

陸伊冉猜到，這老婆子應當就是七月口中劉氏的娘，也是她搶了裊裊她娘的嫁妝，還霸占了裊裊的閨房。

「看姑娘的家世，應當有丫鬟照顧吧？為何非要雇我們鏢局的人？」劉氏不解地問道。

劉氏既然能掌家，當然也有些見識，一、兩句話並不能讓她信服。

「是有丫鬟照顧，但她們都笨手笨腳的，不討我祖母喜歡。我表妹，也就是你們青陽大名鼎鼎的汪家大姑娘，她建議我來你們鏢局雇個人。她說你們府上有個長相喜氣的姑娘，我才來的，不然我如何曉得你們震遠鏢局？」

她開口是尚京口音，又說是汪大姑娘的表姊，劉氏頓時一臉激動，小心翼翼地問道：「敢問姑娘可是尚京城中，陳尚書家的大姑娘？」

「既然這位娘子已猜出我的身分，那也沒什麼好隱瞞的了，正是我本人。」陸伊冉不知此時隨口的一句話，日後給陳若芙惹下的可是個大麻煩。

劉氏的母親忙湊近劉氏耳語一番，兩人臉上的神色越發興奮。

「這位夫人，生意妳究竟接不接？不接我就走了！」陸伊冉不耐煩了，作勢要起身離去。

劉氏母女見狀，趕緊安撫。

「接，我們接！價錢方面，貴人看著給就行。」老婆子圓滑得很，巴結之意實在明顯。

「只要人我看得滿意，錢少不了妳們的。」

片刻後，劉氏的丫鬟就把裊裊帶了過來。

見到她本人那刻，陸伊冉心中止不住一酸。

才過去幾日，裊裊就消瘦了不少，穿著一身粗布襦裙，挽起衣袖的手臂上又新添了許多烏青的印子。

裊裊低垂著腦袋，臉龐通紅，一身汗水濕透了衣裙，看到劉氏，不敢靠前，囁嚅地道：「母親，我把妳們的衣裙都洗乾淨了，求妳別打我了。」

「貴人面前，不可亂說！」劉氏的母親當面喝斥，並把人拉到貴客面前。

陸伊冉忍著淚和心疼，出聲道：「還不錯，就是瘦了些。我雇她十日，給妳們三百兩銀子如何？」

「多謝姑娘、多謝姑娘！」

母女倆以為搭上了貴人，高興極了。這三百兩銀子，可以雇十多個鏢師跑一年的鏢。

陸伊冉從頭上取下一支金簪，隨手遞給劉氏。「這位小姑娘，我祖母定會喜歡的。這是一點心意，還望夫人收下。」

劉氏母女兩人眼中的貪婪之色驟起，也顧不上細看貴客要她們畫押的文書。

劉氏草草按上自己的手印後，把文書往懷中一揣，迫不及待地把金簪往自己頭上插。

裊裊即便再害怕也不敢反抗，收拾好自己的包袱後，就跟著陸伊冉三人上了馬車。馬車裡，她縮在角落無助地望著她們，可憐又委屈，當三人露出真實的面目後，裊裊才敢哭出聲，緊緊抱住陸伊冉，半天都不撒手。

主僕三人也是止不住地淚流。

等裊裊平復下來後，陸伊冉才道出事情的經過。

「裊裊，妳在青陽還有可靠的親戚嗎？」

「沒有了。我娘走後，再也沒人對我好了……」裊裊說到傷心處，又哽咽起來。

阿圓拿出糕點來，裊裊兩口就吃完一塊，狼吞虎嚥的樣子，像是幾頓沒用過膳一般，看得她們心中頗不是滋味。

「那妳此刻最想見誰？」陸伊冉又繼續問道。

「我……我想見陸伊卓。除了我娘以外，只有他對我……」裊裊紅著一張臉，說到最後已沒了聲音。

「那我今晚就讓人送妳去找他可好？青陽妳不能再待下去了，等妳繼母醒過神來找到妳，只怕……」

「姊姊，妳幫幫我！哪裡都好，就是不要再回家了！」

「好。姊姊已經為妳想好了出路，去尚京吧。」陸伊冉神色堅定，拿出梳篦，一邊梳好裊裊凌亂的頭髮，一邊回道。

當晚，陸伊冉就把七月和裊裊送上去尚京的客船。

在碼頭，裊裊看到七月那一刻，心才踏實下來。

送他們到尚京的人，陸伊冉安排的是暗衛如風。謝詞安走時就交代過，他留下的人，任她隨意差遣。

看著客船慢慢駛出港口，陸伊冉三人才轉身離開。

「姑娘，老爺和夫人知道了此事怎麼辦？」阿圓是個老實人，這是她們第二次騙人，心中越發不安起來。

「所以，此事絕對不能讓他們知道。」見阿圓苦著一張臉，陸伊冉立刻用手撫平。「這是善意的謊言，必須得瞞，不然今年的五色糕都沒了。」

「姑娘放心吧，為了五色糕，她一定能瞞得住！」雲喜忍不住打趣道。

當三人順利抵達尚京時，已是十日後。

謝詞安聽到余亮來報，神色冷淡地吩咐了一聲。「把人先安置在木香院。」

這兩日謝詞安整日都冷著臉，余亮也不敢多問，就連如風有事稟告，他都不敢提。能讓謝詞安情緒波動這麼大的人，只能是遠在青陽的陸伊冉。

謝詞安那日收到她的來信時，心中歡喜得不行，走在書房廊簷下的石階上都失了沈穩，恨不得一步跨上去。

結果把信拆開一看，她自己的事半字未提，竟還威脅說要給循哥兒找一個爹！

一盆冷水澆下來，把他澆了個透心涼。

拆信前有多歡喜，拆信後就有多沮喪氣憤。

要不是知道她說的是氣話，只怕恨不得當時就要奔去青陽找她理論了。

惠康坊這邊，當陸伊卓看到七月和胡㚟㚟兩人猝不及防地出現在自己眼前那刻，還以為是在作夢。

「你們怎麼來了？」他不確定地喃喃出聲。

「少爺，您怎麼能這麼狠心丟下七月？七月可從未離開過您呀！」七月撲過去，一把抓住陸伊卓的兩手就不放。兩人是一起長大的，從未分開過這麼久，這是第一次。

七月哭得滿臉淚水，這一刻陸伊卓才相信他們是真實出現在這裡。

自從下定決心要在尚京站穩腳跟後，他不曾有過一絲懈怠。

謝詞安特意為他請了武師，有空時，也會主動找陸伊卓切磋。

可每當夜深人靜時，陸伊卓還是想家，想家裡的人。

如今有七月在身邊，他當然高興了。

「以後不會了。」陸伊卓拍了拍七月濕漉漉的臉說道。抬頭又看到站在角落、一臉羞澀的裊裊。「妳也跟著胡鬧！這樣偷跑出來，那我爹娘不就有麻煩了？」

胡裊裊紅著臉不作聲。

七月忙答道：「少爺，不會的，大姑娘已經料理好了。」而後，七月把事情前前後後都說了個明白。

陸伊卓聽完後有些內疚，他上次答應過裊裊的事不僅沒做到，反而還責怪起她來。

看了眼胡裊裊，陸伊卓訕訕地道：「是我錯怪妳了……這裡一切有我姊夫，沒人敢再欺負妳了。」

「嗯！」胡裊裊抹了抹眼角的淚水，安心地應道。

當謝詞安傍晚回到院中時，看到的就是不僅有人為陸伊卓打扇、擦汗，還有小小佳人在一旁做伴。

余亮輕咳一聲。

三人看清來人，忙起身。

「姊夫，你回來了！」陸伊卓歡喜地喊道。

七月和胡裊裊則是畏畏縮縮地立於一旁，不敢出聲。

「姊夫，他們是我——」

「我知道，以後就讓他們安心跟著你。」謝詞安打斷道：「不過，卓兒，你切記不可荒廢正事。」

「知道了，姊夫！」

有了謝詞安的話，陸伊卓也算是吃了定心丸。

正當謝詞安轉身要離去時，胡裊裊弱弱地說了一句話。「你就是循兒的爹爹嗎？伊冉姊姊給你帶了東西……」

晚上，謝詞安躺在伊冉苑香軟的床榻上，手上拿著陸伊冉親手為他縫的腰帶時，幾日來心中的不快全消失得乾乾淨淨了。

陸伊冉打一個耳光，再給他一顆糖吃，就能安撫他受傷的心靈和深埋的戾氣。

今晚他又能安然入睡了，要是夢中能有陸伊冉就更圓滿了。

在無數個分離和思念的夜裡，他就是這樣靠著一點點與陸伊冉有關的東西，來餵養自己那顆孤寂難耐的心。

奉天殿內。

孝正帝看到謝詞安呈上來的諜報，臉色凝重。他揮退其他官員，唯留下謝詞安一人。

「朕想聽聽，此事，謝愛卿有何高見？」

昨日半夜從河西傳來的消息，秦王與西楚三皇子這幾日往來密切。

三皇子對外聲稱，是與秦王切磋棋藝。

然卻另有傳言，說三皇子有讓自己的胞妹景安公主嫁給秦王的打算。

西楚三皇子母族雖微弱，但他本人卻能力出眾，深得西楚皇帝看重。

秦王正是而立之年，風度翩翩，秦王妃病逝多年，未再娶正妃，後院中只有幾位側妃，

駐軍又在河西，與西楚相隔不遠。此事若成，將大大增加秦王的勢力。

倘若秦王有異動，朝廷根本沒有一點兵力保障。河西到尚京隔著諸多的大齊郡縣，但各個郡縣駐守的那點兵力，還不夠秦王的精銳部隊練兵。

幸好，一次又一次的刺殺，讓孝正帝早就留了心眼，做了十足的準備。

早在兩年前，他就讓人秘密開通了從尚京直達丘河的漕運。

丘河是一處地勢險要的山林，與河西城只隔兩個郡縣。

從尚京到丘河，不用在碼頭靠岸，官船三日便可到達。

皇上的這些舉動，如何逃得過謝家的暗探？

謝詞安心知肚明孝正帝的用意，果斷地回答道：「回皇上，臣沒有高見。臣只想說，陳

州軍安營紮寨的地方可以換換了，至於換到何處，全憑皇上作主。」

「哈哈哈……說得好，說得好呀！」孝正帝剛剛還苦惱不已，此時謝詞安的一番話，立刻就讓他龍心大悅。「愛卿這次想要什麼賞賜，儘管提！只要是朕能辦到的，都會讓你如願。」

「為皇上分憂是臣的本分，臣不敢要賞。」謝詞安平靜地回道。

孝正帝正愁如何才能說服謝詞安前往，誰知謝詞安卻答應得這般乾脆，倒是讓他十分意外。「這樣一來，這段時日，只怕愛卿要兩頭奔波，可要受累了。」

「臣不敢喊累。」這本就是他事先猜到的，不然他哪會那般灑脫，把陸伊冉母子倆留在青陽，一待就是一年半載？

一個月中，有半個月的公務在丘河，而從丘河到青陽只要兩日的路程。

既能縮短大半的往返時間，還能兼顧到公務。

第十五章

汪樹派人到震遠鏢局接人時，劉氏才反應過來，早過了十日。

劉氏心中一慌，這才說出緣由。

汪府的下人們聽得一愣，表姑娘何時來的青陽，他們怎麼都不知道？

這時胡鏢頭也察覺出了事情有些不對勁，提醒劉氏把雇用文書拿出來，兩人一看幾乎傻了，這明明就是一份賣身契啊！

劉氏這才反應過來，自己上了當。

她哭訴無門，還得罪了汪樹，家中的生意都會受到影響。

後來胡鏢頭找來家中的丫鬟一問，方知事情的來龍去脈，知道是母女倆貪圖人家的錢財才上當的。

他氣憤不已，氣得一腳把劉氏踹翻在地猶不解氣，又狠狠給了劉氏兩個大耳光，打得劉氏的耳朵嗡嗡作響。對她的忍耐已達到極限，當即收回她的管家權，並不由分說地把劉氏的老娘趕出家門，自己則外出尋找女兒。

胡鏢頭苦尋無果，到縣衙報官，結果不但被衙役趕了出來，還遭到周圍鄰居的謾罵，罵他不是人，害死結髮之妻，任由繼妻虐待女兒。

胡鏢頭悶不吭聲，一句話都反駁不出來，的確是他自己活該。看著茫茫人海，他失聲痛哭起來。

陸伊冉是晚上回到府上才聽說此事，她不動聲色。

江氏有些內疚，更多的是唏噓不已，感嘆裊裊的命運悲慘。

陸伊冉在一旁暗道，只怕以後慘的不是裊裊，而是劉氏和胡鏢頭，畢竟在青陽，得罪了汪樹是沒有好果子吃的。

次日，陸伊冉到鋪子時，阿依娜已等候許久，身旁還帶了一個丫鬟。

上次陸伊冉就猜測她和游韶是一路人。

兩人都不是青陽人，前後出現在自己的鋪子，說出來的都是超乎尋常的話。

就連氣味都相同，那種香粉的味道，是陸伊冉從未聞過的，可見兩人關係親密。還有阿依娜的一雙纖纖玉手，皮膚白嫩光滑，哪是做丫鬟的手？

一個不是真心學做衣袍，一個不是真心教徒弟，各自揣著明白裝糊塗。

「聽說陸娘子的母親手藝很好，不知何時能見到她本人？阿依娜也想和她學學。」

她說的青陽話一點也不順暢，聽得陸伊冉很費勁。

陸伊冉莞爾一笑，柔聲道：「我娘親有很多手藝，不知道妳想和她學什麼？」

阿依娜目光一閃，隨即答道：「自然是學縫製衣袍。」

「我還以為妳想和她學暈染呢，畢竟找她學藝的，都是衝著這門手藝去的，可惜她不收徒。」陸伊冉看似與她笑言，實則是挑釁和試探，就想看她能忍多久。

「陸娘子說笑了。」阿依娜手一抖，手上的剪子險些戳傷自己。

陸伊冉眼睛微眯，打量阿依娜一番，教她裁剪料子後，又繼續問道：「聽姑娘的口音，和隔壁的游掌櫃極為相似，莫非兩位認識？」

「我哪有這麼好的福氣，能認識那樣的貴人。」阿依娜有些招架不住，這些問題一個比一個尖銳。

「妳既不認識他，又如何知曉他是貴人？」

「這……陸娘子今日好似心情不好？那我改日再來吧！」阿依娜被噎得無言以對，只好藉故離開。

阿依娜突然有些後悔自己主動找上門來了。本以為陸伊冉就是個簡單的生意人，和關韶身邊的那些女人一樣，除了長得好看以外，都不是她的對手，想著主動接近說不定就能套出秘方的事，那麼自己在關韶面前也就多了一份籌碼。沒承想，這個陸娘子有些難對付，還不等她開口，對方好似已經把她的底細摸得清清楚楚了。

「我沒有別的意思，只是對姑娘有些好奇。畢竟像姑娘這般貌美的女子，別說男人了，連我這個女子都喜歡呢！」

「多謝陸娘子誇獎。」阿依娜臉色一紅，第一次被一個女子調戲，腦中做不出多餘的回應。

「看姑娘這般用心，應當不是做給妳家公子的吧？倒像是給妳的情郎呢！」陸伊冉見她已失了沈穩，露出一絲慌張，遂又打趣道。

「陸娘子真會說笑……」

「我沒說笑，要不我們來打個賭？妳今晚和我回家，來找妳的就是妳的情郎，不來找妳的就是妳家公子，說不定那人我還認識呢！正好也問問我母親，願不願意收妳這個徒弟？」

被問了兩個問題，阿依娜徹底慌了神，她不敢再正面回答，拿著裁剪好的料子，慌張離開。

看著阿依娜落荒而逃的身影，陸伊冉基本上已確定兩人是一夥兒的了。

一路上，阿依娜都在想，自己是何時露出破綻？無論她怎麼想都想不明白。

自己的目的沒達成，反在對方手上吃了癟。

關韶這邊也出了狀況，家奴來報，說種到地裡的藥材種子全被人刨了出來，農戶們還說那是番邦的種子，不敢種，否則若傷了地，日後會種什麼、死什麼。

他不信，驅車到城郊的地裡一看，果然前幾日看著人種下去的種子，如今都是一個個空了的坑。

「究竟是誰傳的謠言？去給我查！」關韶惱怒地吼道。

同時間，汪樹這邊也收到了消息，他趕到現場，強制讓租賃的農戶們重新種上。但卻無人敢再試，因為這土地大都是農戶們從雇主手上租賃來的，若真傷了地，他們可賠不起。

況且這種子農戶們也沒見過，因此寧願不賺這銀子，也不敢擅自嘗試。

汪樹猜測這是陸佩顯指使人做的，當即就趕到縣衙。

見陸佩顯還能氣定神閒地處理公務，汪樹的火氣倏地往上冒，他何時受過這種憋屈？

「陸大人好得很呀，本官為農戶們謀條財路種藥材，你卻偏要斷了，把財神爺往外趕！明日本官就向皇上奏明此事，你就等著被罷官吧！」

陸佩顯讓人為汪樹看好茶後，答道：「大人請息怒，這事你冤枉下官了，下官根本不知此事。但下官也想勸大人，種藥材不保險，種上幾年，最後賣的銀子能不能讓他們填飽肚子也不得而知。絲綢價格上不去，桑樹沒了可以種糧食，向主家交糧後，還能讓農戶們果腹。」

傳謠言是陸伊冉的主意，剛開始陸佩顯夫婦倆還不放心，總覺得她是小孩子心性，這下看來方法的確有效。無論汪樹如何強制命令，農戶們都不願種，他也毫無辦法，畢竟青陽的土地不是他一家的。

「誰給你的膽子，敢質疑本官！」汪樹一拍香几，起身吼道。

在青陽，他從來都是說一不二，陸佩顯只有聽從的分，今日竟然還敢與他理論！上次帶著兒子上門道歉，純粹是看在謝詞安的面上。

但眼看陸佩顯的女兒遲遲沒回尚京，他料定謝家不會再為陸佩顯出頭，以後他整治陸佩顯也就更不用顧及了。

「下官不敢，下官只想提醒大人，青陽本就是以養蠶和糧食為主，這樣大範圍地種藥材實在難有保障，到時若鬧出什麼大動靜，只怕你我二人都難辭其咎。」

「此事本官已經決定，沒什麼好說的！至於這謠言是何人所傳，本官自會找出來，定不會輕饒！」他來找陸佩顯不是與其商量，而是另有目的，陸佩顯與他囉嗦一大堆，倒讓他顯得理虧了。農戶們填不填得飽肚子，他汪樹才懶得管，他只知道這就是在斷他的財路，他怎會讓此事發生？「不過，看在同僚多年的分上，此事本官能出面解決，把那財神爺留住，到時功勞也有你的一半。」汪樹的小眼睛一轉，眼冒精光，奸詐地笑道：「你看這幾年，你家的綢緞生意只虧不賺，不如趁你夫人手上有手藝，換成別的更值錢。」

之前陸佩顯還不信自己女兒的言辭，這下算是徹底看清了汪樹今日來的真正目的，淡笑道：「下官愚鈍，不知道大人何意？」

「有人看上你夫人手上的秘方了，只要她肯出價，對方定會讓你們滿意。知道你作不了主，回去好好和你夫人說說。」

晚上回府後，陸佩顯向妻女談及此事。

一家人商量後，夫婦倆終於意見統一，決定聽從陸伊冉的安排。

關韶這幾日著急上火，也沒去阿依娜住的宅院。

經過上次她擅自作主後，關韶就派了丫鬟跟著阿依娜。

回來後，那丫鬟就把鋪子裡發生的事情，詳詳細細地說給關韶聽。

聽到最後，關韶臉上竟然浮現了濃濃的興趣。

他現在甚至懷疑，那謠言就是陸家姑娘傳的。

以他在青陽這麼多天的了解，陸佩顯是謙謙君子個性，應該不屑想出這樣的法子來阻止他種藥材。

想到阿依娜的行為，關韶冷嘲道：「自不量力想去找破綻，卻早已被別人看穿，真是愚蠢至極。」接著又對那丫鬟吩咐道：「這幾日好好看著她，不准她再踏出院子一步。」

藥材種不上，的確讓他煩惱。

既然陸家姑娘壞了他的好事，他會想別的法子補回來。

現在去江家收綢緞定是無果的，他又想到了另一個法子。

次日，關韶主動上門去了陸家鋪子。

陸伊冉倒是有些意外，心想，他還敢來？

「今日游掌櫃來，不會又是想請教縫製衣袍的手藝吧？昨日妾身說了幾句玩笑話，把你的丫鬟嚇跑了。」

「陸娘子言重了，游某今日就是為此事特意來道歉的，希望陸娘子不要與她計較。」到此時了，也沒必要再遮掩下去，關韶乾脆大方承認。

「怎會？游掌櫃真是好福氣，能有這麼貌美的侍女，還是看緊些。」

「她只是一個侍女而已，還不值當這般看重；倒是陸娘子這樣的女子，才更該讓人憐惜。」關韶一雙桃花眼中，閃爍著光芒。

陸伊冉以為他會與自己談綢緞生意，豈料最後卻成了出言調戲。

但她不是不懂人事的黃毛丫頭，豈會看不穿他的計謀？為了達到目的，竟連美男計都用上了。

她很不喜歡這樣輕佻的男子，直言回道：「游掌櫃說笑了，我自有夫君憐惜，也就不勞你費心了。」

「妳夫君若憐惜妳，就不會把妳放在娘家幾個月不管。不如陸娘子換一個如何？」關韶不依不撓，又拿出情場老手那一套來。

陸伊冉無心與他周旋下去，語出驚人地道：「男子就算了，如果是你家那侍女，明日就送來吧！」

關韶驚得半天都說不出話。

陸伊冉本以為說得這般直接難聽，就能把人氣走，誰知他卻話鋒一轉，又正經了起來。

「陸娘子莫要惱，剛剛只是一句戲言，我今日來是與陸娘子談生意的。」見陸伊冉依然無動於衷，關韶自顧自地說起來。「如果說，我誠心入股江家綢緞，不知陸娘子意下如何？估計陸娘子作不了主，回去和妳母親商量一番也好。」

陸伊冉心中冷笑，狐狸終於露出尾巴了！她果斷回答道：「不用商量，家母定不會答應的，因為我家廟太小了，容不下游掌櫃這尊大佛。」

「陸娘子可不要過於武斷，還是回去告知一聲吧。」關韶不依不撓，不願放棄。

此人油鹽不進，真是不撞南牆不回頭。陸伊冉靈機一動，說道：「既然游掌櫃這般堅持，妾身成全答應就是。」

她突然改口，聽得關韶一愣。

「從我家綢緞作坊拿貨，我們可以給你最低價，如此一來，也圓了游掌櫃執意入股的願望。」陸伊冉淡淡一笑。「我家作坊裡的夥計，包括我和我娘親，全都是你的幫工，你依然是東家，如何？」

關韶沈默一息後，大笑道：「哈哈哈……游某還是第一次聽說，原來可以這樣入股，陸娘子倒是一點兒也不虧啊，有意思、有意思！」

見游韶沒有明確答覆，也沒拒絕，陸伊冉繼續勸說。「游掌櫃路子廣，生意遍布各處，你在青陽收購這麼多綢緞料子，不就是為了等待時機，大賺一筆嗎？就算沒有時機，只怕游掌櫃也能製造時機。」這兩年綢緞價格跌得厲害，綢緞商戶們也不抱希望，人人都轉而做起別的生意了。

闕韶以為他的計劃滴水不漏，不料卻被一個女子看出門道來，不由得感嘆道：「看來妳夫君的眼光，的確沒有游某好呀！」

看似一句戲言，腔調裡卻多了一分意味深長，看陸伊冉的目光也不再輕佻，而是多了一分審視。見陸伊冉聰慧、有生意頭腦，他心中越發堅定自己的計劃。

陸伊冉則是抱著有錢也不能讓他一人賺的想法，再藉故轉移他盯上家中秘方的目標。前世娘親把綢緞全部盤讓出去，最後價格暴漲，娘親後悔不已，連夜讓人趕製，總算賺回了一些，但終歸是在他手上吃了個悶虧。好在江氏清醒，始終沒把秘方賣出去。

兩人說得正盡興時，一陣強風襲來，緊接著一個黑影竄了進來。

寒氣逼人的刀鋒直接砍向陸伊冉，她嚇得一動也不敢動。

說時遲，那時快，闕韶迅速反應過來，手上的摺扇飛了出去，力道不弱，「噹」的一聲擋開了殺手強勢的攻擊。

闕韶的身手不錯，卻敵不過越來越多的黑衣人，對方一進鋪子就開始亂砍。

阿圓和雲喜嚇得臉色蒼白，卻仍緊緊護住陸伊冉。

就在緊要關頭，一個蒙面女子衝進鋪子，她一人把陸伊冉三人牢牢護在身後。

無論對方如何尋找缺口進攻，她都穩穩地擋住。

關韶看出對方的來意，他們的目標是陸伊冉。在這狹窄的鋪子裡，對方得逞的機會很大，於是他把雲喜和阿圓一掌推進後院，自己則拉著陸伊冉，一個回馬槍後，出其不意地衝出鋪子。

那蒙面女子就是暗衛碧霞，她看出男子的意圖，以為是陸伊冉的熟人，便全力配合，擋在門口拖住屋內的黑衣人。

陸伊冉整個人都是傻的，一出鋪子才清醒過來，忙甩開游韶的手，往自己爹爹的縣衙跑去。此時她不信任何人，她不知這場刺殺是不是游韶自編自演的，不敢隨他走。

況且，她很排斥別的男子靠近自己，不願與他有肢體接觸。

側面一陣勁風撲來，陸伊冉反應靈敏，避開直路一拐彎，堪堪躲過。

刀鋒落空，黑衣殺手眼中戾氣盡顯，再次提刀猛撲過去，臉色猙獰，像一隻張著血盆大口的惡獸。

這回陸伊冉來不及躲開，刀鋒落在肩頭上，一陣刺痛瞬間襲來，她還來不及反應，那殺手就一把捏住她纖細的脖頸，越捏越緊。

陸伊冉忍著劇痛和窒息感，她告誡自己不能死，循哥兒還在等著她。

沒有絲毫猶豫，陸伊冉拔下頭上的簪子，狠狠刺向那人的手臂。

一聲慘叫後，手上力道減弱。

陸伊冉乘機後退一步，脫離那人的掌控，快速往衙門口跑去。她的肩頭已被鮮血染紅，腳步踉踉蹌蹌。

一旁的闞韶看得心頭一緊，但他騰不開手去救陸伊冉，得應付追上來的殺手。他心中有些不解，這女子是不是嫌自己命大？命都要沒了還想著男女大防。

這群人個個武藝高強，碧霞已被他們傷了幾處，雖依然攔在門口，但無奈寡不敵眾，已慢慢處於下風。

路過的行人都嚇得不敢靠近，更不敢出聲呼救。

後面的殺手仍窮追不捨，闞韶解決了一個又撲上來一個，根本不給他機會去救人。陸伊冉身上的痛感越來越重，意識也越來越模糊。

感覺到身後凌厲的攻勢再次逼近自己時，她逃無可逃，想也沒想就縱身跳進河水裡。在河水冰冷的刺激下，她的意識也稍微清晰起來，拚盡全力向縣衙游去。

在陸伊冉用盡最後一點力氣，即將昏倒前，終於聽到她爹爹焦急的呼喊聲……

傷了陸伊冉的刀鋒上淬了毒，幾天幾夜過去了，人都沒醒過來，就連慧空大師都束手無策。

江氏當場就暈了過去，陸佩顯也慌了手腳。

循哥兒守在床榻邊，日日喊著「娘親起來」。

雲喜和阿圓自責不已，哭腫了眼。

謝詞安是在第六日深夜趕到的。

他眼眶微陷，下頷黑青，一雙眼布滿血絲，滿身疲憊和狼狽。

接到消息時，他人還在來丘河的半路上，心急如焚又不能撂下公務。

他奉旨率領一部分陳州軍到丘河防守，第四日到達丘河後，讓副將孫宜先安頓將士們，他自己則雙眼未合，即刻又往青陽趕。兩日的路程，他一日半就趕到了。

他帶來了軍中醫術最好的軍醫，迫不及待地走進內室，看到躺在床榻上臉色蒼白、沒有一點生氣的陸伊冉在大暑天還蓋著厚厚的雲被，往日嫣紅的嘴唇也凍得烏青時，心中的慌張瞬間漫過全身。不顧屋中還有旁人在場，他坐到床榻邊，彎腰低頭，貼近陸伊冉的臉龐。

顧及到她肩頭的傷口，謝詞安動作輕柔，觸碰到她冰冷的身子時，他心疼難忍，淚水也猝不及防地滑落臉龐，恨不得替陸伊冉扛下這一身的傷痛。

「冉冉，我來了……別怕，妳不會有事的。」謝詞安哽咽道。

陸佩顯想起謝詞安當初在尚京時的託付，心中愧疚不已，眼眶微紅。「是我沒護好她，有負你所託。」

「與岳父無關，是小婿護她不周。」謝詞安黯然神傷地回道。

江氏見謝詞安再次為陸伊冉丟下公務，不眠不休地趕來救女兒，心中動容，終於開口道：「姑爺你有心了，冉冉會明白的。」

而後，謝詞安喚進軍醫，為陸伊冉把脈。

安軍醫凝神屏氣許久，左右手交換把脈幾次，隨即又拿出銀針，迅速扎入陸伊冉的各處穴位，並餵陸伊冉服下一顆藥丸。

「究竟如何？」謝詞安已失去了平靜，忙問道。

「回都督大人，此毒凶猛。尊夫人脈象細弱凌亂，毒素已流竄身體各處，好在未傷到心脈。但適才服下的藥丸也只能暫緩毒素，不能徹底根除，須得盡快拿到解藥，不能再耽擱，多耽誤一日，對尊夫人的身子損傷會極大。一開始所服用的藥丸，算是護住了夫人的心脈，不然只怕……」後面一句，安軍醫抬頭看了眼謝詞安，不敢說出口。

陸佩顯和江氏聽後，心中總算有了些希望。慧空大師當晚就診出了陸伊冉是中毒，卻不能判定是何種毒，因此不敢貿然開藥，只讓她服下一顆解毒藥丸，並包紮好她肩上的傷口。

「可知這是何毒藥？解藥你能調配嗎？」謝詞安一臉焦慮。

安軍醫年紀不大但醫術了得，在軍中擅治各種奇毒異病。此時見他一臉愁容，謝詞安的心也揪成一團。

「如果卑職沒猜錯，尊夫人中的是白寒廣陵散。中此毒者，周身猶如泡在冬日的冰水中，全身凍僵卻無法動彈，有意識卻做不出任何反應。若沒有解藥，就算有其他藥物壓制著，最多堅持十日，心脈和全身臟器也會徹底冰凍住。解藥不須配製，只需一味月支草。」

安軍醫每說一句，謝詞安的心就往下沈一分。

「在何處能尋到？」陸佩顯忙問道。
安軍醫躊躇一番，看向謝詞安。「此藥十分難得，生長在西楚礦石邊緣，冬日嚴寒時節才會長出綠苗。」
「難道我女兒就沒救了嗎？」江氏痛呼一聲。
謝詞安的腦子也是一片空白，做不出更多的回應，心口感到快窒息了。
「也不盡然，青苗的效果最好，乾枯的月支草雖然藥效減弱，不過卑職再配製藥湯泡浴，也能治癒，只是所需時日較長。」
「童飛，即刻喚人去醫館買藥！」謝詞安的臉上恢復了一絲喜悅，當即對外吩咐道。
安軍醫忙提醒道：「都督大人別急，此事有些棘手。」
「安子瑜！本侯看你一天天的醫書看多了，腦子都看傻了！能不能一句話說清？再有下一次，軍法處置！」謝詞安臉上寒氣一片，厲聲喝道。
安軍醫暗吞口水，心中委屈。「回都督，這藥，在大齊買不到。」
「青陽到西楚要五、六日的時間，來回就得十多日，我的冉冉她如何堅持得下去呀！」江氏撲倒在床榻邊，這幾日她的眼淚都流乾了，最後還是希望渺茫。
陸佩顯無力地癱倒在圈椅裡，說不出一句話來。
謝詞安一臉悲傷卻神色堅定地道：「岳父、岳母，小婿知道何人手上有此藥。」
自從陸伊冉回到青陽後，她身邊發生的大大小小事情，都瞞不過謝詞安。

這關韶是什麼來路，他的人早打探得清清楚楚了。

他來大齊做什麼謝詞安不感興趣，可他打的是陸家的主意，謝詞安豈會坐視不管？

本想著等安頓好丘河軍營的事務後，再來料理此人，誰知，沒給謝詞安機會，就出了這樣的事。

「何人？」陸佩顯兩眼期待。

「游掌櫃……其實應該叫他關掌櫃。」謝詞安溫聲答道。

再提此人，江氏和陸佩顯也無之前的敵意了，而是有些說不出的感激。這一次若沒有他的相助，只怕陸伊冉早就成了刀下亡魂。

謝詞安不知那日的具體事情，對關韶依然敵意滿滿。他一臉憂心地提醒道：「他究竟想要什麼，只怕岳父、岳母也清楚。」

「他想要秘方，只要能救冉冉，我願意給他。」

江氏來不及細想謝詞安是如何知道這一切的，腦中只想著要救陸伊冉，不怕自己成為江家的罪人。

陸佩顯就更沒意見了，當即就決定去找關韶。

陸宅大門口，陸佩顯正欲上馬車，就見謝詞安走過來。

見他一臉疲憊，陸佩顯讓他先回房歇息，卻被他一口拒絕了。見謝詞安態度堅決，陸佩顯也只能作罷。

關韶住在城東，離陸宅不遠。

因為阿依娜擅自行動，惹惱了關韶，他已有半個月沒去過她住的宅院。

大半夜的，聽人通報說陸縣令上門拜訪，他心中疑惑重重，忙起身迅速趕到正廳。

「讓陸大人久等了，在下實在慚愧。」

「慚愧的是陸某，那一日你仗義相助小女，還沒來得及感激，今日又來叨擾。」陸佩顯起身施禮。

看陸佩顯一臉愁容，當日凶險的情況又是自己親身經歷過的，關韶遂開門見山地問道：「不知陸娘子現在是否已康復？」

立於陸佩顯身後的謝詞安難得冷靜了下來，但對關韶的敵意卻未減半分。

關韶實難忽視氣場強大且對自己不友善的陌生人，不由得抬眸仔細打量起來，就見男人一襲鴉青色錦袍，腰背挺拔，身形修長結實，側臉線條俐落，輪廓完美，膚色不算白皙而是健康有光澤，劍眉星眼，英俊非凡。

關韶神色一頓，難怪陸娘子不著他的道，原來陸府裡竟然還有如此出眾的小廝？

「尚未，今日來，陸某就是想請掌櫃施以援手救救小女。」

關韶一臉震驚，反問道：「我？」

「是。小女身上的毒，只有月支草能解，還請掌櫃賜藥。」陸佩顯顧不得那麼多，直接說明來意。

「看來縣令大人的消息還算靈通，不錯，在下手上的確有你要的月支草。」關韶知道人命關天，也不再賣關子，大方承認了。關韶下意識地抬頭看向男人，心中突然有預感，此人絕對不是陸家的僕人。他雖一副拒人於千里之外的樣子，但只要稍加留意，就能看出他神色憂慮，尤其是在陸縣令提起女兒時，他臉上的悲傷之色就更加明顯。「月支草十分稀有，在西楚也是千金難買。既然縣令大人把在下打探得這般清楚，那麼應該也知道在下想要什麼。」

「這是綢緞暈染的秘方，我帶來了。」陸佩顯從懷中拿出秘方，誠意十足地送到關韶面前。

「沒錯，之前在下的確是想要江家的綢緞秘方，不過如今我改變主意了。」關韶挑釁地看向那男人，果然見他眼中冷意更重。

「你究竟想要什麼？」謝詞安終於失去冷靜，冷聲開口。

「在下還缺一個聰慧且有生意頭腦的正妻，如果可以——」他話還沒說完，男人一拳頭就揮了過來，打得關韶一個趔趄。

陸佩顯忙拉開謝詞安，焦急道：「侯爺，使不得呀！想想冉冉吧！」

「看來，你就是陸娘子的夫君了。」關韶語氣肯定。「沒錯，我就是看上了你不要的妻子。想要月支草，就拿婚書來換。」

眼看場面失控，陸佩顯勸道：「小女與我女婿夫妻情深，你這樣拆散他們簡直是在作孽啊！」

「夫妻情深的女子，該是被養在深宅中精心呵護的小嬌妻。你看看你的女兒，獨立有主見，她一個弱女子，面對窮凶極惡的殺手，刀落在她肩頭的那一刻，她沒有柔弱認命，而是無所畏懼地勇敢自救。她眼中根本就沒有男人，也不需要男人，我關家就缺這樣的女主人。」

關韶在他們面前承認自己的身分，無疑是在向陸佩顯表決心。

關老太爺曾經說過，想要接任關家的掌家權，若無法完成他提出的任務，但能找到一位能力出眾的正妻，也算合格。

關韶的祖母就是如此，與關老太爺一起操持家中生意，能力不輸關老太爺。

他母親往日為關韶相看的都是些繡花枕頭，每日只知道與他的妾室爭風吃醋，沒有實際用處。關韶就需要一位不黏他，也不管他，還能分擔他生意的妻子，陸伊冉正合他意。

謝詞安聽見這些自己完全沒注意到的小細節，卻被另一個男子發覺並當面告知，心中感到羞愧，沮喪之氣鋪天蓋地的籠罩著全身，更恨自己在危難時刻不能出現在她身邊，護不住她。

「請關掌櫃再換個條件，只要本侯能做到，一定竭力完成。」謝詞安壓抑著情緒，平靜地開口。

「恕關某不能遵從侯爺的意思，關某心意已決。」關韶隨即讓家奴拿出一個精緻的匣子來。「關某的誠意在此。人命關天，請二位今日先把月支草拿走，來日還請縣令大人把關某要的人和憑證送來給我。」關韶並未在此刻就要他們拿出他想要的東西，也算是給足了臉面，並顧及到了陸伊冉的身子。

陸佩顯頓覺兩難，但最終還是拿走了那個匣子。

謝詞安卻不願離去，像是在做著垂死掙扎，眼中情緒翻湧，腳下好似被鎖住，肩上彷彿壓著千斤重擔，沮喪地垂著雙肩。

在拿走匣子那刻，陸佩顯便已做出了選擇。

謝詞安無法怪陸佩顯，也知道陸伊冉早就放棄了自己，醒來後更不會有片刻猶豫地離開他。

猶如萬箭穿心，痛得他心口一陣氣血上湧，喉間的腥味更重。他忙捂著嘴巴，踉蹌一步。

陸佩顯見狀，扶住他，輕聲道：「姑爺，咱們回家吧，等救了冉冉再說。」

關韶看著陸佩顯攙扶著謝詞安出了院門，倒讓他有點意外，這似乎與傳言的有些不符。他倒不怕陸佩顯反悔，因為他早打聽清楚陸伊冉與謝詞安的關係，也篤定他們夫妻之間出現了難以修復的裂痕。

安軍醫親自煎熬湯藥，讓陸伊冉服下，而後篤定地道：「最晚午時，夫人就能醒過來。不過體溫恢復會較慢，要到明日方可正常。」

一家人懸著多日的心這才放了下來。

陸佩顯拉走江氏，揮退眾人，只留謝詞安一人在屋內。

謝詞安坐在床榻邊，久久回不了神，眼中透露出深深的哀傷和無助，彷彿黑暗中迷失方向的遊子，更像是被家人遺棄的孩子。

他執著地抓住陸伊冉被褥下的手，看著她姣好病弱的臉龐、堅挺的鼻梁、飽滿的嘴唇，這一切都讓謝詞安無比貪戀。

想著要他放手成全她和關韶，就如同在他心口剜肉。

實在疲憊，他就躺在陸伊冉身旁。幾日的奔波，在這一刻他才敢放任自己，安心地合眼睡下。

他赤裸著寬厚的胸膛，鑽進厚實的被褥下，沒多久就全身汗濕。

他避開陸伊冉肩頭的傷口，輕柔地把她冰冷的身子擁在懷裡，試圖用他的溫熱來暖和陸伊冉。

「夫人，為夫熱，把妳的冷分一半給為夫……」他話還沒說完，心疼的淚水已濕了臉龐。

說罷，他又吻上陸伊冉烏青的嘴唇。剛一貼上去，謝詞安就冷得一哆嗦，但他卻不願退縮。接著把陸伊冉的雙手也放到他心口，兩人的臉龐緊緊貼在一起，再用自己的雙腳牢牢夾住陸伊冉的小腳，直到疲憊不堪，才睡了過去。

謝詞安是冷醒的。他一睜眼就看到循哥兒立在床榻邊，不解地望著他們，像是在確認什麼般，直愣愣地看著謝詞安，臉上沒了往日的笑容。

謝詞安起身下了床榻，輕喚了一聲。「循兒，是爹爹。」他怕自己冷到兒子，不敢抱他，只握了握他的小手，重複道：「是爹爹，爹爹回來了，娘親沒事了。」

「哇」的一聲，循哥兒哭了出來。娘親多日不醒，無論他如何呼喚就是不應他。看到爹爹出現在自己面前，循哥兒像是找到了依靠，這才大哭起來，多日來的擔心也隨之宣洩出來。

謝詞安心疼地一把抱起他安撫。

循哥兒哭得更傷心了，謝詞安哄了好久，他才停下來，喃喃地說道：「爹爹不走……」

「爹爹不走，爹爹再也不離開了。」謝詞安強忍著心酸，嘴唇微抖。

奶娘、阿圓和雲喜三人守在屋外，也不敢進屋，在外面聽見他們的話，個個紅著眼。

「侯爺，您罰我們吧，是我們沒看好姑娘。」見謝詞安看向門口，雲喜立即拉著阿圓和奶娘跪在門前。

阿圓哭得雙眼紅腫，雲喜也好不到哪裡去，兩人這幾日都不吃不喝，懲罰自己。

「起來吧，妳們已經盡力了。」謝詞安並無太多精力應付她們，只揮揮手屏退了幾人。一看更漏巳時已過，快到午時了。他想起安軍醫的囑託，遂抱起陸伊冉，又餵她喝下一碗湯藥。

之後為她蓋嚴被褥，把循哥兒交給奶娘，準備進浴室漱洗一番，怕陸伊冉醒來後，嫌棄自己這一身汗味。

循哥兒卻抱著他的腿不放，傷心地哭喊起來。「爹爹不走，不要爹爹走！」

「爹爹不走，爹爹只是要沐浴，沐浴了娘親才喜歡。」見謝詞安去的真的是浴室而不是門口，循哥兒才安靜下來。

陸伊冉是午時過後醒來的，她身體實在疲憊，睜不開眼，卻聽到循哥兒的聲音，因此強迫自己睜開眼。

第一眼看到的就是父子倆，循哥兒坐在他爹爹腿上，謝詞安正低頭在給循哥兒剝糖。她本想阻止，但卻全身無力，說不出一整句話。「循兒……別吃糖。」

謝詞安一愣，然後歡喜道：「夫人，妳醒了？妳終於醒了！」

「娘！娘親起來！」循哥兒也顧不上吃糖了，緊緊抓住陸伊冉的雙手。

屋內的說話聲驚動了外面等候的幾人，他們一股腦兒地湧了進去。

謝詞安扶起了陸伊冉，在她身後墊靠著引枕。

「冉冉，我的女兒，妳終於醒過來了！」江氏熬了幾日，憔悴不已。

「娘，女兒……沒事的。」陸伊冉剛剛恢復，身體還十分虛弱。

安軍醫為她診脈後，囑託道：「夫人的險關已過，不過損傷嚴重，須慢慢調養，明日開始得每日用湯藥泡浴。」

陸佩顯夫婦倆一顆心終於落到實處，激動異常地恭敬施禮，差點就要跪下了。

「多謝安軍醫救了我家小女，陸某感激不盡！」

安軍醫哪受得住，忙扶住陸佩顯，客套一番後就下去配製湯藥了。

陸伊冉剛剛恢復些體力，應付完眾人後，又疲倦地睡了過去。

她知道謝詞安一直在她身邊，也無力拒絕，只能任由他折騰。

好在不用擔心循哥兒，他黏謝詞安，也不會再害怕哭鬧。

晚上，父子倆就睡在陸伊冉身旁，就連為陸伊冉上藥，謝詞安都親力親為，不讓雲喜和阿圓經手。

陸伊冉的體溫也在慢慢恢復，身子沒之前那般寒冷了。

怕循哥兒撞到陸伊冉的傷口，謝詞安把孩子放到最裡側，自己則依然摟著陸伊冉入眠。

這兩日謝詞安是在疲憊和焦慮中度過的，卻也是他最幸福的兩日，因為有妻兒在側。

本以為可以安心地陪陸伊冉幾日，誰知半夜時分，童飛在屋外著急地把謝詞安叫醒。

童飛是接到消息後，安排好了馬車，才叫醒謝詞安。「侯爺，丘河軍營出事了。」

謝詞安披著外衫，聽了個大概後，讓人把安軍醫從床榻上喊醒，並叫醒阿圓和雲喜，吩咐她們收拾好陸伊冉母子倆的衣物。

陸佩顯和江氏聽到動靜也起身了，趕到陸伊冉的閨房。

謝詞安簡短地交代了一番。「岳父、岳母，軍營出了狀況，安軍醫不能長久留在這裡，我要帶冉冉去丘河。那邊正好有一處天然湯泉，對她的身子大有益處。」

說罷，把循哥兒交給童飛，自己則抱著睡得香甜的陸伊冉上了馬車。

雲喜和阿圓緊跟在他們身後，不敢有半點遲疑。

事情來得太過突然，陸佩顯夫婦倆一頭霧水，追至大門口。

陸佩顯還不知道陳州軍的一部分士兵已轉移到丘河，以為謝詞安是為了躲避關韶，強行要把自己的女兒帶走，遂出聲阻止。「侯爺，萬不可衝動！我們再想想別的辦法。」

江氏已從陸佩顯口中得知這月支草是如何得到的，不但沒有阻止謝詞安，反而支持道：「既是如此，放心去就是。」

眨眼間，三輛馬車緩緩駛出了陸宅。

陸佩顯氣得當場對江氏發了火。「妳不攔著，還跟著他胡鬧！到時關掌櫃上門要人，如何是好？」

「目前養好冉冉的身子才是最重要的。」

陸伊冉經過這一番折騰，人也醒了過來，她躺在謝詞安身旁，無力地問道：「我們……這是要去何處？我不回尚京。」

謝詞安聽後神色黯然，苦澀地道：「不是回尚京，我們要去丘河。軍營中出了緊急狀況，安軍醫也得回去，我只能把妳帶上。」見陸伊冉十分疲憊，想睜眼又睜不開的樣子，他低頭吻了吻她的額頭，柔聲道：「妳安心睡吧，一切有我。」

童飛帶著安軍醫，早一日先到達了丘河。

為了照顧陸伊冉，謝詞安他們第二日晚上才到。

軍中將士們初到丘河，有些水土不服，出現了上吐下瀉的狀況。

那日，童飛才一說癥狀，謝詞安便知是何情況。

安軍醫一副湯藥下去，情況變好轉不少。

謝詞安把陸伊冉他們安置在附近的一家農戶中，湯泉就在附近。

在轉移兵力之前，他就派人打探好了周圍的一切。

謝詞安把母子倆安頓在此處後，就回了軍營。

在路上的兩日，陸伊冉的湯藥也沒停，人比之前好了許多，已清醒不少。

循哥兒見這裡的一切都覺得好奇，追著院中的雞、鴨就能玩一天。

晚上，陸伊冉泡完藥浴，又開始泡湯泉，整日都在和水打交道。

但天然湯泉的效果就是不一樣，才一日的光景，她就感覺手腳不再冰涼，臉色也紅潤了起來。

睡到半夜，陸伊冉欲起身喝水，感覺到身後溫熱的胸膛，就知道是謝詞安來了。

自從她受傷後，腦中的記憶也是斷斷續續的，不過意識很清楚，知道是謝詞安帶來的軍醫救了自己，她的心情很複雜，一言難盡。

一路奔波，幾經往返，謝詞安已疲倦不堪，見他睡得踏實，她也不忍吵醒他，想著等他醒了，一定要好好問問他，軍營為何會駐紮在此處？

早上醒來後，謝詞安已離開，循哥兒又開始了他一天快樂的追逐。

農戶家中只有兩個老人在，兒子跟兒媳到鄰縣做生意了。

兩位老人態度和藹，見他們身分不一般，照顧起來也十分用心，見循哥兒樣子可愛，處處依著他。

就是膳食不讓他們做，童飛每頓都會親自送來。

軍營離農戶家不遠，將士們操練的聲音，在院中都能聽到。

陸伊冉想一探究竟，站到高坡上，卻都沒看到軍營安紮處。

前世時，她記得謝詞安有半年的時間經常外出，那時她還擔心謝詞安是在外面有人，常常偷偷流眼淚，最後大病一場。謝詞安知道後，在家陪了她幾日，她才慢慢好起來。

丘河軍營中。

謝詞安巡查完將士們的營帳後，剛回到自己的大帳，童飛隨即也跟了進來。

他手上拿了份剛到的線報，呈到謝詞安面前。

謝詞安拆開一看，臉色倏地陰沈，一張臉冷峻緊繃，最後眼中閃過一抹戾氣。

童飛見狀也不敢出聲詢問，雖然都是從小跟在謝詞安身邊的人，他卻是比余亮要沈穩一些。半晌後，童飛才聽謝詞安說道——

「以後凡是娘娘那裡的消息，都不用再銷毀，全都存到我的暗閣中。」

「是。」童飛雖震驚，卻不敢多問。

青陽暗探查到的消息，此次派殺手前來刺殺陸伊冉的不是別人，正是皇后謝詞微。

這些年，皇后在宮中殺害無數妃嬪和皇子，謝詞安也是心知肚明的。

他干涉不了後宮事，卻提醒過謝詞微很多次了。

眼看她在後宮的勢力越來越盛，就連皇上，只要謝詞微不動他在意的人，也是睜隻眼、閉隻眼。

她還四處斂財，暗探拿回來的帳本和對她不利的消息，都是當即銷毀，不留一點把柄。

這些年，她打著為謝家、為六皇子的口號，做了許多傷天害理的事。

如今謝詞微再一次無視他的警告，傷害了陸伊冉。

之前為了顧全大局，謝詞安一再縱容謝詞微，以後不會了，但他需要等待一個時機。

隨之湧現的挫敗感，讓謝詞安沈溺在一股無法自拔的憂傷中。

果然陸伊冉所受的傷害，都是他帶來的。

這一次是幸運的，下一次他卻不敢保證了。

以為自己可以護住她，不料卻一次次地讓她受傷害，他害怕了。

看到陸伊冉躺在床榻上無助痛苦的那一刻，他便不敢再奢望擁有了。

和她的安危相比，一切都沒那麼重要了……

第十六章

謝詞安回到農戶的小院時，陸伊冉正和循哥兒在午睡。

他疲憊地擁著母子倆，整個人輕鬆了不少。

陸伊冉覺得額頭處濕潤一片，突然被驚醒。

兩人四目相對的那一刻，謝詞安眼中的悲傷來不及隱藏，眼角還留有淚痕，他忙用一絲淺笑掩蓋。

陸伊冉心中說不出是什麼滋味，不自然地起身，問道：「你到了這裡，尚京的公務怎麼辦？」

「夫人這是在關心為夫嗎？」謝詞安拉過陸伊冉的身子，輕輕撫上陸伊冉快結痂的傷口，臉上的淺笑擴大。

陸伊冉未回答。

謝詞安並不在意，又輕聲問道：「還疼嗎？」接著他便吻上陸伊冉肩上的傷口。

濕熱的觸感酥酥麻麻地流過陸伊冉的全身，她臉上微紅，忙阻止道：「我還病著呢……」

「我知道，但夫人能不能憐惜為夫一下？」謝詞安聲音沙啞低沈。

聽到謝詞安蠱惑的聲音，陸伊冉有些想逃，掙扎著起身。

謝詞安卻不放，吻上陸伊冉的耳背，牽著陸伊冉的手，放到自己胸口，脆弱地道：「夫人，為夫這裡痛，救救我可好？」

「你……」陸伊冉一出聲，聲音碎得不成樣子。

謝詞安像乾渴已久的路人，終於找到甘甜的清泉，怎會放棄？他含上陸伊冉飽滿的紅唇就不鬆口，無論陸伊冉如何反抗，謝詞安就是不放。

「夫人，為夫好難受，妳幫幫我可好？」謝詞安的嗓音又低又啞，輕聲哀求。

陸伊冉何時見過這般軟弱的謝詞安？於是人也恍惚起來，當清醒過來時，已讓他得逞。

床榻響得厲害，陸伊冉害怕會吵醒循哥兒，都急紅了眼。

謝詞安又把陸伊冉放到方桌上，但這屋中的物件都粗糙得很，也響個不停。

即便如此，謝詞安也不願撤身。他以嘴代替手，到處點火。

她的細腰被謝詞安緊握在手中，搖擺得厲害。

陸伊冉軟成一灘水，她咬住嘴唇，不敢發出一點聲音。

豐盈處更加凸顯，他哪肯放過？嘴在上面流連忘返，就是不挪開。

一直到陸伊冉被折騰得兩眼迷離時，謝詞安才停下來，把她抱上床榻，並為她穿好衣裙。

陸伊冉氣得拚命地拍打他的胸膛。

謝詞安任由她發洩，就是不鬆手。

兩人都有些疲憊，不顧一身濕汗，打鬧著睡了過去。

循哥兒的呼喊聲把兩人吵醒了。

雲喜紅著臉，不敢靠近床榻，只在門口低聲道：「侯爺、夫人，該用晚膳了。」

陸伊冉紅著臉，推開謝詞安的身子，隨即起身。

屋外的安軍醫也到了許久，他正在院中配製湯藥，雖未聽到屋中早先的動靜，不過從兩個丫鬟的表情，也能猜到屋內的狀況。

循哥兒很乖巧，睡醒後，見爹娘還沒醒，自己就下了床榻。

雲喜和阿圓不敢進屋吵醒兩人，又怕膳食涼了，就指示循哥兒去喊自己爹娘。

晚上陸伊冉要泡藥浴，謝詞安用過晚膳，也留了下來。

安軍醫輕咳一聲，壯著膽子提醒道：「侯爺，夫人的身子還未康復，最好不要同房。」

聽聞此話，陸伊冉羞得緊捂臉龐，謝詞安也難為情地應了聲「嗯」。

這下無論如何，陸伊冉都不願讓謝詞安隨自己進湯池了。

連著幾日，謝詞安晌午辦完公務後，就來院中陪著母子倆，有時候甚至讓童飛把文書搬到此處來處理。

「再過幾日就是三姑母的生辰，她身邊除了祖母和你，也沒什麼親近的人，你不回京嗎？」陸伊冉用過湯藥後，出聲問道。

謝詞安手上翻閱的動作一頓，神色黯然。「我一人回去又不能讓她寬心，還不如不回。我已讓人給她備好了禮。」

「你就是這般，明知家中有人盼著你，就是不在意。」陸伊冉苦澀一笑，轉過了身，也未再搭理謝詞安，目光透過支摘窗，看向院中歡快不已的循哥兒，嘴角也止不住上揚。

「冉冉，這邊軍營剛安頓好，有許多突發情況，我實在抽不開身。」

不知不覺，謝詞安已坐到她身旁，驚得陸伊冉一愣，不悅地道：「隨你，反正是你自己的姑母。」

「冉冉，等安頓好這邊後，妳和我一起回尚京可好？三姑母和祖母一定會很開心。」

「她們開心，可我不開心，你答應過我的。」陸伊冉不想再與侯府的人有任何牽扯，雖然對老太太和謝庭芳有些不捨，但她們畢竟是謝家人。如果不是有循哥兒在，她連眼前這個人都不想見。說到糾結的往事，總會讓她下意識地排斥。

謝詞安見她動了氣，怕傷到她好不容易恢復了些的身子，遂按捺住失落的心情，忙解釋道：「我就隨口一說，妳不願意，我不會勉強的。以後都不會強迫妳了，妳不願回尚京，就不回吧，也許……」不能說出口的話，是他心中不敢觸及的痛。

皇宮，華陽宮內。

謝詞微聽完報上來的消息後，忍不住開心地大笑幾聲。她不知道後續發生的事，以為此次陸伊冉必死無疑，解決了心中的大麻煩，自然歡喜。就連早上惟陽郡主與她頂嘴的事，她都能暫時放下。

方情見她好不容易有個笑臉，才敢提一句。「娘娘，明日就是侯府三姑奶奶的生辰，要不要備份禮送到侯府？」

謝詞微沈吟半天後，說道：「她以前在府上總向著那賤人，與母親也不睦，對本宮無甚用處，按理是不用理會的，不過，看在祖母的情面上，就隨便給她備一份吧。」她與謝詞安有了嫌隙，後面少不得要老太太幫她調和。

謝庭芳在侯府管家，有點礙她的眼，但有謝詞安護著，暫時還是動不得的。

次日，護國侯府上。

謝庭芳的生辰，她本意是不願張揚，自己與老太太吃頓飯就好。

誰知謝詞安臨走前特意囑託過謝詞佑，一定要幫謝庭芳熱鬧熱鬧。

謝庭芳沒什麼親戚好友，就只有侯府三房的主子到場。

午時還不到，眾人都到了敞廳裡。

一切都是謝詞佑作主置辦的。如今周氏和他離了心，也不願再幫他，由袁氏幫他打點女席這邊。

田婉是妾室，本不該出現在此，但袁氏見她懷著身孕，也想讓她來熱鬧熱鬧。這更加讓周氏厭惡了，今日她甚至都不願出面，還是謝庭芳親自去請的。現在就連周氏的兩個孩子都與袁氏疏遠了，袁氏也是兩頭為難。

午時一到，老太太見人都到齊，便讓開席。

鄭氏坐在老太太身旁，不停地為老太太挾菜。鄭氏的心情很好，陳州老家那邊，陳若雪為他們三房添了個長孫，徐將軍家的長女與謝詞淮的親事也定下來了，他們三房是雙喜臨門啊！再一看大房和二房，個個糟心事一大堆，夠她回娘家說上一、兩日了。

今日就連她一貫不待見的庶女謝詞盈，鄭氏都覺得順眼了起來，誇她衣衫的顏色喜氣，讓六姑娘謝詞盈有些受寵若驚。

陳氏和謝詞儀母女倆表情淡淡的，看著大房這邊的熱鬧。

大房庶女三姑娘謝詞秀坐在謝詞婉身旁，顯得小心翼翼。嫡母與嫡嫂不和，她就怕稍不留神，會殃及自己。

「玉兒，到祖母這裡來。」袁氏出聲哄著玉哥兒。

雲姐兒和玉哥兒湊在母親周氏身邊，不肯挪動半分，與袁氏和謝詞婉中間隔了好幾個位子。

「我不去！祖母喜歡姨娘肚子裡的弟弟，不喜歡我了！」玉哥兒邊說邊哭。

袁氏聽得心中不是滋味。「別聽那些下人亂嚼舌根，玉哥兒是祖母的心肝寶貝，誰都趕不上我的玉哥兒！」她紅著眼眶，看了眼悶不吭聲的周氏，好似這句話也是說給周氏聽的。

無奈周氏不回應她一句，與袁氏也沒有眼神交流。

田婉一臉愧色，不自然地垂首挾菜。

老太太和謝庭芳不好摻和，只好繞開話題。

謝詞佑在男席那邊聽得清清楚楚，但在眾人面前不好訓斥玉哥兒。他心中內疚，看了眼田婉和周氏，見兩人相安無事，才稍稍放心。

「三弟，如今二弟人不在尚京，以後府上有事，須得我兄弟倆齊心協力。」謝詞佑與三房很少碰面，今日難得聚在一起。

謝詞淮已入仕途，如今也有份體面的職務，沈穩了不少，不似往日那般畏首畏尾，聲音洪亮地答道：「大哥放心，三弟曉得。」

「你大哥說得對，如今就靠你們這一輩了。」謝庭毓舉起酒盞，在一旁感嘆道。

「大哥說得對，我們都老了，來，飲酒。」謝庭舟向三人舉杯。

幾人暢快地對飲起來。

晌午後，安軍醫又來為陸伊冉配藥。

陸伊冉特意支開雲喜和阿圓，問道：「安軍醫，你能給妾身開一副避子湯嗎？」

安軍醫半天都不敢吱聲，心道要是被謝詞安知道了，只怕又要如當年那樣，他多年研究的醫術就只能用在醫馬上了。

當年安子瑜年少輕狂，無視陳州軍軍醫的年齡要求，仗著自己醫術尚可，為難軍中文書，甚至還大放厥詞。謝詞安知道後，讓他足足醫了一整年的戰馬，才願意讓他再為將士們治病。一年的時間磨掉了他身上不少傲氣，性子也成熟不少。

他憶起往事，當即一哆嗦，思慮一番後說道：「夫人放心，您如今身子虧損嚴重，一、兩年內實難有孕，不必憂心。」

陸伊冉便沒再強求，只是囑託道：「希望此事安軍醫能為妾身保密。」

晚上，陸伊冉為了防止謝詞安進自己屋子，不僅關嚴了門窗，還讓阿圓和雲喜兩人陪著自己睡。

她每日喝的湯藥有安眠的作用，一沾枕頭就能睡到第二日天亮。

謝詞安回來，一看床榻的位置被兩個丫鬟占了，神色當場就陰沈下來。

讓童飛把兩人扛了出去，自己睡到陸伊冉身旁後，心中那口鬱氣才通暢。

次日用膳時，陸伊冉問兩人。「侯爺昨晚可回來過？」

「沒回來。」雲喜想也沒想地回道。

「回來了。」阿圓卻是實話實說。
陸伊冉便知，謝詞安昨晚回來了。她隨即又問：「他睡在哪屋？」
這下子兩人都徹底不吭聲了。
陸伊冉早就猜到會是這個結果，惱怒道：「不是說了不聽他吩咐，不給他留地方嗎？」
雲喜不作聲。
阿圓則氣呼呼地道：「是童飛把我們扛出去的！」

剛用過早膳，謝詞安就回了小院，手上還拿著一只色彩靚麗的紙鳶。
陸伊冉因為昨晚的事還在惱他，眼都沒抬一下。
循哥兒一見紙鳶，立即兩眼發光，飛撲進謝詞安懷中。「爹爹！鳥鳥、鳥鳥！」
謝詞安悄聲對循哥兒耳語一陣。
循哥兒聽完後就拉著陸伊冉的手不放。「娘親走，放鳥鳥！」
陸伊冉冷睨了一眼對面的男人，也只能跟著父子兩人出門。
看著父子倆高興奔跑的樣子，陸伊冉臉上的神色也跟著歡快起來。
每日巡查哨樓時，謝詞安都會看到這處寬闊的平地。
此處離鎮上市集較遠，因此附近的農戶們會自發地在此擺攤賣貨，多數都是他們自己編製的農家用品，或其他手工品。

今日是九月二十，這裡的風俗就是放紙鳶，祈求健康和幸福。

紙鳶也是當地手藝人做的，雖不及尚京的精緻和華貴，卻帶著鄉野樸實的獨特美。

今日的人比往日多了不少，一部分還是從鄰鄉特意來的，三三兩兩地聚在一起。

此時謝詞安手中的紙鳶飛得又高又穩，許多孩童羨慕不已，都圍著他們跑。

循哥兒驕傲地仰著小腦袋，兩手扠腰，又開始顯擺起來。「我的爹爹！我的鳥鳥！」

陸伊冉怕孩童多，碰撞到循哥兒，也起身走到父子倆身旁。

她一靠近，謝詞安突然彎腰，單手揹起陸伊冉，歡快地跑了起來。

紙鳶也隨著他的動作，飛得更高。

孩童們在兩人身後追得更加起勁，循哥兒的小短腿跑得也越發快，邊跑邊笑。

陸伊冉嚇得緊緊抱住謝詞安的脖子，大聲喊道：「謝詞安！快放我下來，放我下來！」

「不放，捨不得。怕一放下來，人就跑了。」

陸伊冉一愣，一陣迷茫，說不出話來。

後來，有其他夫婦見兩人這般親密，也躍躍欲試，但都沒成功，紛紛笑倒在地。

「你這樣揹著累，快放我下來。」陸伊冉紅著臉，想跳下去，又怕摔撞到肩上的傷口。

「不累，如果可以，我想揹著妳一輩子。」謝詞安說得平靜，卻無人看到他眼中湧起的淚花，也無人知道他心中無法言明的悲傷。

陸伊冉默不作聲，頭靠在他寬厚的肩上，心道時間如果停止在此刻也好，至少循哥兒是幸福的，有爹娘做伴。

見自己爹爹揹著娘親越跑越遠，循哥兒有種兩人扔下他不管的感覺，頓時站在原地哭喊起來。「爹爹、娘親——」

聲音越來越大，兩人聽到後，謝詞安才把陸伊冉放下來。

哄了好久都哄不好，於是謝詞安又揹著循哥兒跑了一圈，他才肯罷休，破涕為笑。

跑累了，陸伊冉母子倆就坐進童飛早已準備好的帷帳裡。

謝詞安沒閒著，從一女童手上買來一竹籃野花，動作笨拙地編起了花環和手環。

循哥兒也沒閒著，拿著野花就往自己和爹娘頭上插，片刻後，三人就成了花瓶。

陸伊冉看謝詞安身穿勁裝、頭戴野花，顯得不倫不類，再也忍不住地大笑出聲，捂著臉龐笑倒在地。

循哥兒也跟著傻呵呵地笑起來。

謝詞安這才從自己的手藝活兒中回過神來，一摸，滿頭的花朵。

見妻兒如此開心，他也樂呵呵地任由循哥兒「摧殘」。

半天過去，一個歪歪扭扭的花環終於成功，強迫地戴在了陸伊冉頭上。

陸伊冉不依，於是謝詞安取下後又戴回自己頭上，逗得陸伊冉和循哥兒哈哈大笑。

突然，天上下起毛毛細雨，片刻後，剛剛還熱鬧的人群就走得精光，只剩下他們這個帷帳和三人。

謝詞安顧及陸伊冉剛剛恢復的身子，帷帳下面墊著厚實的毯子，不怕濕氣傷著他們母子倆。

「我們也回去吧，晌午的湯藥還未用呢。」陸伊冉探出頭一看，密密麻麻的細雨一時半刻應該停不了，遂出聲催促。

循哥兒玩鬧這麼久，也累了，趴在她的懷裡睡著了。

「再等等吧，沒有傘，妳淋了雨，若染上風寒可如何是好？」謝詞安為母子倆蓋上薄毯後，輕聲勸道。接著，他像變戲法似的從腰間拿出一個水袋，遞給陸伊冉。「走時，我就把湯藥裝上了。」

陸伊冉神色呆愣地看向謝詞安，心情複雜，隨即張嘴喝了一口，驚訝道：「怎會是熱的？」

「為夫用身子給妳捂熱的。」謝詞安神色癡迷，看向陸伊冉飽滿潤澤的紅唇，用指腹輕輕抹了抹她嘴角的藥漬，眼神炙熱得好似能噴出火。

陸伊冉忙迴避，拿起水壺，忍住苦意要一口氣喝完。

湯藥從嘴邊滑落，滴到她纖細的脖頸處，她今日穿的是淺色的單薄衣衫，水漬特別明顯，甚至有一、兩滴頑皮地落在高聳的圓潤處。

想到那處的滋味，謝詞安暗自吞嚥一口，喉結滾動急促。

陸伊冉喝完湯藥後，微皺著小臉，下意識想要漱口。

「為夫來為妳漱口……」謝詞安乘機湊近她，聲音沙啞地說道。

他貪婪地吻上陸伊冉的紅唇，舌尖在她口中瘋狂攪動舔舐。

反應過來的陸伊冉則不停地用手拍打他厚實又堅硬的身子，以為他又要白日幹荒唐事，正想喝斥，謝詞安卻停了下來，隨即又埋首到她的脖頸處，用嘴唇吻乾她臉龐和脖頸處的藥漬。

他用力吮吸，好似要在這些地方留下不可磨滅的印記。

「真甜。」他湊到陸伊冉耳邊，悄聲道。

陸伊冉氣得砸水袋，低聲吼道：「你是不是瘋了？堂堂一個都督，被人看見你白日宣……要笑話你！」

「只要能與冉冉日日待在一起，別說笑話，就是讓我死都甘願。」他輕笑一聲。

明明是笑著說的一句話，陸伊冉卻在他眼中看到了一絲隱忍的痛苦。

兩人沈默一息後，陸伊冉苦澀地說道：「說這些做什麼？以後日日與你待在一起的人又不是我，死不死也不關我的事。」

「我知道，妳早不在意了。」謝詞安心口泛起針扎般的痛，剛剛眼中的光亮也熄滅得乾乾淨淨。他取下陸伊冉頭上的野花、雜草，又用手理好她的亂髮。見陸伊冉也開始犯睏，便把他們母子倆摟進懷中，低聲道：「妳也睡一會兒吧，等雨停了我們就回去。」

這湯藥催眠的作用來得快，即使陸伊冉再堅持，沒多久睏意襲來，她終是合眼睡了過去。

謝詞安神色溫柔，看著她恬靜的睡顏，心中既滿足又悲傷。情難自禁，他低頭吻著她臉龐的每一處，憐惜又珍貴，好似怎麼也不夠，又牢牢抱緊她的身子。

陸伊冉這一睡，就睡到了傍晚時刻，醒來時，人已躺在床榻上。她環視一周，沒看到謝詞安的影子。

「姑娘，醒了？起來用膳吧！」

雲喜見陸伊冉起身，知道她定是餓了，忙把食盒提出來，擺在方桌上。

循哥兒一人在院中玩得正起勁，手上拿了塊糕點，邊玩邊吃。

阿圓則黑著一張臉坐在一側，悶不吭聲。

「怎麼啦？零嘴沒了就先吃循哥兒的唄！」陸伊冉起身後，走到方桌旁，開解道。阿圓往常出現這個表情，都是沒有零嘴吃了才會如此。

「姑娘，我要去侯爺那裡告童飛的狀！」阿圓噘著嘴說道。

「童飛？他怎麼了？」陸伊冉不解地看向雲喜。

雲喜心平氣和地解釋道：「早上，我看浴桶破了一個大洞，童飛送膳食來時，我就讓他給您換一個。」

阿圓氣憤地接過話。「結果他換了個又大又高的來！那哪是浴桶？它就是個木倉！我們兩人踮起腳尖都搆不到，要如何給您擦背？我讓他再換一個，他竟還說我聒噪！我看他就是故意的！」她氣得腳一跺。

「妳們擦不到，我來就是，有何好大驚小怪的。」謝詞安從門口進來，聽到她們的談話，出聲訓斥。

雲喜立即端起碗盞，出了屋子，去餵循哥兒。

阿圓不敢與他理論，只能灰溜溜地退了出來，悄悄對雲喜說道：「雲喜姊，我怎麼覺得，侯爺是在和我們搶著伺候姑娘啊？」

屋內，陸伊冉不悅地問道：「你是故意的吧？」只有阿圓一人還傻愣愣地怪著童飛，她和雲喜早猜到是怎麼回事。

謝詞安也不回答，只顧著給她挾菜。

「不換浴桶，我自己洗。」

「妳肩上的傷沒好，不能碰水，我不胡來就是。」

果然，晚上照顧陸伊冉泡湯浴時，謝詞安都規規矩矩地照顧，沒再胡來。

河西駐軍處。

丘河軍營安紮好了多日，秦王這邊才接到消息。

探子來報，說能聽到丘河每日都有震耳欲聾的操練聲，但打探了這麼久，就是不知道他們的軍營安紮在何處，非常隱蔽；甚至連靠岸的碼頭都找不到一點兒蹤跡，不知道他們是如何來的，也不知道走的是哪條路。

「王爺，朝廷實在欺人太甚，把軍營都安紮到我們家門口了！」

「王爺，皇上的防備之意這般明顯，我們該如何是好？」

「能如何？以我們駐軍的兵力，還怕他們不成！」

秦王坐在主位上，他臉色陰鬱地聽著下屬們七嘴八舌的討論，並未出聲阻止。等聲浪平靜後，坐在秦王右下首的一位儒雅中年男子，也就是他的軍師顧中囿，這才開口淡淡地問了句。「王爺可知，此次是哪路軍隊？」

大齊有六路軍隊。

北境駐軍是赤博軍，主帥是聞重；河西就是秦王的飛鷹鐵騎；幽南駐軍燕州玄甲的主帥是柳相毓；尚京的虎賁精兵也就是御林軍。

還有就是陳州軍和青翼軍。這兩路軍隊都不是駐軍，兵力不集中。

而陳州軍的兵力分布是最廣的，陳州有一部分軍營，尚京有一部分，池州有一部分，汝陽也有一部分。可以說，東南西北都有陳州軍的兵力。

到目前為止，陳州軍究竟有多少人，只怕只有發軍餉的時候才會知道。

四處邊境的駐軍，沒有特殊情況是不會挪動半分的。

秦王神色凝重，說道：「本王以為是謝詞安的陳州軍，誰知，尚京城外的軍營根本就未動；況且，他謝家勢力龐大，如何會為了防備本王而安紮到此處來？」

「那會不會是青翼軍？」另一個身形魁梧的中年男子問道。

秦王沈吟半晌後答道：「如果只是為了震懾本王，倒是極有可能。」

自從青翼軍的主帥林峰玖病逝後，青翼軍也日漸衰敗下來了，目前只有鄂州的兵力還算完整。

朝堂上呼籲解散青翼軍的聲音越來越多，也有提議合併進陳州軍的，可皇上卻遲遲不表態。大家都知道，皇上是想留著青翼軍抗衡陳州軍。

無奈陳州軍兵力強勁，立下戰功無數，撼動不了它的地位。

見秦王的消息不確定，顧中囿說道：「一切都只是猜測，王爺，事不宜遲，定要盡快摸清丘河駐軍的底細。」

孝正帝的皇位本來就名不正、言不順，那時軍中人人都在傳，這個皇位應當是秦王的。輪戰功，孝正帝根本比不上秦王。秦王十三歲就到了邊關歷練，想靠自己的能力奪得那個位置。等秦王軍功和能力都有了，皇位卻被他皇兄截胡。孝正帝在尚京城坐享其成，近水樓臺先得了皇位。

這些年秦王處處與孝正帝較勁，大事上不反駁，小事上卻與他對著幹。

皇上抓不到緊要的把柄，只能忍氣吞聲。

如今孝正帝竟然來這麼一招，到他家門口來攔截他，讓他如何不惱怒？

孝正帝那幾個兒子，秦王一個都看不上。

太子急躁重色，六皇子胸無大志又能力有限，而其他皇子連入他眼的資格都沒有。

他的兩個兒子文武雙全，隨便拎出來一個，都比這些皇子強。

六皇子在他心中之所以能排上位，主要是因其身後的舅舅謝詞安。

他過往的計劃一次次地被謝詞安識破阻攔，在秦王心中的勁敵榜上是斷崖式的領先。

要是知道謝詞安此時就與他隔著兩個郡縣，只怕秦王不會讓他活著再回尚京。

九皇子近日染了風寒，沒去尚書殿的宮學，留在他的寢宮溫書。

今日陸佩瑤一直待在玉泉宮，不放心離開。

湯藥已用了好幾副，就是不見好轉，她心中焦急，晚上也不敢熟睡，人看上去都有些憔悴了。

九皇子咳得厲害，來給他看病的是宮中的老太醫。

「周太醫，本宮的皇兒咳得越發嚴重了，是不是該換個藥方？」陸佩瑤性子溫順，如果是別的妃嬪，只怕早就要拿太醫問罪了。

「回娘娘的話，藥方不用換。九皇子的咳症之所以嚴重，主要是瘀痰增多。」周太醫語氣篤定，這是把病症給摸清了。「臣會在裡面多加一味祛濕化痰的半夏，不能過激，得慢慢調理，否則就會傷到九皇子的脾胃。前兩日九皇子的咳症已減緩些許，今日加重，或許和膳食有關，切記不要再用甜食、涼物一類，否則久咳不癒易傷及心肺。」太醫診完脈，便移步到案桌開方子加藥。

陸佩瑤則是神色嚴厲地看向九皇子。

九皇子趙元啟心虛，不敢與他母妃對視，撇開了臉。

老太醫走後，陸佩瑤立即對外喝道：「來人！把昨日在九皇子身邊伺候的宮人，全都拉出去罰二十大板！」陸佩瑤又補充了一句。「小寧子多罰五大板！」

小寧子和幾位小公公不敢喊冤，知道自己有錯。

趙元啟宅心仁厚，對身旁的近侍一向寬容，從未懲罰過他們。母妃今日這架勢，把九皇子嚇得一愣。「母妃，您別罰他們，都是孩兒錯了，孩兒以後再也不偷吃糖了。」

「拉出去，打！」陸佩瑤無動於衷，無論九皇子如何哀求，態度始終堅定。

「母妃，那只罰他們十板子可好？」趙元啟見他母妃鐵了心，口氣稍緩，試著商量道。他與小寧子從小一起長大，感情深厚，看似是在為大家求情，實在是想少罰小寧子。見一杖杖打在小寧子身上，九皇子心中難受，也失了禮數和耐心，反問起自己的母妃。「母妃，您為何罰他們？錯的是孩兒！」

陸佩瑤默不作聲，臉色冷漠，不理會自己兒子的不滿。

連秀忙勸道：「殿下，您先冷靜些，這樣他們只會被罰得更重。」

小寧子和幾位宮人被打得奄奄一息，抬了下去。

這時陸佩瑤才神色稍霽，拉過一旁怨氣十足的趙元啟，溫聲道：「啟兒，你是皇子，對下人做到該有的仁慈即可，不可一味地偏袒和依賴，否則時間長了，讓他們忘了本分，心中邪念一起，傷及的會是何人，你好好想想。母妃再問你，昨日我就讓你連秀姑姑提醒過你身邊的人，這幾日你不能再用糖果和糕點，他們可有時刻叮囑你？你用時，他們可有阻止你？」

九皇子低頭，囁嚅道：「只有小寧子反覆叮囑，其他人……」

「那母妃問你，你的糕點和糖果是從哪兒來的？」連秀早交代過御膳房，這幾日玉泉宮不送糕點和消暑湯，就連清悅殿都不讓送，因為知道九皇子愛吃甜食，就怕他管不住嘴。

趙元啟臉色一白，心道是袁公公端來的。這個小袁子平常十分討他喜歡，總想著法子逗他開心。他突然明白了，母妃今日為何會發這般大的火了。

「兒臣知錯了。」

陸佩瑤見他已領悟到事情的利害關係，繼續語重心長地教導他。「啟兒，母妃知你學問好，母妃也很高興，但這是在宮中，不能只專注一件事，你得留心你身邊的每件事和每個人。切記，不可太依賴和信任一個人，那樣只會害了你自己。」

「母妃，孩兒知道了。」九皇子心善聰慧，稍加提點便能明白。

陸佩瑤看他喝完湯藥睡熟後，才離開玉泉宮。

出了玉泉宮的門後，陸佩瑤對跟在身後的連秀吩咐道：「給小寧子用上好的金瘡藥，其他幾人全部換掉。」

「娘娘，那個袁公公如何處置？」

「把他送到內務府去吧。」這小袁子是何人送過來的，不用細探，陸佩瑤早已知曉。送到內務府，還能保他一命，如果原路退回去，小袁子根本就沒活命的機會了。

半個月過去，陸伊冉的身子恢復了大半，臉色也紅潤不少。

她惦記家中爹娘，詢問安軍醫是不是可以停藥了，安軍醫卻說她的身子還需繼續服藥，一停藥，她畏寒的癥狀就會出現。

為了自己的身子考慮，陸伊冉不得不聽從安排，在此處再多待些日子。

她心中有太多疑問，最想知道的是，自己的解藥是如何換回來的？但每次一提，謝詞安都說此事已解決，再多問，他就顧左右而言他。

原以為是用她娘親的秘方換的，謝詞安卻說不是。

這天陸伊冉正睡得迷迷糊糊時，就聽到屋外的吵鬧聲。

推門一看，就見老人的兒子跟媳婦回來了，一家人正站在院子裡說話。

陸伊冉出現在門口的那一刻，院中頓時變得鴉雀無聲。

尤其是老人的兒子和媳婦，他們是在鄉里市集做生意的，見過不少富貴人家的姑娘，卻沒見過這麼好看的貴人，一身綢緞跟仙女似的，眼睛都看直了。

還是老婆子先打破沈默，說道：「姑娘快進屋歇著吧，他們馬上就走，不打擾您。」

本來這東屋就是人家夫婦倆住的，陸伊冉占了他們的房間，此時也不好意思真進屋，便客氣地道：「是我打擾了大哥、大嫂。」說罷，從屋中拿出一包循哥兒的零嘴，送給老太太的孫子。

老太太早與兒子、兒媳說明了狀況，夫婦倆也知道家中住了貴人，見她這般溫和，才敢讓自己兒子收下。

夫婦倆想走近道聲謝，卻被冷冰冰的童飛攔在幾步之外。

晚上泡湯藥時，依然是謝詞安服侍的。

「你跟安軍醫說一聲，能不能把藥給我配好，我想回青陽了。」

謝詞安看著她美妙白皙的後背，正心猿意馬時，卻聽到陸伊冉說要回青陽，心中感到失落，半天才回道：「妳身子尚未養好，半個月後我再讓童飛送妳回去。」半月後，他也要回尚京，畢竟那邊積壓的公務也得處理。

陸伊冉輕輕回了聲。「嗯。」

「那我生辰，妳和循哥兒回尚京嗎？」謝詞安不死心地又問道。

「只要你說話算話，我也不會食言。」

謝詞安心中歡喜，忍不住挪到陸伊冉旁邊，低頭吻了吻她的臉頰，貼上她的臉，低聲道：「冉冉，如果時間可以調換，我好想用一年的時光來換這兩個月。無論妳回青陽後發生了任何事，都要記得回尚京，我等著妳。」

陸伊冉聽他突然傷感起來，有些莫名其妙，卻也未細想。此時她正專心防著他的下一步動作，就怕他胡來。

好在她穿了件肚兜，但低頭一看到肚兜上的洞時，頓時氣不打一處來。「上次為何剪我的衣服？真不要臉！」

「我不想要臉，只想要妳。」謝詞安不想再忍，吻向陸伊冉白皙光滑的肩。

陸伊冉忙起身，哪知謝詞安卻赤著腳，長腿一跨，進了浴桶。

兩人一身濕漉漉的，緊緊糾纏在一起。

他的手大膽起來，肚兜也被他扯掉，陸伊冉保持著最後的清醒，伸手欲掐他的腰腹，誰知謝詞安卻故意一頂，她的手就摸到了他那處，再也不敢動了。

謝詞安乘機如了願，在浴桶裡要了她一次……

事畢，見陸伊冉梨花帶淚、柔弱委屈的樣子，謝詞安又自責、又心疼，不停地吻著陸伊冉眼角的淚水。「都怪我、都怪我，明日我一定蒙住眼睛可好？」

「謝詞安，我信你才怪！你每胡來一回，我都沒臉見人！」陸伊冉使勁拍打他的胸膛，越說越委屈。想起幾人看她的神色，尤其是那老夫婦倆，她都恨不得幾日不出門了。

「湯泉隔得遠，他們聽不見的。」

「你還說！你滾出去！你就這麼想要我的身子嗎？」陸伊冉氣急，使勁推他。

謝詞安緊緊抱住陸伊冉，不讓半步。「是，只要是妳，我什麼都想要。」

昨晚，陸伊冉終於成功地把人趕出房間，謝詞安不甘心地回了軍營大帳。

為此，陸伊冉今日心情很好，帶著循哥兒，幾人在山上摘野花玩。

直到午膳時，陸伊冉都不願回去。

四人坐在一塊光滑的大石頭上，既可曬太陽，又可看風景。

雲喜見她心情好，也不願掃興，想著童飛送的膳食差不多也該到了，便提議讓他們母子倆等著，她和阿圓回去農戶院子裡提食盒。

循哥兒拿著一個小石頭，在地上不停地亂畫，嘴裡嘰嘰咕咕地念叨著。「爹爹揹、爹爹舉高高……」

陸伊冉也陪著循哥兒一起畫，沒發現周圍的異樣。

直到有人影靠近，她抬頭，才看到有幾人正輕手輕腳地靠近他們。

想呼救已來不及，她忙把循哥兒抱到懷中，接著一陣香味傳來，母子倆還沒反應過來，就頭暈腦脹地昏了過去……

阿圓和雲喜回來時，已不見陸伊冉母子的身影。

無論兩人如何呼喊，就是沒有一點回應。

阿圓首先找到了一支陸伊冉的玉簪。

童飛得知後臉色一白，曉得兩位主子出事了，在周圍打探一番後，當即向軍營飛奔而去。

謝詞安聽到消息後，想到陸伊冉的身子還未恢復，循哥兒還這麼小，萬一有什麼不測……他不敢往下想，心中悶痛，之前的慌亂感再次襲來。

他努力讓自己平靜下來，終於恢復一些理智。他猜測他們母子倆若是被人綁走而非就地殺害，那暫時應當是沒有危險的，接著他把所有的可疑人物都在腦中過了一遍。

童飛見謝詞安已失了沈穩，立即屈膝跪地，神色愧疚地道：「侯爺，屬下該死，沒看好夫人和小公子。」

謝詞安臉色鐵青，寒聲道：「是該死，只不過不是此時，即刻給我備馬車！」

童飛心中升起一絲欣喜，問道：「侯爺知道是何人帶走了夫人他們？」

陸伊冉在半路上就醒了過來，害怕只是一瞬間，見循哥兒在她懷中呼吸平穩，沒有異常，她才放心。

也許是身子泡了太多藥浴，將養好了，連迷藥粉都失去了效果。

坐在車中還算平穩，路上也不顛簸，她猜測走的應當是官道。

她撕下自己的裙襬，把碎片扔出車廂，留下記號，希望謝詞安能快些找到他們。

如此過了好幾個時辰，當夜幕深沈之時，馬車才終於停了下來。

她把循哥兒緊緊抱在懷中，假裝昏睡。

兩人被抬到一間廂房安置，眼睛還沒睜開，陸伊冉就能聞到淡淡的香味。

等抬他們的人離開後，她猛然睜開眼，就見屋內點著兩盞宮燈，布置高雅而不奢華，這樣看來，劫她的人應當不是土匪。

片刻後，循哥兒也醒了過來。他一看環境陌生，也不願下地，有些害怕地緊緊抓住陸伊冉的衣領不放。

陸伊冉柔聲安慰一番，讓他在浴室後的恭房便溺後，就聽循哥兒嚷道——

「娘親，循兒肚肚餓！」循哥兒邊說邊摸他軟軟的肚皮，眼巴巴地看著陸伊冉。

荷包中還有兩塊糕點，陸伊冉拿出一塊，猶豫一息後，只掰了一半給他。

循哥兒吃完後，精神頭又好了些。白日一直睡，此時也不睏，他拉著陸伊冉就要出房門。「循兒要出去。」

「天黑了，外面有壞人，娘怕。」陸伊冉溫聲哄道。真是怕什麼、來什麼，人生地不熟又是大晚上的，孩子還要鬧。

循哥兒小嘴一嘟，大聲道：「循兒不怕，要出去！」

突然，房門被推開，走進來一位長相端莊，梳著婦人髮髻的年輕女子，身後跟著兩個丫鬟。丫鬟們手上，一人提著一個食盒。

女子聲音清脆，態度恭敬地道：「多有怠慢，夫人和小公子請用膳。」

循哥兒見進來的是陌生人，好奇地看著幾人。當目光掃到她們手上的食盒後，眼睛就直勾勾地盯著不放，而後看向自己的娘親。

陸伊冉看著他，輕輕搖了搖頭。

食盒的蓋子一打開，膳食的香味直往兩人的鼻子裡鑽，刺激著他們肚裡的饞蟲。

「小公子可是餓了？」女子挑出一塊春餅，遞向循哥兒。

循哥兒從陸伊冉身後走出來，伸手想拿。

「肚肚疼！」陸伊冉忙說了一句只有他們母子倆能聽懂的話。

果然循哥兒聽見後，把手縮了回來。

趁此，陸伊冉把循哥兒轉了個身，冷聲問道：「妳們究竟是何人？為何要劫持我們母子倆？」

「夫人言重了，劫持不敢。我們主君只是想請你們來小住幾日而已，到時自然會把你們送回去。」

一聽主謀不是她，明白多說也無益，陸伊冉便住了口。

女子見陸伊冉不肯用膳，又出聲勸道：「妾身也是當娘的人，在路上這麼久了，夫人不用，也該為小公子想想。」她看向循哥兒的眼神溫和慈愛，沒有一點惡意。

陸伊冉不搭理她，直接無視她的存在。

女子見陸伊冉防備心重，勸說無用，只好作罷。

第十七章

次日早上，門未上鎖，循哥兒起身輕輕一拉，門就開了。

他扶著門框，小短腿吃力地邁出了門，陸伊冉緊跟其後。

母子倆剛一出門，就見昨晚那女子已等在院中涼亭，石桌上放著精緻的早膳。

循哥兒昨日只吃了半塊糕點，早餓得受不住，徑直跑向了涼亭，正要伸手去拿，就被陸伊冉抱住。「娘，循兒餓……」他急得大聲哭鬧起來。

「娘知道，我們再等等爹爹可好？爹爹馬上就來了。」陸伊冉親了親循哥兒圓圓的臉龐，耐心地哄道。

她也心疼孩子，但這些人身分不明，東西一旦吃到腹中，就只能任他們擺布了。她抱起孩子又進了屋，拿出半塊糕點，餵給循哥兒，自己則一口未用。

只剩一塊糕點了，她要在謝詞安找來之前，留著給循哥兒墊肚子。

本以為等謝詞安找到他們還要很久，誰知還未到午時，就聽到院中響起了熟悉的呼喊聲——

「冉冉！循兒！」

她從未曾像這一刻這麼希望過，謝詞安能出現在他們眼前。

循哥兒已餓得沒有力氣，但一聽到謝詞安的聲音，立刻就從床榻上費力地坐了起來。

一天一夜的等待，直到看見謝詞安出現在自己眼前的這一刻，陸伊冉才敢放鬆下來，眼中的淚水也不自覺地滑落臉龐，哽咽道：「你怎麼才來……」

謝詞安一把抱住母子倆，心疼道：「你們受苦了。」見母子倆有氣無力，他焦急地問道：「他們強逼你們吃了何物？」

「是餓的……」陸伊冉有氣無力地回答他。

謝詞安更加愧疚了，又憐惜地吻了吻母子倆的額頭，而後對外喊道：「童飛，拿進來！」

童飛拿進來的包袱中備了許多食物和水，謝詞安給循哥兒餵了一塊軟餅，陸伊冉也狼吞虎嚥了一塊。

「慢些，別噎著了。」謝詞安一手餵循哥兒，一手替陸伊冉擰開水袋蓋子，遞到她嘴邊，提醒道。

終於恢復一些力氣後，陸伊冉忙問道：「這是何處？我們現在就能回去了嗎？」

「這是何處，妳等會兒就知道了。回去自然是要回去的，但他這樣對你們母子倆，我豈能就這般輕易回去？」謝詞安摟過陸伊冉的細腰，把母子倆又抱回懷裡，低聲說道。

昨日他冷靜下來後，就猜到是丘河軍營的動靜引來的狼。

他們一路追蹤，看到陸伊冉留下的衣裙碎片後，基本上就確定是秦王的人了。害怕對方傷害他們母子倆，他不敢有絲毫停歇，目標明確地往河西趕。

兩人說話間，有家奴來請兩人去用午膳。

謝詞安也不推辭，抱著循哥兒，拉著陸伊冉的手就出了房間。

陸伊冉掙脫掉他的手，謝詞安也沒再勉強。

家奴帶他們路過迂迴曲折的遊廊，拐過一座蓮池，穿過拱月門，便進了一處叫明月齋的寬闊院子，有一男一女正在庭院等候他們。

男子長得相貌堂堂、英俊不凡，看起來比謝詞安年長一些，穿著一襲玄色廣袖錦袍，氣質威嚴尊貴；他身後跟著的女子，則是昨晚的那位年輕婦人。

見到謝詞安三人出現在門口的那刻，男子踱步靠近，神色有幾分緩和。「謝都督有請。」

謝詞安冷聲道：「王爺客氣了。」

聽見這一聲「王爺」，陸伊冉腦中靈光一閃，又想到從丘河到此處不到一日的路程，便也猜到了他的身分。

男子抬眸時，剛好注意到了一旁的陸伊冉，眼中閃過短暫的驚豔後，說道：「難怪人人都說英雄難過美人關，謝都督也不例外啊！」說罷，哈哈大笑兩聲。

此人正是秦王趙孝稷。

謝詞安本能地看向陸伊冉，神色柔和，並未否認秦王的話。

陸伊冉臉色微紅，與謝詞安拉開一些距離。

循哥兒趴在謝詞安懷中，此時有了底氣，心情好，也跟著附和地呵呵大笑兩聲。孩子的舉動逗笑了院中的大人，凝重的氣氛頓時緩和不少。

幾人到膳廳落坐後，謝詞安依然抱著自己的兒子，淡淡說道：「本官不差這頓飯，實在不解王爺這待客之道。」

「本王見謝都督為了公務來到此處，只是想盡一盡地主之誼，不用這種方式，只怕還請不到都督大人。」

秦王急切地想知道，是何人的軍隊駐紮在丘河？他的人在丘河一帶打探了幾日，都沒摸到門路。

直到他們住的那家農戶的兒子和兒媳在路上與人提及家裡住了「貴人」時，剛好被他的探子聽到了。

探子們不確定究竟是何人的家眷，想靠近看個仔細，誰知童飛的防備心重，根本沒給他們留一點機會。

在暗處等待了一整日，才終於趁童飛離開時跟蹤他，豈料卻不及他的輕功快，被甩得老遠。探子們沒轍，只好把陸伊冉母子倆綁回來。

秦王也是今日見謝詞安自己找上門來，才知道是他的家眷。

謝詞安無視秦王敬的酒，冷笑道：「只怕要讓王爺失望了，本官來此處不是為了公務，只是來探望好友罷了，王爺實在不必如此客氣。倘若人人都像王爺這般，我的家人哪還有安寧之日？犬子如今可還不到三歲。」謝詞安拒不承認丘河安紮的是他的陳州軍。

秦王沒有確鑿的證據，一時間也猜不透他話中的真假，因為青翼軍少帥林澤玥的確是謝詞安的好友。

秦王心中暗惱，謝詞安難對付就算了，沒想到連他的夫人防心也重。如果昨日他們母子吃了自己的側王妃尤氏送去的膳食，今日拿捏起謝詞安來，就容易多了。

像是心電感應似的，尤氏膽怯地看向秦王。

秦王則目露凶光地回瞪了尤氏一眼，隨即恢復平靜，繼續說道：「不知謝都督的好友是何人？能否引薦給本王？本王也好上門拜訪一下。」

「不瞞王爺，本官到此時也未見到他人，本想打道回府了，卻被王爺用這種方式請到王府來。」

難怪官場上人人都說謝詞安奸詐狡猾，他的態度模稜兩可，讓秦王也失了判斷。

就算秦王想對人下手，但都不知道對方是誰，要怎麼殺？

不過事情真假先不論，從謝詞安上門的那刻起，秦王就起了殺心，早在暗處安排了人手。他抬眸看了眼門口侍立的護衛，那護衛心領神會，當即出了院子。

怕謝詞安有所察覺，秦王先安撫道：「此事的確是本王失誤，本王會給謝都督一個交代的。」

「交代不用，聽說秦王的次子十分聰慧，能文能武，皇上經常在皇子們面前提起，太后娘娘也十分惦記，如果王爺捨得，就讓他和本官一起回京如何？」

氣氛再次劍拔弩張起來，謝詞安這番話的意思，無疑是想把秦王的兒子帶回尚京做質子！

如果不是今日這個場合，誰敢在秦王面前說這個話題？

秦王冷嗤一聲。「謝都督的好意本王心領了，只是本王的孩兒每日課業繁重，沒空陪同都督大人回京。」

謝詞安沒有一點懼意，不依不饒地道：「依王爺的意思，本官之子尚年幼，沒有課業，就能讓王爺的人說綁來就綁來了？」

見謝詞安步步緊逼，秦王也失了耐心，連裝都懶得再裝下去了，臉色當即陰沈起來。「謝都督，應該聽說過客隨主便吧？」他是在提醒謝詞安，在他的駐軍處，能奈他何？

陸伊冉心中不安，擔憂地看向謝詞安。

謝詞安從案桌下伸手過去捏了捏她的手心，以示安撫。

循哥兒則在爹爹的懷中，安靜地玩著爹爹腰間的玉珮。

「王爺說得對，你是主人，我是客人，不過謝某很記仇。」

秦王冷聲說道：「那你想要如何？」

「本官不想如何，既然王爺把本官的妻兒綁來，那麼禮尚往來，本官要王爺的次子送我們順利回到尚京。」

「只怕，今日注定要讓謝都督失望了！」

說罷，就見院中不知何時已圍了一群勁裝侍衛。

眼看著一場激戰在所難免，陸伊冉臉色慘白，緊緊抓住謝詞安，轉身看童飛，卻不見他的人影。

謝詞安依然神色平靜，緊摟著陸伊冉的肩頭。

「謝都督敢親自找上門來，就應該料想到這個結果了。想回尚京？只怕今日你連這個院子都出不了！」秦王手一揮，院中的侍衛蜂擁而上。見謝詞安無一點慌亂，秦王諷刺一笑。

「謝都督好氣量，到此時了，還能這般冷靜穩重。」

謝詞安神色平靜，沈默以對，把陸伊冉和循哥兒緊摟在懷中。

突然，門口的一名侍衛慌張地跑進來，湊近秦王悄聲稟報。

話音剛落，秦王倏地抬眸，震怒地看向謝詞安，半晌後才冷聲道：「謝都督果然深謀遠慮。」

「多謝王爺誇獎。」謝詞安穩穩地接過話頭。

兩人一來一回，陸伊冉卻是聽得雲裡霧裡，不知究竟發生了何事，緊繃的心緒不但沒有半點放鬆，反而更加揪著了。

誰知下一瞬間，就聽到秦王咬牙吩咐道——

「來人，送謝都督一家出王府！」

出了王府大門，陸伊冉才看到消失不見的童飛正持劍挾持一名長相俊美的華服少年，少年的眉眼間和秦王極為相似。

秦王和眾侍衛也緊跟著謝詞安的腳步，追至王府門口。

「謝都督，莫要過分，放了他。」見童飛鋒利的刀鋒緊逼著次子趙元軒的脖頸，秦王心頭一跳，面上卻仍淡淡地道。

謝詞安把陸伊冉母子倆扶上馬車後，目光凜冽，直視著秦王，寒聲道：「只怕，這就由不得王爺了。本官說過要讓王爺次子隨本官回京，這不是一句玩笑話。王爺，謝某不是好惹的，你不應該把我的妻兒牽扯進來！」話畢，俐落地進了馬車。

童飛則推著趙元軒上了另一輛馬車。

秦王不肯罷休，一聲令下，眾侍衛立即上前，把兩輛馬車牢牢圍在中間。

「沒有本王的命令，謝都督出得去嗎？」

「倘若王爺能捨得你次子的命，那謝某就奉陪到底！」謝詞安也不懼秦王的威脅，聲音洪亮，大聲回道。

童飛立即撩開車簾，就見趙元軒的脖頸處已浮現一條血痕。

秦王不願放棄這到手的機會，因為謝詞安今日一旦離開，以他的防備心，日後想要殺他，很難再有機會了。

兩方僵持間，秦王的大兒子趙元諾從軍營趕了回來。

他翻身下馬，走近自己的父王，出聲勸道：「父王，讓他們走。」趙元諾今年十六歲，在軍營擔任要職，能力出眾，已成為秦王的得力助手。見自己父王沒有絲毫鬆動，趙元諾又低聲勸道：「父王，難道二弟的性命您不顧了嗎？您是如何答應母妃的？」

秦王冷厲的臉上終於有了絲裂痕，半晌後才厲聲吩咐。「讓他們走！」

此次他不但沒有除掉謝詞安這個勁敵，還讓自己的兒子陷入危險的境地，日後自己又多了一個把柄在他皇兄手上了。

但亡妻的臨終託付他不能忘，兒子的性命他也不能不顧。

他看出了挾持兒子的那人功夫不弱，自己的兒子絕對不是他的對手。

偷雞不成蝕把米，這口惡氣如今嚥不下也得嚥！

循哥兒被剛剛的場面嚇到了，一路上他都緊緊抓住陸伊冉的衣領，趴在她的懷中不敢動。

陸伊冉柔聲安撫半天，他才鬆開手。

想到母子倆再次被自己連累，謝詞安越發愧疚。

由於計劃有變，謝詞安耐心解釋道：「如今帶著秦王次子，我們只能從河西走水路，到競州再回尚京，不能去青陽了。秦王定會派人一路跟隨，如果被他的人發現你們回了青陽，定會有麻煩的。」一如若只有他一人，以他的武藝，他一點兒也不懼；但有他們母子倆在，謝詞安不得不謹慎提防。

陸伊冉無法反駁他的話，經歷了兩次危險，她知道謝詞安不是危言聳聽，但心中惱他，怨氣也一觸即發。「此次回尚京一事我答應你，只是以後也請你離我們遠些，就沒有這麼多無窮無盡的麻煩了！」

事實的確如此，只是陸伊冉親口說出來，猶如在謝詞安的胸口狠狠一擊，痛得他許久都回不了神。他神色黯然，沈默半晌後，輕聲道：「好，我答應妳。」

陸伊冉無視他的哀傷，她不想再陷入命運的漩渦了，她知道結局，只想遠離。哪怕身邊的男人已經改變了許多，也阻止不了她要遠離謝詞安這個人的決心。

登船時，雲喜和阿圓也被人接到陸伊冉身邊。

不知是不是驚嚇過度，循哥兒一路都提不起一點精神，還未入京，就開始又吐又瀉，船上大夫開的湯藥也不起一點作用。

晚上哭鬧得更劇，甚至不讓阿圓和雲喜碰一下。

謝詞安心疼孩子，也憐惜陸伊冉的身子，儘量讓她歇著，自己一人照看循哥兒。這也是循哥兒出生這麼久以來，他親手照顧得最多的一次。

白日有兩個丫鬟換手，謝詞安才有空歇息。
只是循哥兒的身子始終不見好轉，人也瘦了一大圈，整日不下地。
陸伊冉擔憂孩子，寢食不安。
謝詞安看在眼裡，疼在心裡。
終於，在半個月後，他們到達了尚京。
一到漕運渡口，謝詞安便讓童飛放了趙元軒，並把他送上返回河西的客船。
童飛震驚不已。「侯爺？」
「我們已經安全了，他一旦入了皇宮，很難再出尚京。」他自己也有孩子，循哥兒病了一路，他也擔憂了一路。趙元軒不過是個十三、四歲的少年，秦王雖狼子野心，可他的孩子的確是無辜的。
童飛解開趙元軒身上捆綁的繩索。
趙元軒也是不敢相信謝詞安會這麼輕易地放他回河西，怔怔地立在原地不動，直到童飛催促一聲，趙元軒才向謝詞安施了一禮，轉身離去。
下船後，謝詞安就與陸伊冉他們分開了，幾人被童飛送到惠康坊的如意宅。
當陸伊冉走進伊冉苑的那一刻，人也跟著恍惚了起來。
屋內的擺設和侯府的如意齋一樣，就連床榻上床帳的花紋都一樣。

雲喜和阿圓也是一愣，幾人還以為回到了侯府。

「姑娘，侯爺真用心，知道您想要鞦韆，院中就做了一個呢！」雲喜進屋後，歡喜地說道。

阿圓也附和著。「還有院中的桃花樹，和之前侯府栽種的位置都一樣呢！」

陸伊冉把循哥兒放在床榻上，呆呆地坐在床邊，沈默不語。

片刻後，童飛把侯府的秦大夫帶進來。

為循哥兒診脈後，秦大夫說道：「夫人不用過於擔心，小公子應是暈船所致。」

「可上次回青陽，哥兒還好好的呀！」阿圓不解。

「小公子年齡小，時間不長或許看不出，次數太多，必會讓他的身子受不住。」

秦大夫的醫術好，他都如此確定，陸伊冉的心也就踏實了下來。

待秦大夫離開後，屋內又恢復了冷清。

不一會兒，院外忽然傳來陸伊卓的聲音。

「姊！姊——」

「卓兒！」

兩姊弟有半年沒見了，此時都分外激動。

「姊，卓兒好想妳呀！」在尚京半年，乍一見到自己的至親，一向大剌剌的陸伊卓也忍不住，眼淚在眼眶裡打轉。「姊，妳留在尚京陪我可好？別再回青陽了，這裡也是妳的家。」
「卓兒，青陽才是我們的家，你玩夠了就和我回家吧。」
陸伊卓還來不及回答，七月和㚟㚟也走了進來。
「伊冉姊姊，妳回來了！」
幾月沒見，㚟㚟越來越水靈了，穿著越來越像尚京的姑娘，臉上也圓潤了不少。
七月滿面紅光，勁頭十足地喊道：「大姑娘，您回來了！」
循哥兒被吵鬧聲驚醒，坐在床榻上，好在沒有哭鬧，但是陸伊卓靠近他時，他有些排斥。
知道幾人有話說，雲喜抱著循哥兒出了屋子。
「卓兒，等循兒的身子養好些，我們就回青陽，可好？」
「姊，我不能回青陽，姊夫已經給我請了師傅，我們都商量好了，明年我就去參選宮中侍衛。」怕陸伊冉不信，繼續說道：「爹爹和娘都答應了，難道妳不知道？」
陸伊冉靈光一現，這才明白她爹娘瞞著她，早就商量好了，難怪之前讓她別再管陸伊卓的事。
只有她一人還被蒙在鼓裡。
陸伊冉想盡辦法要遠離謝詞安，卻有一雙無形的手，把自己的家人一步步地推向尚京，靠近謝詞安。

她真害怕自己的一切努力都白費了，最終依然逃不過命運的結局。

連著好幾日，都不見謝詞安來如意宅。

循哥兒天天念叨著爹爹，陸伊冉覺得這樣反而更好，不見面就沒有牽扯和纏磨。

這一日，陸伊冉剛用過晚膳，許久不見的余亮卻來了。

他抬眸看了眼雲喜後，目光又轉向陸伊冉。「夫人，這是侯爺給您的東西。」見陸伊冉沒接，余亮就把手上的一個紫檀小匣子放到她眼前。「夫人還是看看吧。」

見自己不開匣子余亮就不罷休的樣子，陸伊冉躊躇一番，終是打開。

一封和離書躍然出現在陸伊冉眼前。

她心口一顫，說不出高興，更談不上悲傷。

她神色木然地拿了出來，謝詞安的字跡還是那麼熟悉。

吾妻陸氏伊冉，相離之後，望妳餘生順遂康健，願妳所願都能成真。結怨釋解，更莫相憎，一別兩寬，各生歡喜。

余亮看她神色不明，說道：「夫人，侯爺說，讓您安心住在此處，這宅院本就是買給您的。侯爺還說等哥兒和您養好了身子，他會派人送你們回青陽，他……他不會再去煩你們了。您若有事吩咐，告訴童飛就好。」說罷，余亮悵然若失地又看了眼雲喜，這才出了廂房。

陸伊冉拿著和離書，愣在當場，心中複雜。

之前離開青陽時頭也不回，如釋重負，這封和離書她也盼了許久。

以謝詞安的性子，應當是徹底放手了。

只是她心中疑惑，和離書上一字未提循哥兒的歸屬問題，不知謝詞安是不是還會遵守以前的約定？

護國侯府這邊，秦大夫接連幾日往惠康坊跑，而且大部分都是童飛來接，因此府上眾人又開始傳謝詞安養外室的事。

三房的鄭氏最閒了，這日便把秦大夫堵在半路上，詢問他是給何人瞧病。

秦大夫只淡淡地應了聲是給侯爺的人看病，便不肯再多說。

謝詞安回尚京後，累積的公務讓他連著忙了幾日。他不敢閒下來，因為腦子只要一有空，就會管不住自己的腿。

尤其是夜深人靜時，腿老是不自覺地往惠康坊邁。

有好幾晚，人都到了門口，想起自己已徹底與陸伊冉和離，也答應過陸伊冉遠離她了，才又止住了腳步。

他回京第五日才回侯府，老太太忙讓人把他叫到仙鶴堂。

「安兒，你和祖母說實話，你……你惠康坊的宅子是不是養人了？」陸伊冉始終不回尚京，老太太這幾個月來一直掛念著這事，如今又來這一遭。「你媳婦不回尚京，是不是就是為了此事？」

「祖母，不是你們想的那樣，惠康坊住的……只是冉冉的胞弟。」他知道陸伊冉不久就要回青陽，不想節外生枝，讓侯府的人知道他們母子倆回京了，因此對外的說辭都是如此。

「那他們母子何時回京？都幾個月過去了，依然不回來。」老太太最關心的還是這個問題，至於養外室一事，她不想深究。就連謝老太爺與她恩愛多年，但常年在外，外面也有幾個女人。周氏就是如此，不認命只會把自己的丈夫越推越遠，家中不和，孩子也受罪。老太太勸過幾次，都於事無補，也就懶得再勸了。

「祖母，冉冉她身子還沒養好，等新歲時，我就去接他們回來。」謝詞安不想讓老太太操心自己的事，只能繼續拖延下去。

老太太見他一盞茶還沒飲完，余亮就來了，知道他有事，只好讓他離開。

謝庭芳不信，跟著他們出了門，一出仙鶴堂，謝庭芳就叫住了他。

「安兒，你和姑母說實話，惠康坊住的究竟是誰？」

謝詞安躊躇一番後，語氣落寞地回道：「姑母，他們母子倆回來了。冉冉她始終不願再接納我，我們已經……和離了。循兒有些暈船，等過一段時日養好了，她應當就會……回青陽了。」喉嚨哽咽了幾次，謝詞安才艱難地說清。在眼眶中的淚水滑落那刻，忙轉身離開。

謝庭芳心疼不捨，最後也只能嘆氣一聲。

華陽宮，膳廳內，謝詞微與養女元柚公主正在用早膳。

「多日不見，本宮的柚兒都瘦了，妳多吃些。」謝詞微不停地為元柚公主挾菜，神色也是從未有過的慈愛。

「多謝母后，孩兒夠了。」元柚公主則是小心翼翼地應付，神色有幾分忐忑不安。她心中大概能猜到，謝詞微今日的示好是為何。

元柚公主芳齡十八，並非皇后親生，是皇室宗族的一個郡主。

謝詞微見她長相明豔，才把她養在自己身邊，目的就是有一日能為自己所用。這一留，就留到了十八歲。

在皇家長大的公主，如何不明白這些道理？

兩人根本沒有舐犢親情，何來的交心？這些年皇后在宮中的手段，元柚公主也見識過，因此每每來華陽宮，都要鼓起好大的勇氣。

這幾日宮中都在傳，尚京西郊圍獵場首次秋獮，西楚的五皇子也有來，目的就是與大齊結秦晉之好。

謝詞微見元柚公主長相越發豔麗，心中十分滿意。

用完膳後，又叫方情拿出衣裙料子跟頭面賞給元柚公主。

上一次長公主不同意惟陽郡主嫁六皇子瑞王時，謝詞微的第二手準備就是想利用鄭僕射家的長孫愛慕元柚公主多年的這層關係做交換，讓鄭僕射家的孫女嫁給瑞王。有了這麼一個內閣老臣的太岳父，六皇子日後的大業也能如虎添翼。

後來長公主答應了親事，瑞王終於如願娶到惟陽郡主，謝詞微才作罷。

這一次，西楚五皇子拋出橄欖枝，謝詞微自不會錯過這麼好的機會。

西楚五皇子的母族出身尊貴，在軍營歷練多年，手上有戰功，在西楚很受人擁戴。目前適嫁的公主裡，身分最尊貴的就是元昭和元柚，其餘都是皇室族親的郡主。

謝詞微如何會讓這個機會落到安貴妃那邊？

離開侯府後，謝詞安又進了宮。皇上剛剛派人來傳召，要召見他。

奉天殿內，御案後的孝正帝神色溫和，看來心情不錯，先是安撫謝詞安兩頭奔波受了苦，又問了丘河軍營的情況，謝詞安一一如實回答。

孝正帝聽後更是滿意了，又問：「愛卿，昨日西楚來信，五皇子願與我大齊結兒女姻緣，你說朕的哪個公主與五皇子般配？」

這皇家結親之事，謝詞安向來不怎麼關注，孝正帝今日特意在謝詞安面前提起，試探之意十分明顯。

「皇后想讓柚兒嫁去西楚，你作為她的舅舅，覺得如何？」

謝詞安心中冷笑，卻平靜地回道：「回皇上，自古婚事都是父母之命，媒妁之言。皇上的公主，皇上最了解，心中也自當有考量，臣不敢僭越。」

孝正帝聽謝詞安並未出言支持謝詞微，心中還算滿意；至於究竟要嫁他的哪個女兒，其實他心中也還沒定下來。

孝正帝沒再繼續追問，繞開這個話題，又說道：「此次秋獮宴，西楚五皇子也要參與，到時你可不能缺席。」

每年十月十五，大齊都要舉行狩獵宴，尚京皇親貴族家的郎君都會踴躍參加。

謝詞安第一次參加圍場狩獵宴，是十三歲那年，在靈泉山皇家圍獵場，射中一頭野豬拔得頭籌。

他記得與陸伊冉大婚的第一年，那時圍獵場在臨泉山，他興致缺缺不願前往，以公務繁忙推掉了。陸伊冉知道後，失望了好久，又不敢向他提。

看著左鄰右舍的郎君們帶著自己的女眷出門時，她在門口偷偷張望，一副羨慕又失落的樣子，此時想起來他的心都還覺得痛。

往事好似還在昨日，可惜現在，關於他的一切，她都不在意了。

謝詞安從奉天殿出來後，看到了等在殿外的方情，說是娘娘有請。

他丟下一句「還有公事」，便藉故離開了。

出東華門時，在甬道口剛好碰到閒逛的安貴妃，兩人都是一愣。

謝詞安對陸佩瑤施禮後，並未像之前那般冷漠轉身，而是佇立一旁，快速說道：「冉冉回來了，如果娘娘方便，可以出宮去看看她，她就在惠康坊卓兒如今住的宅子。」

等安貴妃緩過勁來，人已離開多時。

陸佩瑤不信這個冷漠的姪女婿會主動與自己說話，說的還是陸伊冉的事，因此不確定地又問向了身側的連秀。「我是不是聽錯了？謝侯爺竟會主動和我說話？他說冉冉回來了對嗎？」

「是的，娘娘，您沒聽錯。」

陸佩瑤一直掛心陸伊冉，如今知道陸伊冉回了京，她當然高興。

當天晚上，她就向皇上請示，說想出宮逛逛。

孝正帝當晚歇在清悅殿，見她許久沒有這般溫順可人，想也沒想就答應了下來。

上一次陸佩顯他們來京時，陸佩瑤就來過惠康坊，已經熟門熟路，因此次日一早就找了過來。

陸佩瑤被人領進伊冉苑時，陸伊冉剛剛起身，連漱洗都顧不上，披了件長衫就衝出來。

「姑母！」

「冉冉！」

兩人都有些激動。

在宮外不必講那些虛禮，姑姪倆更是沒有顧慮。

「冉冉，妳在青陽這麼久，我還以為妳真的與謝侯爺和離了。」陸佩瑤見陸伊冉比之前消瘦了些，憐惜地撫了撫她的臉頰。

「姑母，我的確與他和離了。」在陸佩瑤跟前，她沒什麼可隱瞞的。

「這是為何？那循哥兒怎麼辦？」陸佩瑤消化了很久，才接受這個事實，不禁擔憂地問道。

「姑母，您不必擔心我們母子倆，我離開謝家後會過得很好。等您和元啟分封到吳郡，到時我們一家就可以團聚了。」陸伊冉一想到今後的生活，心中就止不住地憧憬起來，完全沒有察覺到陸佩瑤臉上的愁容。

「冉冉，妳爹爹沒向妳提起嗎？只怕吳郡我們去不了了。」

看陸伊冉一臉懵，陸佩瑤才把事情原原本本地告訴她。

事情發展成這樣，陸伊冉的心不自覺地往下一沈。

雖然姑母沒明說，可皇上的意思已經很明顯了。

無論他們陸家人怎麼避，都逃不過皇上的操控。

陸家完全站在皇后的對立面，一切好似又進入一個死局，她不知該如何扭轉。

不想給陸伊冉添煩惱，陸佩瑤安慰道：「冉冉別怕，姑母會保護自己的。皇上身子康健，或許事情還有轉機。」
姑姪倆正說話時，陸伊卓走了進來。
兩人不約而同又想到這個麻煩，都不想他入宮做侍衛，可陸伊卓的倔勁，九頭牛都拉不回來。

用過午膳後，陸佩瑤就要起身回宮，陸伊冉抱著循哥兒到門口送別。
陸佩瑤見循哥兒玉雪可愛，有些不捨地從陸伊冉手上抱過來，親了親他圓圓的臉頰。
「循兒乖乖，等姑奶奶下次來時，就給我們循兒買鳥鳥可好？」
剛剛姑姪兩人在屋內談話時，循哥兒時不時就跑進去鬧，問陸伊冉要紙鳶。
看到坊院有孩童在玩，他又想起了在丘河放紙鳶的場景。
「不要姑奶奶買，循兒要爹爹買！」循哥兒噘嘴說道。
陸伊冉臉色一白，擠出一絲笑容，欲抱過循哥兒。
循哥兒卻不依，緊緊摟住陸佩瑤的脖子不放，指著馬車大聲道：「騎馬馬，去找爹爹！找循兒爹爹！」
陸佩瑤心中也不是滋味，輕嘆一聲，哄了好久，循哥兒才肯放手下地。
晚上，童飛送來宮中的賞賜。

陸伊冉叫住了他。「循哥兒天天念叨他爹爹，如果你們侯爺有空，就讓他過來一趟吧。」

次日一早，陸伊冉起身後，雲喜就問她，童飛送來的東西該如何歸置？

都是昨日皇上賞賜的，謝詞安讓童飛全搬到如意宅來。

昨夜沒來得及歸置，雲喜順手就堆在屏風旁，都是些貴重物品，有瑪瑙、珊瑚、翡翠耳蓋爐、字畫、古玩、布料、首飾等物。

其中翡翠耳蓋爐最為醒目，爐身通體鮮豔翠綠，晶瑩剔透，底座也是用上好的墨玉製成。

陸伊冉十分喜歡，愛不釋手地撫摸一番後，卻讓雲喜放到了西次間的書房中。

雲喜十分不解，出聲詢問道：「姑娘，侯爺都給您了，既然您喜歡就留著吧。」

「人不可貪心，他已給我很多了，如果之前那些算和離補償的話，也夠了。」

知道陸伊冉的性子，雲喜也不好再勸，小心翼翼地把東西往書房搬。

陸伊冉見雲喜一人忙不過來，便拿起字畫跟著雲喜，想去書房幫忙。

但還未進書房門口，她突然神色一頓，把字畫從窗口粗魯地丟到榻上，就轉身離開了。

謝詞安不喜別人進他書房，兩人剛大婚時，他連陸伊冉都不讓進。

後來在陸伊冉不懈努力的纏磨下，他才勉強同意讓她收拾打理。

兩人圓房後，由於都是在男女情事上剛開竅，有時情難自禁時，謝詞安就會把她留在書房過夜，次日起來，她腿都打著顫。

那時她傻傻的以為，謝詞安也是喜歡自己的，殊不知，他下衙回來兩人再見面時，他又恢復了之前的冷情模樣。

婆母陳氏知道後，懲罰陸伊冉跪了好幾個時辰的祠堂，說她是狐媚子，在書房中引誘自己的夫君，讓他懈怠了公務。

為此有好長一段時間，陸伊冉連霧冽堂都不敢去了。

曾經的種種又浮現在陸伊冉腦中，正好提醒她不能沈迷於此，定要清醒清醒。

按如今的事情發展，她與謝詞安不會有結果的。

但兩人中間還有個循哥兒，為了不讓循哥兒到處找爹爹，她只能暫且放下兩人的恩怨，在回青陽之前，讓謝詞安多陪陪循哥兒。

晚上，謝詞安回來了。

循哥兒有幾日沒見爹爹了，見謝詞安一進院子就跑了過去，歡喜地喊道：「爹爹回來了、爹爹回來了！」

謝詞安抱起兒子，神色寵溺，把他小小的身子，往自己寬厚的肩上一坐，就進了廂房。

循哥兒被逗得哈哈大笑，在陸伊冉面前驕傲地道：「娘看，循兒坐高高了！」

「娘親看到了，小心些。」

父子倆不顧陸伊冉的勸阻，又在屋內轉了兩圈，循哥兒才肯下地。

下地後，循哥兒又爬到謝詞安懷中，拿起桌上的糕點就往謝詞安的嘴裡塞，熱情得很。

「爹爹吃！」

謝詞安一進屋，雖與循哥兒在玩鬧，目光卻下意識地往陸伊冉身上瞟。

幾日不見，她氣色紅潤，皮膚越加光滑白嫩。一襲素白的糯裙，身形柔美，輪廓迷人，溫婉動人，像晨露中綻放的蓮花般清新嬌美，一雙水靈靈的杏眼，半嗔半惱間，就能輕易勾走他的全部注意力。

想起她在床榻上，臉頰泛起陣陣紅暈……他不敢再往下想。

無論下了多大的決心，當見到她的那一刻，所有的堅持和努力都化成了泡影。

陸伊冉見他目光太過熾熱，冷睨他一眼後，側過身子，為循哥兒挾菜。

「爹爹，循兒要騎馬馬！」

直到循哥兒軟糯的喊聲響起，才讓他醒過神來。

「好，爹爹帶你和娘親去騎馬馬。」

聽到爹爹答應下來，循哥兒才高高興興地坐到他專門吃飯的小几上，大口大口地吃起來。

謝詞安終於肯將目光從陸伊冉的臉上和身上移開，看向她的頭上。見她頭上仍戴著一支極素的白玉簪，沒戴昨日那些賞賜的華貴頭飾，他失望地問道：「童飛送來的那些，妳都不喜歡嗎？」

陸伊冉有些意外，說道：「你給我的已經夠多了，那些……就給你的新夫人留著吧。」

「沒有新夫人，要留也只能留給妳。」好好的心情，被陸伊冉一盆涼水潑下來，澆了個透心涼。他心中的傷口還沒癒合，又被陸伊冉狠狠插上一刀。

此時，雲喜和阿圓正好端來菜餚。

謝詞安一見沒有酒壺，便對兩人吩咐道：「去拿壺酒來。」

雲喜的酒壺還沒端到桌前，就被謝詞安先一步奪了過去，他為自己斟滿一杯後，一口飲下。

陸伊冉不想再次被他影響，淡淡道：「你有空就多來陪陪循兒，以後我們回青陽了……」

她話還沒說完，謝詞安揚起頭，又是一口一盞。

陸伊冉知道他心頭憋著氣，想速戰速決，繼續說道：「你給我的田地跟宅子我用不上，到時我會送回來還給——」

忽地，「噗」的一聲，謝詞安吐出一大口鮮血，染紅了他的衣襟，也濺了陸伊冉一臉。

他痛苦不堪地倒在陸伊冉身上，喃喃道：「冉冉別說了，我心口痛得很……」隨即便合眼暈了過去。

陸伊冉愣在當場，做不出任何反應，心中驀地一痛，眼淚不自覺地滑落。

余亮和童飛聽到動靜，跑進來一看，兩人都嚇得不輕，忙把謝詞安扶上床榻。

童飛轉身出了廂房，而余亮卻眼眶微紅，為謝詞安擦乾嘴角的血跡。

循哥兒猛地起身，碗盞也打翻在地。見剛剛還托著他舉高高的爹爹，如今臉上和胸前都是血跡，躺在床榻上一動也不動，他嚇得哇哇大哭起來，無論阿圓怎麼哄就是不停，緊緊抓住謝詞安的手，邊哭邊喊：「爹爹起來、爹爹起來！」

聽得屋中的幾人都不好受。

陸伊冉像傻了一般，做不出任何反應。

余亮顧不得尊卑，劈頭蓋臉就說道：「夫人，余亮求您了，別再對侯爺說狠話了。那晚他給您寫和離書時，就吐過一次血了！您不顧惜侯爺的身子，難道哥兒的身子您也不管了嗎？」

沒多久，秦大夫又被童飛請了過來，他為謝詞安把脈後，一言不發地開起了方子，並厲聲責怪起余亮。「老夫之前就交代過，侯爺不可再飲酒，再這樣下去，後果是你我都不能承擔的！」

秦大夫本是陳州軍的軍醫，因年歲大，過了軍中要求，謝詞安憐惜他一身醫術，便讓他到侯府來，給府上眾人看病。

拿到藥方後，屋中的其他幾人也跟著退了出去。

循哥兒哭累了，躺在謝詞安的身旁睡著了，陸伊冉為兩人蓋好雲被就出了廂房，到此時她的人都是恍惚的。

她沒想到循哥兒竟這般在意他爹爹，更不敢相信謝詞安會因為和離的事變成這樣，若不是親眼所見，她還以為他是裝的……

第十八章

青陽，陸宅。

關韶來了幾次，都未見到陸伊冉的人，陸佩顯起初還有所隱瞞，見實在瞞不住，這回只好說出實情。

畢竟上次關韶慷慨救陸伊冉，也算是陸家的恩人，夫婦倆不能太過失禮。

江氏再次拿出暈染秘方，並承諾把綢緞全部盤讓給他，只想讓他放棄娶陸伊冉的想法。

關韶依然拒絕，執意要娶陸伊冉，走時還讓陸佩顯備好婚書，說他下次來時，就要直接下聘禮了。

這可愁壞了夫婦倆，猜測女兒到此時或許還不知道事情的真相。

離開時，關韶的那聲「岳父」、「岳母」尤為刺耳，卻又不能喝斥他，畢竟這本就是他們欠他的，如果他真要鬧起來，他們一點理都不占。

關韶這廂，前腳出了陸宅上了馬車，思慮一番後，後腳就讓身邊的護衛去給他買到尚京的船票。

「少爺，只怕使不得。我們手上還積壓這麼多貨，如何離得了人？」那護衛忙出聲提醒，就怕他為了一個女人而失了分寸。

「綢緞的事不急，放到明年夏日再說。近日五皇子讓我去尚京看熱鬧，我怎能錯過這個機會？說不定還能碰到我想碰見的人呢！」

陸佩顯只說謝詞安帶陸伊冉去了外地，究竟是何處並沒明說，但身為一個男人，他太了解想護住自己在意的東西，就會往護得住的地方藏的心思了。

護衛見他瀟灑恣意的樣子，忍不住提了提阿依娜。「少爺，靈風院的娘子鬧得厲害，聽說您要娶正妻，日日吵著要見您。」

闞韶神色一頓，才想起自己已有一月沒見過阿依娜了。

其實在他所有的侍妾中，他對阿依娜還算是有幾分真心的，無奈阿依娜不只是圖他這個人，時間長了她的心就變了，想要得更多。

之前阿依娜要宅子、首飾和銀子，他眼都不會眨一下，可她恃寵而驕，越來越放肆，如今竟然還妄想與他有子嗣，這是他絕不能允許的。

他們闞家的規矩就是，嫡子沒出生前，是絕對不能有庶子的，否則就視為自動放棄競爭管家權。

而且他喜歡自由，不喜歡被孩子和女人束住手腳。

闞韶心想，等他娶到陸伊冉後，阿依娜就會死心了。她畢竟跟了他這麼幾年，他也不忍心拋棄她。

以陸伊冉的氣魄，絕不會為難阿依娜和其他侍妾的。屆時他的後院清靜了，他也就更能大展手腳。

這麼一想，就更加堅定了他要娶陸伊冉的決心。

他吩咐道：「讓人先把她送回西楚別院，她一人在這邊我也不放心。等我娶了正妻後，再把她接回府。」

天氣漸涼，皇宮內務府又開始給各宮的皇子、公主和妃嬪們發放秋衫了。

朧月宮內，元昭公主正在試穿剛發的宮裝，殿外的人就通傳元柚公主來了。

「柚姊姊來了，快讓她進來！」元昭公主放下衣裙，歡喜道。

雖然皇后娘娘對安貴妃敵意甚重，卻不影響私下姊妹倆偷偷來往。

元柚一進來，元昭就看出她有些疲憊，便讓侍女春兒端來一碗剛熬好的燕窩。

元柚公主平常很少喝到這些昂貴的補品，宮中也只有皇后娘娘和幾位貴妃才有。

她非孝正帝親生，內務府的人也是勢利眼，見她沒什麼恩寵，經常怠慢她。

謝詞微養顏的補品堆滿私庫，也捨不得給元柚公主分出些許。

她心情好時，或者需要元柚時，最多送她兩疋好料子和首飾。

元柚公主今日拿到的秋衫就只有四套，再看元昭鋪滿一床榻的衣裳，許多顏色靚麗的都是安貴妃自己捨不得穿，特意留給元昭的。

同樣是養女，兩人的待遇卻天差地別。

安貴妃是真心疼元昭，什麼都為她著想，有好東西也先給元昭。

元昭公主今年十六歲，也到了出嫁的年紀，安貴妃每日督促她的繡工和禮儀，這兩個月更甚。

她性子活潑，長相俏皮甜美，也是常讓孝正帝開心的人。

「昭兒，皇姊真羨慕妳，有這麼一個母妃，還得父皇喜愛，不像我。」用完燕窩後，元柚公主黯然神傷地說道。

元昭近日的心思都放在繡工上，宮中的事情也沒人在她耳邊提起，她更是不知元柚愁什麼。見自己皇姊不開心，以為只是為了這些東西，便讓春兒把她的首飾和衣裙全部拿出來，讓元柚挑選。

「昭兒，皇姊不要妳的東西，今日來就是想和妳說說話。妳聽說了嗎？西楚的五皇子要與我大齊結親。」元柚公主眼眶一紅，哽咽道：「聽說皇后娘娘已向父皇提起，有意讓我嫁去西楚，此次只怕是逃不了了。」

元昭公主這才明白，為何安貴妃這幾日不讓她往父皇面前湊，也不讓她去朝堂上蹓躂了，應當就是怕父皇和其他有心人把主意打到她頭上吧？心中一股暖流淌過，更加慶幸自己遇到這麼好的養母。

「昭兒，假如那事推託不掉，我在尚京也只有妳一個交心的人，妳能幫皇姊一個忙嗎？」

「皇姊妳說。」

「能幫我經常去看看他、鼓勵鼓勵他嗎？」元柚公主臉頰微紅，眼中有光。

這是姊妹倆之間的秘密，元昭公主自然知道，皇姊提的是鄭僕射家的長孫，鄭泊禮。

鄭泊禮與淮陰侯家世子穆惟源是同一年考中的榜眼，長得丰神俊美，矜貴無雙。人人都說他與他祖父一樣，日後是封侯拜相的料，可惜被人暗害，傷了眼睛，如今什麼都看不到。

這也是鄭僕射的一塊心病。

元柚公主的生母與鄭僕射家是表親關係，元柚和鄭泊禮從小就認識，青梅竹馬，兩情相悅。

鄭泊禮高中後，就向皇后謝詞微提親，想求娶元柚公主，卻遭到謝詞微的拒絕，以公主年幼為藉口，回絕了鄭家。

一對有情人，並未得到上天的眷顧，後來鄭泊禮又發生了意外，他心中自卑，也就打消了娶元柚的打算。

可元柚公主卻依然捨不下鄭泊禮，經常偷偷給鄭泊禮縫製東西。

每每傳東西，都是元昭藉故給皇上請安，再把東西偷偷塞給鄭僕射。

鄭僕射心疼自己的孫子，暗中偷偷支持。

此刻元昭公主拍了拍自己的胸脯保證道：「如果真有那一日，姊姊的囑託，妹妹一定不會忘記！」

見她一副視死如歸的樣子，元柚公主臉上總算露出一絲微笑。

惠康坊，如意宅。

陸伊冉在謝詞安吐血的隔日一早就去了她表姊家，都沒回府，謝詞安在府上休養了幾日，心中除了失落外，也不放心，讓童飛把雲喜送過去照顧陸伊冉。

循哥兒也是可憐，娘在爹不在，爹在娘不在的，成日找了這個又找那個。好在這幾日，鄰里有幾個和他年齡相仿的孩子陪他玩，倒讓他轉移了一些注意力。

晚膳時，無論阿圓如何勸，循哥兒都不張嘴。

謝詞安坐在案桌邊，也沒動筷，心中疑惑，問道：「妳今日給他吃了幾塊糕點？」

阿圓不敢說實話，半天才囁嚅道：「兩塊。」她自己貪吃，平時餵循哥兒也是沒個度。

誰知循哥兒卻對阿圓糾正道：「姑姑笨，循兒吃了四塊！」還伸出自己的四根指頭，在阿圓面前比劃著。娘親早就教他識數了，十根手指頭他是數得過來的。

謝詞安臉色一沈，冷聲道：「從此刻開始，妳與循兒的零嘴都不許再吃！」

阿圓嚇得不敢狡辯，輕聲應了句。「是。」

一看膳廳冷冷清清，謝詞安喝完湯藥後，也無心用膳，便去了書房。

循哥兒見到謝詞安進了書房，也跟了進去。

晚上他本就很黏人，謝詞安只好把他抱在懷中，翻看余亮從衙門帶回來的公文。

沒多久，循哥兒呵欠連連，在他爹爹懷中睡著了，嘴裡還念叨著。「娘……」謝詞安奮筆疾書的手一停，心中酸楚更加濃烈。

十月初一這日，趕廟會。

陸伊冉、雲喜和表姊江錦萍，三人一早就往香火旺盛的雲山寺趕。

到寺廟時，華貴的馬車挨挨蹭蹭，停滿了廟門口。

她們坐的是江錦萍鄰里的牛車，速度自然趕不上人家的馬車快。

陸伊冉本不願來，是江錦萍硬把她拉來的。

那晚，她整整一宿沒睡，從來沒有這麼迷茫無助過，無人能訴說。她已經做到對謝詞安無情了，可見他一口鮮血噴出來時，她還是揪心、害怕。

她想早些抽身，想讓她的家人遠離尚京和謝家，可事情卻不如她意。自己的弟弟不願離開尚京，九皇子分封的事又出現變故。

次日一早，她巡完自己在尚京的幾家鋪子後，就對陸叔交代一番，讓陸叔把她送到江錦萍家。

三人燒香拜佛後，又去求了平安符。

今日廟裡，德高望重的大師會親自寫平安符送給香客。

江錦萍快人快語，一股腦兒地報出家裡所有人的名字。

就連雲喜都寫了。

陸伊冉報上循哥兒和自己的家人，就連阿圓和裊裊都有，就是不提謝詞安。

江錦萍以為陸伊冉是與夫君吵架，推了推她的胳膊，提醒道：「拌嘴歸拌嘴，循哥兒爹爹的名字怎能不提？一家人都平安了那才叫平安，怎能缺了自己的夫君？」

陸伊冉磨蹭了一會兒後，終於說出了謝詞安的名字。

隨後，三人在廟門口轉了轉，買了不少廟門口攤販們賣的東西，一晃眼就到了午時。

三人急著往回趕，江錦萍家的三個孩子還等著她回去做午膳呢！

好久沒有徒步趕路，陸伊冉越走越慢，有些吃不消。

「表姑娘，您和姑娘等在此處，我去前面路口看看有沒有好心人願意捎帶我們一程。」

雲喜擔心陸伊冉太累，想到官道上去碰碰運氣。

攔了好幾輛馬車都沒人停，三人都有些沮喪，只好起身繼續趕路。

就在此時，竟看到了余亮駕著馬車趕過來，停在她們身前。

「夫人，上車吧！」

陸伊冉撩開簾子後一愣，循哥兒和阿圓竟也在車內！

一見陸伊冉，循哥兒就止不住高興地撲了過去，緊緊摟著陸伊冉喚道：「娘、娘！」

離開惠康坊三日，徘徊在外，陸伊冉何嘗不想孩子？「娘在呢，你摸摸。」陸伊冉親了親他的臉蛋，把循哥兒抱進懷中，捨不得放下，又拿出今日在小攤上買的小玩意兒給他玩。

這時，陸伊冉才得空問阿圓。「你們怎麼來了？」

「侯爺見哥兒想您想得厲害，就讓余亮把我們送來了。」他們本是直接去江錦萍家，到了才知道，她們來了雲山寺。

在江錦萍家用過晚膳後，陸伊冉見她表姊家也住不下這麼多人，只好回府。

幾人剛回到府上，還沒進院子，就見裊裊眼眶微紅，坐在伊冉苑的門口。

她一人在尚京無依無靠，他們就是她的家人。

陸伊冉送裊裊來尚京時，也只是為了暫避風頭，並沒為她的將來考慮過，現在仔細一想，那時確實有些衝動。

讓她一個舉目無親的小姑娘整日困在這宅院裡，先不說自己那木頭弟弟會不會真心對她，等自己以後回青陽了，她又該怎麼辦？

陸伊冉自責地問道：「是不是卓兒欺負妳了？妳說給姊姊聽。」

裊裊搖了搖頭，將臉埋在膝蓋上，也不出聲。

「雲喜，去把卓兒給我喊過來，肯定是他欺負裊裊了！」

「雲喜姊姊，妳別去，他沒欺負我！」裊裊忙起身，攔住雲喜。

被逼無奈，裊裊這才說出實情。

原來，這個坊院裡有位商戶人家的姑娘，她看中陸伊卓了，要為自己說親。

裊裊心裡難過自卑，覺得自己比不過人家。

思慮一番後，陸伊冉說道：「裊裊，妳明日就去鋪子學做糕點吧。妳不能把時間和心思全花在卓兒身上，日後妳就會明白，有一技傍身，比什麼都牢靠。」

如果曾經有一個人提點過自己，或許她就不會走這麼多彎路了。

裊裊一聽十分高興，她本來就勤快，這下不但有事做，還能學一門手藝，當即就答應了下來，心情好了，爽快地回了她住的院子。

陸伊冉去浴室沐浴時，阿圓跟進去，小聲地說道：「姑娘，侯爺給您帶話了。」

「他說啥？」陸伊冉神色一黯，問道。

「侯爺說，您不想看到他，他就住在書房。這樣一來，哥兒爹娘都能見到了。」

翌日，陸伊冉就把裊裊帶到御街的糕點鋪。

店裡的夥計和廚房的肆廚都很意外，因為陸伊冉回尚京一事只有陸叔一人知道，大家問這問那的關心她，讓她心中微暖。

後來陸伊冉說明來意，想讓牛嬸教裊裊學做糕點。

牛嬸爽快答應，這麼個長相討喜的姑娘，誰人不愛？

安排好裊裊後，陸伊冉又和雲喜去了綢緞鋪子。

她想過了，在尚京的這段時日，與其因為那些煩心事耗著，不如抽出一些精力放在生意上。

知道明年綢緞生意要漲，她早就安排了陸叔，在尚京多收購一些綢緞。青陽的關韶占了先機，她就把目光轉移到尚京來。

鋪子的倉庫堆滿了綢緞料子，陸伊冉拿出帳本細算一番，有一萬五千兩銀子的本。她心不大，屆時就按比平常價多出兩成的盈利賣，至少也能賺上萬兩的利潤。

陸叔的帳本做得很清楚，每一筆支出都寫得明明白白。

「陸叔，以後我回青陽了，尚京的生意還得煩勞你。你放心，嬸子他們在青陽都很好，我會照顧好他們。」

陸叔態度恭敬，溫聲回道：「姑娘，可千萬別折煞老奴，這都是老奴該做的事。」

他本是陸老爺子跟前的小廝，後來又被指派跟著陸佩顯。陸叔本分忠厚，與陸佩顯在外歷練多年，也學了不少本事，陸伊冉出嫁後，陸佩顯就讓他陪嫁到尚京。

他與妻子雖是陸家的奴才，可陸佩顯卻除了他一雙兒女的奴籍，還給他買了院子和田地，江氏則給他的兒女一人一家鋪子。年老後，陸佩顯答應讓他回青陽養老。

陸家對他的恩情，他銘記於心，因此對陸伊冉交代的差事也是勤勤懇懇，從未有半點私心。

「對了，我走的這幾個月，一切可還順利？」

陸叔躊躇半晌，還是把上次糕點鋪子被人誣陷的事，如實告訴陸伊冉。「姑娘，如若不是侯爺幫我們解決，只怕……」見陸伊冉不吭聲，陸叔知道兩人之間的矛盾，沒再說下去。

所有人都在提醒她，謝詞安為她改變了很多，但他們卻不知道結局，她只能時刻保持清醒，提醒自己不能沈迷，要割捨乾淨。

皇城司衙門。

早朝後，謝詞安回到衙門，繼續處理積壓的公務。

余亮囉嗦了一早上，也沒能阻止他來衙門。

「秦大夫特意囑託過，侯爺要靜養，這才幾日，又來衙門……」

謝詞安也失了耐心，臉色陰沈地斥道：「這般聒噪，這幾日就不用跟著了，留在侯府！」

余亮頓時啞然。

謝詞安嫌余亮煩人，不讓他到屋內伺候。

余亮侍立在衙房外，後悔不已，狠狠拍打自己的臭嘴。留在侯府，他就見不到雲喜了！

主子不喚，余亮也不敢主動進屋。正愁沒機會進屋認錯，門房侍衛就來稟報，說有人在望月樓的雅間等侯爺，並遞給他一封信。

余亮心中一喜，立即敲門道：「侯爺，有事稟報！」

謝詞安在裡面應聲後，余亮推門而進。

拆開信件一看，謝詞安神色不明，沈默了半晌。

余亮疑惑地抬頭，只看到了信箋右下角的一個「鄭」字。

謝詞安擱下信封，遞給余亮。「鎖進暗閣。」而後起身出門。

余亮辦完事，小跑才跟上謝詞安，卻聽他冷聲道——

「不用跟來，回侯府。」

余亮停在原地，垂著腦袋，突然間，他眼睛一亮，壯著膽子快速說道：「侯爺，夫人昨日給您求了平安符，屬下按她的吩咐，給您壓在枕頭下了。」

謝詞安腳步一頓，愣了愣，剛剛還一臉冷意的臉上閃過一絲淺笑，嘴角上揚，不自然地說道：「跟上吧，今晚繼續回惠康坊伺候。」

「謝侯爺！」

望月樓天字號的雅間。

謝詞安推門而入，裡頭的鄭僕射忙起身相迎。

謝詞安拱手一揖，說道：「大人久等了，晚輩來遲。」

「老夫冒昧相請，久等也是應當的。」

在官場上，兩人品級相當，但作為晚輩，謝詞安還是頗為尊重鄭僕射，因為謝詞安的祖父生前與鄭僕射關係甚好。

鄭僕射在朝中威望極高，清正克己，門生眾多，深受文人敬仰。

皇上幾次三番想晉升他為丞相，聖旨擬好後，卻被他推辭了。

一是因為他年事已高，其次也是最重要的一點，他長孫鄭泊禮的意外，讓他失了鬥志和希望。

兩人落坐後，鄭僕射屏退下人，親自為謝詞安煮好香茗。「謝都督，請。」

謝詞安受寵若驚，輕聲道：「鄭大人客氣了，晚輩不敢，有事不妨直說。」

鄭僕射好似並不著急，提起了過往。「你中進士那年，你祖父擔心你文官出仕，沒人照拂，特意囑託老夫多加提點。後來你棄文就武，老夫為此遺憾了許久。」

提到過往，謝詞安也放下了戒心，安靜地聆聽起來。

鄭僕射一身佛頭青道袍，表面看似是一個溫文爾雅的老者，實則一言一行皆透露出他久居官場的沈穩和看透一切的淡然。

輕抿一口茶後，鄭僕射繼續說道：「鄭某在官場幾十年，閱人無數，一向看人很準，知道你必成大器，成為謝家的頂梁柱。」

「大人過獎，晚輩不敢當。」

「如果我的禮兒沒出那場意外，說不定……」一聲嘆息後，他結束了這個話題。「今日老夫捨下老臉，就是想煩勞謝都督幫老夫一個忙。大齊與西楚和親一事，謝都督應當聽說了吧？如果都督能設法成全元柚公主與我孫兒的婚事，老夫日後定會全力支持謝都督。」

來。

謝詞安手持香茗的手一頓。這不是一件簡單的事，且涉及朝堂，他的警惕心又提了起來。

氣氛頓時寂靜下來，只聽到茶爐煮茶的聲音。

良久後，謝詞安才慢慢回道：「大人為何不再等等？皇上都還沒定下人選，結果未必就是大人想的那般。」

「老夫不敢去冒這個險，不怕都督笑話，老夫的孫兒聽到這個消息後，已有兩、三日水米未進。」

鄭泊禮與元柚公主的事，當年被傳得沸沸揚揚，謝詞安自是知道。他一時間有點愕然，接著竟有些羨慕起鄭泊禮，這般不管不顧，對一個女子如此用心。

心中動容的同時，也明白鄭僕射為何要先敘舊情了。

「鄭大人不該來找晚輩，您應該去找皇上要一份賜婚聖旨。以皇上對大人的看重，應當不是難事吧？皇后娘娘是我謝家的榮耀，晚輩如何能阻礙她？」鄭僕射示弱下深藏的試探，謝詞安怎會察覺不到？他直接挑明了自己的態度。

「哈哈哈，不愧是你祖父看中的人！皇后娘娘是你謝家的榮耀，但卻不是你謝家唯一的指望。」見謝詞安神色一變，鄭僕射繼續說道：「謝家效忠的不是某一人，而是大齊。擁戴一個明君，才是你謝家的使命。」

陳州軍是謝詞安的太爺爺所創，謝家推翻了昏庸的君王，找回趙家族親血脈，擁立為新君，也就是孝正帝的曾祖父。

謝詞安惱怒的同時，也有些意外，一貫謹言慎行的鄭僕射竟敢大膽妄議起朝政。

他正想阻止時，鄭僕射已起身。

「今日之事，相信謝都督心中自有主張。老夫的私事，還望謝都督成全。老夫言盡於此，先行告辭。」

謝詞安起身相送。「大人慢走。」

謝詞安也不急著表態，他不懷疑鄭僕射的好心提醒，但也不能不防鄭僕射這一趟的真正目的。

惠康坊，伊冉苑內。

幾人用過晚膳後，在院中散步許久才回房。

給循哥兒漱洗後，正準備歇息。

循哥兒看到羅漢榻上沒有收起的狼毫和帳本，頓時就來了興趣，麻利地爬上榻，一把拿起陸伊冉的帳本和狼毫，就開始亂畫一通。

雲喜眼疾手快，搶過他手裡的帳本，又給他拿來一張宣紙，他才止住哭鬧聲。

「循兒，和娘去歇息可好？明日再寫。」

天氣轉涼了，陸伊冉在他斜襟的小袍子上又加了一件紅色小背搭。

小背搭還是陸伊冉在月子裡給他做的，現在短了許多，不多不少，剛好能遮住他的肚臍眼。

上次回青陽時沒有帶回去，謝詞安便讓人搬了過來。

「姑娘，哥兒的衣衫大都在青陽，要不先為他先買些成衣，回青陽後再重新縫製吧？」阿圓心疼循哥兒，這幾日穿的衣衫要麼手臂處短一截，要麼小腹上短一截。帶他到坊院裡玩耍，還有人要送家裡不要的衣袍給循哥兒呢，阿圓忙推辭掉。誰會相信，他可是侯府的小公子！

陸伊冉沒吱聲。

雲喜白了眼阿圓，真是哪壺不開提哪壺。

循哥兒在陸伊冉手上掙扎一番，終於騰出手來，吼道：「別動，循兒要寫字了！」軟糯的聲音，握筆的姿勢如廚子拿菜鏟，還一副大人腔調，逗得雲喜和阿圓呵呵直笑。

循哥兒撅起小屁股，站在榻上，拿著一枝狼毫，在宣紙上亂畫一通。昨日他在坊院玩時，鄰里的哥兒嘲笑他不會寫字。

「娘，您看！循兒的名字好大，比哥哥的大，比姊姊的大！」循哥兒獻寶似的，對陸伊冉說道。

陸伊冉抬眸一看，紙上沒有一個成形的字，全是墨。「小笨蛋，字不是這樣寫的。坐下，娘教你寫。」

「循兒不是小笨蛋！娘是小笨蛋、爹爹是小笨蛋、姑姑是小笨蛋、余叔叔是小笨蛋……」嘰哩咕嚕地說了一長串。

此時，謝詞安佇立在陸伊冉的廂房外，也不進屋，就這麼靜靜聽著。

聽著裡面循哥兒和陸伊冉的說話聲，和看著花窗上一大一小的身影，就能讓他滿足。

這日，謝詞安剛從城外軍營回到皇城司衙門，京兆尹蘇齊伍就跟了進來。

「都督大人，不好了，有人要狀告你表妹陳家大姑娘，說她是拐子！」蘇齊伍心急火燎地跑來告訴謝詞安。

謝詞安卻一副氣定神閒的樣子，抿著茶沈吟半天才說：「蘇大人，有人告陳家大姑娘是拐子一事，你不用特意跟我說。尚京城有這麼多官宦之女，難不成，你每戶都要如此？」

這下徹底把蘇齊伍弄懵了，那可是謝詞安的表妹，尚京人人都知道是他的心上人呀！他不但沒有半點慌張，還在此說風涼話？蘇齊伍可不敢掉以輕心，得罪謝家和皇后的人，是沒有好下場的。「都督大人，您是何意？給下官說個明白吧？」

「沒何意，就是讓你秉公辦理。」

「都督大人的意思，是要下官去把陳姑娘叫到衙門問罪？」

謝詞安放下茶盞，冷聲道：「有何不可？」

見蘇齊伍還待在原地，謝詞安催促道：「蘇大人，本官還有要事要忙，沒有旁的事，你就請回吧。」

「下官不走，都督大人您得給我出個主意啊！」自從謝詞安關照過他一回後，蘇齊伍通曉大樹好乘涼的道理，儼然把自己歸到謝詞安的隊伍裡，每回遇到棘手的事就往謝詞安身邊靠。

「狀告之人來自何處？」謝詞安埋首書案，頭未抬，手上的狼毫也沒停。

蘇齊伍眉頭一皺，想了片刻後說道：「說是青陽人。」

書案後的謝詞安目光微沈，動作一頓。「既然能從青陽告到尚京來，身後定有人給他出謀劃策，你先看此人願不願私了，如若不願，你按章程來就是。」

蘇齊伍遲疑地問道：「這樣可行？」

「可行。去吧，本官處理公務時，不喜被打擾。」

蘇齊伍剛出衙門院子，謝詞安就喚來童飛，吩咐道：「讓人把陳家大姑娘是拐子的事傳出去，一定要鬧得滿城皆知；再派人密切監視青陽來的人，打探出背後是何人在作祟；讓裊裊和卓兒這半個月先待在府上，莫要出門。另外……把今日的情況如實告訴夫人。」

蘇齊伍在回去的路上，把謝詞安的話一琢磨，腦中也有了主意。

他直接把狀告之人帶到陳國公府，說明來意，結果遭到陳勁舟一頓訓斥。

胡鏢頭還好，劉氏到了陳府門口就是一陣大鬧，聲稱自己的女兒是被陳若芙帶走的，非要進府上去找人。

之前他們來過，無奈胡鏢頭一人根本就不敵陳家護衛的功夫，很快就敗下陣來。

於是他們又聽從建議，去尚京的京兆府衙擊鼓告狀。

如今有官大人在場，劉氏也就沒了忌憚，哭鬧著不罷休。

陳勁舟怕把事情鬧大，對陳若芙的名聲不好，就讓夫婦倆進了自己府上，並叫出陳若芙來當面對質。

劉氏把陳若芙仔細端詳一番，除了覺得她長相極美外，與那日去自己府上的姑娘也看不出區別來。那日那姑娘蒙著臉，臉上塗滿脂粉，她也不好確定。

陳若芙見有人這般誣衊她，也顧不上禮儀，當面就喝斥起來。「父親，這粗鄙婦人實在是誣衊女兒，把她趕出去吧！」

「陳姑娘，且慢！依本官看，就讓她去妳的院子瞧瞧吧，讓她死心，也好還妳一個清白。」

陳家卻沒人願意讓一個身分低微的婦人進府搜人。

後來，蘇齊伍又建議私了。

說到私了，胡氏夫婦倆也同意，但陳家卻態度強硬，不願意。

雙方僵持未果，最後陳家的護衛們出面，把他們幾人趕出了府。

蘇齊伍也煩了，建議夫婦倆去告御狀。

夫妻倆一聽，立刻認慫，說不告了。

本以為事情就此過去，誰知第二日，全尚京城都在傳，說陳家姑娘是拐子。甚至還有往日丟掉孩兒的人家，到陳府大門口去鬧，一群人堵在門口。人多雜亂，趕了一批又來一批，又不能傷他們的性命，陳家的護衛們也沒招了。陳勁舟苦不堪言，連早朝都沒去上。

客棧裡的汪連覺也是一頭霧水，他可沒有讓人傳這樣的謠言啊！此次鼓吹胡鏢頭夫婦倆來尚京告狀的人，就是他。

原因只有一個，他想把陳若芙娶到手。他上門向他姨父陳勁舟提親多次，都被拒絕，到後來，甚至不讓他進陳家的門。本想以此來威脅，讓陳若芙就範，然而陳家依然不鬆口，不承認也不願私了。此事是汪連覺一人策劃的，他身旁狗頭軍師出的主意，連他父親汪樹都瞞著。

皇上傳召陳勁舟，叫去一頓臭罵，讓他定要在西楚五皇子來尚京前，想辦法把謠言平息下去，否則只怕連他的官位都不保。

天子一怒，連謝詞微都未逃脫牽連。當天皇上就傳了口諭，免去妃嬪們到華陽宮晨昏定省一個月。

皇后心中窩火，自從陳若芙回京後，沒起到一點作用，也沒為她辦成一件事。

皇上下了令，要陳勁舟協助蘇齊伍一起處理好此事。
胡鏢頭夫婦倆這才能進陳國公府查找，但一番下來也沒找到他們的女兒。
京兆府衙也發了通告，證實陳若芙的清白。
本以為能就此還陳若芙一個公道，殊不知，次日又發生了變故。那些丟了孩子的百姓們，聲稱不相信京兆府衙的告示，鬧到皇宮門口，定要把陳若芙趕出尚京。
陳家起初不依，後來眼看情況越演越烈，自己的小兒子來年春日就該參加禮部的會試，如果沒了這個資格，陳家的希望就沒了，陳勁舟就算再寵溺自己的長女，為了陳家的前途，也不敢再把陳若芙留在尚京。
當著圍觀眾人的面，陳若芙被迫離開尚京。
陳若芙本想回老家禹州避一避，不料卻在半道上被人打暈，醒來後發現自己還在尚京的客棧。
她拚命反抗，但汪連覺哪會錯過這個機會，當場就強要了她！
這下他與陳若芙的婚事，就成了板上釘釘的事。
晚上汪連覺就去陳府下了聘禮，戚氏當場被氣暈。
陳若芙沒了清白，別說嫁到謝家了，就是尚京裡隨便一個清白人家也不會要她。
陳勁舟只能含恨順了汪連覺的意，草草把陳若芙嫁到汪家去。
陳若芙從天堂一下子跌到地獄，嫁給一個她平常連正眼都不會看的紈袴子弟，她所有的希望全落空，沒了活下去的意義，要不是自己的母親一路陪著她，只怕當即就尋了短見。

幾日後，陸伊冉陪循哥兒在坊院玩，從鄰里大嫂的口中得知此事。

陸伊冉整個人都是恍惚的，不相信陳若芙會嫁給別人。她甚至還在想，陳若芙嫁給別人了，那謝詞安以後要娶誰？

再一次，事情的發展脫離了前世的結局。

她坐在石墩上許久回不了神，還是循哥兒和幾個孩子的吵鬧聲讓她醒過神來。

那日，童飛來告知後，他們就整日待在府上。

自己還能到坊院走走，卓兒、裊裊還有七月連住的院門都沒出，就是怕讓劉氏他們找到。

她沒想到，自己之前的一個無心之舉，竟會讓事情發展成這樣。

但她不會後悔，因為胡鏢頭和劉氏不是真心疼愛裊裊，裊裊若被帶回去了，依然逃不過做汪樹妾室的命運。

至於陳若芙，陸伊冉更不會愧疚。前世種的因，才會有這一世的惡果。

晌午小憩後，陸伊冉和雲喜坐在院外的鞦韆架上，為循哥兒縫製衣袍。

原本陸伊冉是想買幾套成衣給循哥兒的，可之前常去的那幾家鋪子，遇到熟人的機會大，因此最後和雲喜一合計，決定趁空閒時兩人一起做，一、兩日就能做好一件。

雲喜縫製的手藝還行，但若要繡上面的花紋，還是不及陸伊冉。

「姑娘，哥兒往日的小袍子上都是花兒，現在大了，給他換一個吧。」阿圓手上拿著紅紅的果子一邊啃，一邊提意見。

陸伊冉去江錦萍家時，謝詞安讓府上的管事嬤嬤停了阿圓的零嘴，她嘴上沒東西吃，心不得勁，手也不得勁，總往衣兜裡掏。自從姑娘回來後，她才又恢復到零嘴自由的日子。

陸伊冉手上的針線一停，經阿圓一提醒，她倒是也有這個想法。「那繡什麼？」

循哥兒在一旁玩藤球，聽到後，把球一扔，跑了過去，說道：「繡個妹妹！」

幾人都是一愣。

和他玩耍的孩童都是兩人，要麼哥哥帶著妹妹，要麼姊姊帶著弟弟。孩子們聚到了一塊兒，總愛比來比去。他不想要弟弟，年齡稍大的孩子就告訴他，還可以要妹妹。

「娘，把妹妹繡上，循兒出去玩時，就可以帶上她一起玩！」

他現在說話口齒清楚，都能明白他的意思。

雲喜和阿圓捂嘴偷笑。

陸伊冉臉色微紅，輕輕捏了捏他的嘟嘟臉，說道：「妹妹不是繡出來的。」

「那是哪兒來的？買的嗎？」循哥兒眨著一雙水汪汪的眼，無辜又期待地看向自己娘親。

幾人都不再吱聲。

就連阿圓都紅著臉走開，不料她一轉身，立即驚呼道：「侯爺！您什麼時候回來的？」

陸伊冉這才看到院門口的謝詞安，不自然地移開了視線，心道他最好沒聽見循哥兒的胡言亂語。

循哥兒忙撲了過去，也忘記了剛剛的問題。「爹爹，循兒要坐高高！」

謝詞安揉揉他濃密的黑髮，把循哥提到自己肩上，雙腿岔開騎在自己的脖子上。

就這樣在院中走了兩圈，循哥兒的笑聲歡快地迴盪在院子裡。

循哥兒滿意下地後，雲喜和阿圓又哄著他去抓蝴蝶。

陸伊冉低頭忙碌，沒理謝詞安。

謝詞安的目光卻緊緊鎖在陸伊冉身上。

她今日身穿一襲水藍色束腰襦裙，垂首時露出一截優美白皙的脖頸。他腦中不由得想起《詩經》裡的「手如柔荑，膚如凝脂，領如蝤蠐，齒如瓠犀，螓首蛾眉」。

之前對他還有「巧笑倩兮，美目盼兮」，然而如今只剩下冷漠。

他心口微痛，半晌後，謝詞安按住陸伊冉忙碌的雙手，柔聲道：「別傷了眼，循兒的衣袍，我明日讓人送來。」

陸伊冉被迫抬眸看向他，淡淡道：「不用了，我自己做就好。」

「我謝某千石的俸祿，你們母子倆不用，還有何意義？」

陸伊冉本想回他一句，又怕刺激到他，乾脆住了口。陳若芙嫁人了，新郎卻不是他。

謝詞安喟嘆一聲，收起挫敗，看見她手指上的血印，心一軟，動作先腦子一步，把陸伊冉的手指拿到唇邊吮吸起來。

陸伊冉反應過來後，忙掙扎起來，收回自己的手。「謝詞安，你忘記了，我們已經……」

「我知道，妳不用時刻提醒我。」謝詞安一臉黯然，幽怨地說道。

陸伊冉不想與他爭吵，便轉移話題，問道：「你今日這麼早下衙，是有何事？」

謝詞安終於從她身上挪開視線，輕聲問道：「明日朝中圍獵，妳願意去嗎？」

陸伊冉內心還是很想去看看的，聽說山下的馬球場建好了。

自己在這裡狠賺了一筆，無論如何也想去瞧瞧如今的模樣。

但顧及到日後要回青陽，不宜在外拋頭露面，只能遺憾地回絕。

謝詞安好似看出了她的想法，鼓勵道：「妳蒙著面紗，不靠近人群，沒人會發現的；而且人人都在傳我惠康坊的宅子裡養了人，就讓他們猜去吧。」

陸伊冉欲哭無淚，他的正妻是她，如今和離後的外室還是她，不禁鬱悶道：「沒了我和陳若芙，尚京城還有別的女人，你就不能再找一個？」

謝詞安一臉挫敗，不知該如何讓她再次打開心扉，沮喪地道：「妳就這麼大方地把我往外推，循兒可會答應？他要的妹妹，何時才能實現？」

「不要臉，孩子的話都偷聽！」陸伊冉的臉色再次微紅，冷聲啐一口。

她這嬌憨的樣子，看得謝詞安心中一樂，嘴角微咧，忙幫陸伊冉做了決定。「明日我讓童飛來接你們母子倆。」

第十九章

十月十五這日，陽光明媚。

大帳中的孝正帝坐於高臺主位，左右兩邊各坐著文臣和西楚來的使者。女帳中，皇后居於正中，右側依次而坐是宮中妃嬪，左側是官宦女眷。

大齊的兒郎們，個個騎著高頭大馬，他們英姿颯爽，精神抖擻。西楚五皇子毓王邊景幽，和他帶來的西楚郎君們也不甘示弱，人人意氣風發，躍躍欲試。看這架勢，今日定是要與大齊的郎君們一爭高下。

大齊的隊伍中，謝詞安尤為顯眼。他一身青色騎裝，身形修長挺拔，肩寬腿長，英俊瀟灑，就是臉上的寒氣重了些。

此時他目光狠戾，直直盯著西楚那邊一位玉樹臨風的郎君。

只因那人，就是西楚五皇子請來的關韶。

兩人四目相對，謝詞安目光如刀，寒氣逼人；關韶則是一臉挑釁，無所畏懼，互不相讓。

旁人都能看出他們之間的敵意。

判官站在兩隊中間，大聲宣讀著狩獵規矩。「不能射殺有孕的母獸，不能殺嗷嗷待哺的幼獸；以獵物腿上的絲帶為準，我大齊用的是朱紅色，西楚國用的是紫棠色；以狩獵數量、種類、大小為準，哪方獵物多、種類大，哪方獲勝。」

這更能激發雙方心中的勝負慾。

女眷這邊有惟陽郡主和她的手帕交徐蔓娘及一眾好友，還有身分尊貴的元昭和元柚兩位公主，最後則是幾個皇室郡主。她們射到的獵物不能算到大齊這隊，只是重在參與。即使如此，她們依然很重視，每人箭羽上都刻有自己的名字，以此來區分。

孝正帝一聲「開獵」，蓄勢待發的郎君們便疾馳衝進圍獵場。

童飛早把陸伊冉母子倆送進圍獵場，並守在他們身邊。

循哥兒優哉游哉地坐在陸伊冉身前，高興得手舞足蹈。

人家是來圍獵，他們母子倆是來遛馬的。

漸漸地，陸伊冉聽到了激烈的馬蹄聲，她儘量靠邊，為他們讓出路來。

不時還有女子的說話聲傳來。

謝詞安與西楚五皇子不分伯仲，不到一個時辰，謝詞安就獵得一頭麋鹿，而五皇子邊景幽則射到一頭獐子。

這片林子的野獸較雜，圈地後，孝正帝又讓人放了不少野獸進來，特意等一年後才狩獵。

謝詞安接連又獵得兩頭九尾羊後，便心緒不寧起來。他見關韶不在附近，心中越發擔憂，當即調轉馬頭，對跟在他身後撿獵物的宮人說道：「不必跟著我。」一眨眼就不見人影了。

開獵之前，內務府的人已把野獸集中驅趕到山林中間，他特意提醒過陸伊冉，讓他們母子倆儘量往偏僻處走。

謝詞安避開人群，往角落找去，終於在一處水窪邊找到了母子倆。

循哥兒坐在馬背上，陸伊冉則下地牽著馬兒。

兩人手上一人一顆野果，吃得正盡興。

童飛見到自己主子後，微微頷首離去。

才一看到謝詞安的身影，循哥兒就歡快地扯開嗓子喊：「爹爹、爹爹！循兒要坐爹爹的馬！」

謝詞安見周圍並沒有關韶的身影，這才放心下來。

等兩匹馬兒靠近後，謝詞安俐落地翻身下馬，把循哥兒抱到自己馬上，溫和一笑，神秘地說道：「看看，爹爹給循兒帶什麼來了？」他扯開衣襟，拿出一隻白得像雪一樣的小狐狸。

循哥兒高興地跳起來。「爹爹，循兒要小狗狗！」

那小狐狸嚇得渾身顫抖，縮在謝詞安寬大的手掌中，只有小小的一團，叫聲微弱。

「真可憐！」陸伊冉也是當娘的人，這狐狸一看就是剛剛沒了娘，不禁下意識地抬頭瞪了眼謝詞安。

謝詞安無辜地解釋道：「我從不射殺白狐，今日也沒人獵到。」隨後又耐心地說道：「白狐狡猾，應當是挪窩逃跑時脫隊的。」話畢，用指腹抹了抹陸伊冉嘴角的果汁，擔憂道：「不熟悉的果子別亂吃，小心有毒。」

陸伊冉神色一愣，撥開謝詞安的手。「這果子我們從小就吃，以前出去練馬時，我師父會給我摘一籃子，阿圓還可以當飯吃。」邊說邊抬頭看向旁邊高大的果樹，無奈自己爬不上去，剛剛母子倆還是在地上撿的。

謝詞安聽出她的言外之意，心中一嘆，把小白狐放到陸伊冉手上，提氣凌空踏步，飛向那棵果樹，捲起自己的衣襬。

陸伊冉立在一旁，默默地看著謝詞安。他一身華貴的騎裝，本該馳騁在圍獵場上，帶領眾人為大齊做表率，此時卻在這裡與她一起做無聊之事。心中快速掠過一絲暖意，隨後又搖頭，暗罵自己立場不堅定。

片刻工夫，謝詞安就帶回一大堆果子，裝滿陸伊冉身上揹的包袱。

今日出門前，阿圓猜想這片山頭應有許多野果，特意在陸伊冉的肩上搭了一個包袱。

「我已經獵了好幾頭野獸，其他的讓他們獵去。爹爹就來陪陪循兒和娘親可好？」這話明顯是對陸伊冉說的。

循哥兒已下馬，他踮腳摸著小狐狸，順口就答「好」。

「你今日是來狩獵的，守著我們做啥？我把循兒帶得很好，你忙你的去吧。」陸伊冉難得自在一回，漫步在這山林裡，可不想讓謝詞安打擾了。

謝詞安也不回應，就跟在陸伊冉身後。

「馬球場我看過了，稍後就讓童飛先送我們回去吧。你也快走，被人看見，徒增笑話。」陸伊冉再次提醒他。今日來時，他們的馬車繞著馬球場轉了一圈，該看的都看了，如今野果也摘了。

謝詞安卻倔強地不願離去，回道：「冉冉，妳別總是把我往外推。我是循兒的爹爹，我保護我的孩兒有何不對？」

「隨你。」

突然，謝詞安輕聲對陸伊冉說道：「冉冉，今日我帶妳來的目的，是要做一件正事。」

「什麼正事？」陸伊冉一頭霧水地問道。

謝詞安取下馬背上的弓箭，拉過陸伊冉的身子，把小白狐裝回自己的衣襟內，然後不顧陸伊冉的掙扎，把她的身子固定在他懷中，笑道：「教妳狩獵。」

「我不學。」陸伊冉掙扎未果。

謝詞安握著她的雙手拉弓，只聽「嗖」的一聲，離弦的箭羽射了出去，剛好射落一隻山雞。

陸伊冉微張小嘴，心中一樂，便不再拒絕。

連射兩箭落空後，反而激起她的興趣。她推開謝詞安，自己搭箭拉弓，但力氣不足，剛好碰落樹上的一顆野果。

陸伊冉不好意思地莞爾一笑。

謝詞安失神片刻，而後說道：「再來，為夫今日定要讓我的夫人射到獵物。」

一時間，又恢復到以前的稱呼，陸伊冉也沒反應過來。

她羞澀一笑，沒自信地道：「我不行。」

謝詞安好久沒見她這般小女兒的憨態，心中軟得不行，拍了拍她的肩頭。「為夫相信妳，一定行。」

循哥兒的目光緊緊盯著謝詞安的衣襟，他很想抱抱小狐狸，但爹娘不讓，他噘著小嘴，不快地嚷道：「哼！爹爹壞，娘也壞！」見兩人完全不理自己，他交叉雙手抱臂，把小腳一跺，大聲嚷道：「你們不聽話，循兒要哭了！」

謝詞安怕他哭鬧起來，把其他人招了過來，忙撿起地上的枯樹枝，折成兩截，橫豎一靠，一個簡易的弓箭就做好了。

循哥兒立即咧嘴一笑，就這樣被打發了。

謝詞安教得認真，即使陸伊冉次次虛發，他也沒有一點不耐煩。

兩匹馬兒甩著尾巴，悠閒地啃起草。

而另一邊，卻是進入到白熱化的階段。

西楚這邊獵的全是大獵物，撿獵物的宮人眼都紅了。

謝詞安一走，六皇子就成了大齊的主要戰力，他獵了一頭花豹，正想到自己舅舅面前炫耀一番，卻不見舅舅的身影。

惟陽郡主帶領的女眷們，獵的都是兔子和鳥雀這些小動物。

徐蔓娘的侍女手上提著一隻灰雀，有些猶豫地走到自家姑娘身邊，支支吾吾地說道：「姑娘，我剛剛看到謝都督……和一個女子在水窪處……幽會。」

一旁的惟陽郡主也聽得清清楚楚，好在這裡都是自己人，不會傳出去。

兩人心領神會，當即騎馬往那侍女說的地方趕去。

她們躲在暗處，果然看見兩人動作親密。

女子興致勃勃，學得起勁，她一身素色褙子，臉上戴著半截面紗；男子輕聲細語，教得認真。

只需要一個側面，兩人就能確定，那男子是謝都督。

惟陽郡主氣得兩拳緊握。「豈有此理！難怪他的夫人不願回尚京，原來果真在外面養外室了！」

「郡主，妳小聲些，男人都這樣。虧謝詞淮還把他二哥哥當神一樣崇拜，原來也一樣。」徐蔓娘也接著說道。

兩人對陸伊冉的好感都源於惟陽郡主及笄禮上那場賽馬。

之前鄭氏派人上門提親時，徐蔓娘根本就沒看上他們三房，後來媒婆無意間提到陸伊冉，她想起陸伊冉與謝家的關係，這才願意見謝詞淮一面。

惟陽郡主越看越覺得不對勁，那女子的側面好似有些熟悉。

徐蔓娘緊張地躲到較遠的樹後，就怕被人發現，並小聲提醒道：「郡主，別再靠前了。」

惟陽郡主不理徐蔓娘，乾脆下馬，躲到離兩人很近的大樹後面，聽到那女子的說話聲——

「我就不信，這一次還射不中！」

惟陽郡主喃喃出聲。「是她……」

「啪嚓」一聲，枯枝被踩斷。

謝詞安倏地一轉身，就看到大樹後面的衣裙，寒聲喝道：「出來！」

兩人嚇得一動也不動。

謝詞安再次說道：「出來，我不想再說一遍，不然謝某手上的弓箭就不客氣了！」

陸伊冉抱著循哥兒，忙躲到謝詞安身後。

就在惟陽郡主露出身子時，一枝離弦的箭羽從林中直飛過來！

謝詞安想也沒想，立即把陸伊冉母子倆緊緊護在懷中，一個麻利地轉身。

哪知箭羽並沒飛向謝詞安他們，而是直直地朝惟陽郡主射去。

就在箭羽將要刺中惟陽郡主時，周遭傳來一聲驚呼——

「九兒，快躲開！」

箭羽被趙元哲射落在惟陽郡主腳邊，嚇得惟陽郡主癱坐在地。

陸伊冉忙推開謝詞安，上前扶起嚇得臉色發白的郡主，安慰道：「郡主，別怕，沒事了。」

徐蔓娘也趕了過去，拍了拍惟陽郡主身上的亂草。

「妳是何人？放開九兒！」趙元哲下馬後，粗魯地推開她。

陸伊冉被推得一個趔趄，謝詞安忙上前攙扶住，目光一冷，寒聲道：「瑞王殿下就是這樣對待長輩的？」

這時趙元哲才抬眸看向面前的謝詞安，驚訝道：「舅舅？你也在此，為何不護住九兒？」

「那臣的妻兒何人護？」謝詞安抱著循哥兒，拉著陸伊冉轉身離開。

留下三人僵立在場。

臨走前，謝詞安氣憤地提醒道：「殿下，有空向旁人發火，還不如抽空去查查，是何人要傷你王妃？」起初謝詞安還以為是有人要殺陸伊冉，後來才發現，暗處的人是想要惟陽郡主的性命。

西楚五皇子邊景幽看到自己和隊友滿滿一大筐的收穫，且大獸占多數時，心中還算滿意。而大齊那邊稍差一些，大獸不及他們多，其餘全是兔子、松鼠和飛鳥。

關韶靠近五皇子，揶揄道：「此次殿下是來獵豔的，獵物就交給我們吧！去看看大齊的風光，說不定會有不一樣的收穫。」關韶邊說邊指了指女眷出沒的地方。

邊景幽神色淡淡，並未動容。

他氣質高雅，長相俊朗，在西楚仰慕他的女子不少，但能入他眼的根本沒有。雖然大齊的姑娘長得嬌小柔美，他也沒正眼瞧過。

要不是他父皇把他推出來與大齊和親，他此次是不願來的。

比起與女子眉目傳情，他更喜歡能讓他揮灑豪情的戰場，和剛剛的圍獵場。

邊景幽早聽說過謝詞安的事，此次來已經把他當成了對手，見謝詞安對狩獵沒多大熱情，眼下也失了興趣，想換個方式射殺天上飛的，便往山林邊角而去。

馬背上，邊景幽身形一側，嫻熟地拉弓，射落一隻山雞。

他的侍衛綁好絲帶剛要撿起時，一身紅色騎裝的元昭公主突然從林中騎馬竄了出來，連聲喝道——

「慢著！那是本公主射的，你為何要搶我的？」

侍衛微微施禮後，說道：「公主，這是我們五皇子射到的。」

元昭公主今日跑遍這山頭，才射到兩隻鳥雀，一隻已被人先一步撿走，眼看這一隻又要被人冒領，她如何會甘心？

「你哪隻眼睛看到是你家主子射到的？明明就是我獵的山雞！」

元昭公主在皇宮受寵，平時也算知書達禮，但惹到她了，驕縱的性子就會暴露無遺。她見那侍衛不理她，硬要拿走，便攔住他的去路，半步不讓。

邊景幽看得瞠目結舌，耍賴還耍到他面前了？他坐在馬上，冷聲道：「這位姑娘，妳看看箭羽上的字就明白，究竟是誰射的。」

元昭一愣，她身邊的另一名侍女卻說道：「公主，別相信，他的人已經碰過了，定是換了箭羽！」

此話一出，氣笑了邊景幽。「沒想到大齊的公主竟如此野蠻，實難讓人相信。」他讓侍衛把獵物放下，調轉馬頭離開。

誰知，那侍女卻繼續慫恿道：「公主，可不能讓他就這樣走了！他罵您野蠻，完全不把您這個大齊的公主放在眼裡呢！」

侍女不說還好，一說元昭公主心中更來氣，她倔脾氣一上來，誰也攔不住，當即跳下馬背，兩手一伸，攔在邊景幽的馬前，威脅道：「你給本公主下來！在我大齊的地盤上，你敢如此囂張！」

邊景幽負氣下馬，掉頭就走。

元昭公主卻依然不依，非要邊景幽給她道歉。
吵鬧聲驚動了其他人，陸陸續續有人騎著馬兒向這邊靠了過來。
兩人都是牛脾氣，見邊景幽越走越快，元昭公主小跑著追上他，伸手就去抓他後背，想拖住他。
邊景幽回頭，下意識兩手一擋。
侍女瞅準時機，把元昭公主一推，邊景幽的手剛好碰到元昭公主的胸前，兩人呆愣一瞬，紛紛變了臉色。
三三兩兩圍觀的人見狀，瞬間發出陣陣驚呼聲。
元昭公主想也沒想，狠狠地甩了邊景幽一巴掌，邊哭邊跑開。
一旁的侍衛痛心疾首地道：「殿下，別的地方您摸一下還好，女子那地方只有她的夫君能碰啊！大齊尤為看重女子名節，這一摸，您有理都沒地說了！」
元昭公主連馬也不騎了，一路直奔到安貴妃的大帳裡。
她射殺的山雞，此時正在另一個宮人手上，他取下的箭羽上，刻的就是「元昭」二字。
元昭公主只管哭，安貴妃問到一路與她隨行的侍女時，才發現那個突然冒出來的侍女早已沒了人影，而她的侍女春兒則被人打暈在另一個山頭。
不久後，此事就在狩獵場傳開，孝正帝聽後大怒，但礙於兩國多年的邦交，也只能先忍下來，堅持讓三天的圍獵宴圓滿收場。

也許是受此事的影響，第二、三日，西楚那邊明顯處於下風。

五皇子本以為元昭公主是故意為之，讓人打聽才知，她在宮中深得她父皇寵愛，無須拿自己的名聲來演這齣戲，更不須嫁到他西楚，在大齊就能找到一門好親事。

邊景幽知道大齊看重女子名節，如果他不娶元昭公主，只怕也沒人願意娶她了。

三日狩獵宴結束後，雙方根本分不出勝負，算是平分秋色。

當晚，酒宴擺在齊宣殿。孝正帝心中有氣，面上卻看不出絲毫情緒，依然能與西楚的使者和五皇子談笑風生。

酒宴進行到一半，氣氛正熱烈時，邊景幽向皇上提出願意娶大齊的元昭公主為他的王妃。

孝正帝屏退舞姬和樂師，大殿頓時鴉雀無聲。

「昭兒是朕寵愛的女兒，朕不想五皇子有一絲一毫的勉強，此事容朕好好想想。」

「景幽那日冒犯公主，不是有意為之，還請皇上給景幽一個機會。公主嫁到我西楚，定不會慢待她。景幽後院乾淨，公主嫁過去便是本王的王妃，不會受委屈。」

邊景幽無意皇位，娶一個身後母族低微的孤女公主，總比娶皇后的養女更能讓他父皇信服他無心皇位。他來大齊之前，早派人打探好了大齊皇室公主們的底細。

皇上當晚並未答覆，次日早朝後，才下旨准了邊景幽的求親。

聖旨一下，是有人喜來，有人憂。

鄭府的書房內，鄭僕射聽聞這個消息後，是一臉的愉悅，忙對下人吩咐道：「去把這個好消息告訴少爺，並告訴他，過兩日我就去替他請旨求娶元柚公主。」

而華陽宮內，謝詞微的希望再次落空，昨日又與自己的兒子大吵一架，雙重打擊下，氣得心疾復發，呼吸急促。

方情忙喚人去請太醫。

五皇子回西楚後，讓欽天監算了日子。

一個月後，又派人前去大齊下聘，並告知婚期就定在來年六月。

元昭公主安靜下來後，也想通了。她原本就沒心上人，反正早晚都要嫁人，這五皇子雖是個悶葫蘆，無趣得很，但卻長得極好。

認命後，她就安心在自己的朧月宮做起了嫁衣，抽空便去清悅殿開解安貴妃。

安貴妃因為元昭公主的事，日日鬱鬱寡歡，以為是皇上謀劃的，接連幾日都不願讓孝正帝進她的清悅殿。
連秀見她如此，便提議讓她出宮散散心。
於是這日，她就來了惠康坊。
這時陸伊冉才知道，圍獵場那日發生的事。
尚京的天冷得早，陸伊冉已為循哥兒穿上了錦緞厚袍。
他見安貴妃一臉愁容，就把他暖和的小手往安貴妃臉上一摸，呵呵笑道：「姑奶奶，循兒給您暖暖！」又把已長大些的小狐狸放進安貴妃懷中。「姑奶奶，您再摸摸我的小狐狸，就能開心了！」
小狐狸在府上養了一個多月，胖了許多，也不再畏懼人類，一雙懵懂無辜的眼眨呀眨的，可愛又乖巧。
安貴妃看得心都化了，親了親循哥兒白嫩的小臉，又摸了摸小狐狸軟軟的身子，心中開懷不少。「還是循兒心疼姑奶奶。」
和孩子笑鬧，又有自己的親人在旁關懷，安貴妃覺得出來這一趟很值得。
陸伊冉親自下廚，為姑母做了一大桌菜。
姑姪倆邊吃邊聊，無意中又說到了圍獵場旁邊的馬球場。
陸佩瑤突然臉色一黯，說道：「只怕以後惟陽不敢再這般恣意了。」
「為何？」陸伊冉不解地問道。

「聽說那日她在圍獵場受了驚嚇，胎相不穩，保了多日，依然沒保住。」

惟陽和趙元哲年輕不懂事，惟陽都有一月身孕了竟沒發現，身旁伺候的老嬤嬤雖有些懷疑，卻勸不住兩人，夫妻倆硬要去圍獵場。

陸伊冉聞言，心中久久不能釋懷，更多的是內疚。

晚上謝詞安一進院子，就看到陸伊冉屋內的燈還亮著。

他遲疑一瞬後，終是忍不住踏步走了進去，就見陸伊冉一臉愁容，呆呆地坐在玫瑰椅上。

聽到腳步聲後，陸伊冉抬頭。「侯爺，可是還沒用膳？我讓雲喜給你端到書房去。」

謝詞安沒回答她，兀自坐到她身邊，擔憂地問道：「可是身子不適？」

「沒有，我身子很好。」陸伊冉移開目光，起身準備離開。

謝詞安卻拉住了她，依然不死心。「妳定有事瞞著我。告訴我可好？只要我能做得到的都可以幫忙。」

「惟陽郡主的事，你聽說了嗎？」陸伊冉被他問煩了，遂說了出來。

謝詞安微微頷首，有些不明所以地看向陸伊冉。

「如果那日我不帶循兒去圍獵場，是不是郡主就不會受到驚嚇？她的孩子沒了，她一定很傷心……」說到後面，又讓陸伊冉想起自己那個無緣的孩子，情不自禁地紅了眼眶。

「冉冉，與妳無關，這是瑞王殿下後院的恩怨，就算妳沒去，一樣也會發生。別傷心了好嗎？」謝詞安輕輕摟著陸伊冉，拍了拍她的後背。「我寧願妳惱我、罵我，也不願妳傷心。」

平靜下來後，陸伊冉推開了謝詞安，與他拉開距離。

謝詞安見她又恢復到清冷的樣子，神色落寞，正欲離開，卻看到屋內的包袱，心中一慌，要求道：「冉冉，能不能過了新歲後再回青陽？」

那包袱裡全是循哥兒不能穿的小衣袍，白日時雲喜裝進去的。

陸伊冉聽他冷不防又提到回青陽的事，愣愣地開口道：「早晚都要回去，為何要等到新歲後？」

「妳之前答應過我的，我生辰時，回尚京住兩月。」謝詞安怕她忘記，又重述一遍。

陸伊冉默不作聲，自己的確答應過他，且天氣轉冷，她也擔心循哥兒坐船回去身子吃不消，一來一回的受罪。

見陸伊冉不為所動，謝詞安繼續說道：「過幾日我要去丘河，有妳在尚京，卓兒和裊裊他們也有個照應。」

她悶不吭聲，順手拿起榻上的繡綳低頭忙碌。

謝詞安輕聲一嘆，為陸伊冉倒滿一盞熱茶推到她跟前。

「說了傷眼睛也不聽，就是個倔性子，這點循哥兒倒是隨妳。」謝詞安跟個婦人似的嘮叨起來，換來陸伊冉一記白眼，他反而覺得她生動不少，心中高興。

隨後，他才想起來找她的真正目的，正色道：「冉冉，今日我回來，是為了告訴妳一個消息，朝中的林院判辭官在家，開設了岐黃班。」

陸伊冉有些不解，疑惑地抬眸望了過去。

謝詞安解釋道：「我記得妳表姊夫也是個大夫，他如果想去，我讓余亮提前去知會一聲。」

陸伊冉本能地就要拒絕，她不想再讓自己的親戚與謝詞安有所牽扯。

謝詞安好似猜到她心裡的想法，補充道：「於我只是舉手之勞，於妳表姊夫卻是一個不可多得的機會。」說罷，也不等陸伊冉表態，就回了自己的書房。

平康坊，瑞王府。

惟陽郡主整個人比平常憔悴不少，她歪在床榻上，不願起身。

長公主這幾日都待在王府，不讓趙元哲進她女兒的廂房。

惟陽郡主的第一胎孩兒沒了，大家心中都不好受。

「九兒，這次妳就聽母親的話，和趙元哲和離。他答應過我要好好保護妳的，可他沒做到，連自己的孩兒都保不住，這樣的人能有什麼出息？聽母親的話，把湯藥服了，明日母親就接妳回府。」長公主嘮叨一番，把湯藥端到女兒跟前，耐心勸導。

「母親，女兒求您了，您就別折磨他了。您連續幾日不讓他進屋，他就睡在屋外。我不回長公主府，更不會與他和離的。」惟陽郡主心疼趙元哲，邊說邊哭。

這話讓長公主一時無言，她這麼做反倒還不對了？

「他已把幾個側妃都休了，難道您要把他逼死才作罷嗎？那樣女兒也不活了！」惟陽郡主推開長公主端過來的藥碗。

肚裡的孩兒沒保住，惟陽郡主還未從傷心中緩過神來，長公主又逼著她和離。

這幾日她與趙元哲沒見到一面，就猜到母親打的是這個主意。

長公主鐵了心不讓他進屋，趙元哲在屋外苦苦哀求也沒用。

趙元哲一個堂堂王爺，為了正妻休棄幾個側妃一事，在朝中也引起了軒然大波，謝詞安在衙門都能聽到他這個外甥後院的事情。

自從趙元哲和惟陽郡主大婚後，在兵部的職務也是三天打魚、兩天曬網。

有時謝詞安也在想，如果趙元哲不娶惟陽郡主，是不是就不會這麼糊塗？

這樣一想，追其根源，都是自己牽錯了線。

他沈吟半晌後，叫余亮去把趙元哲叫到練武場來。

趙元哲一進練武場，謝詞安便從一名侍衛手上奪過一支長槍，扔了過去。

神色頹廢的趙元哲被迫接住，一臉懵。

「今日接不了我二十招，休想出這個練武場！」謝詞安神色嚴肅，大聲冷喝道。
「舅舅，你明知道我武藝不如你，為何要強逼我？」趙元哲不願，正想扔掉長槍，誰知謝詞安卻沒給他機會。
一陣疾風撲來，趙元哲被迫迎戰。
叮叮噹噹的碰撞聲，聽得人心中一緊。
謝詞安出手快速，趙元哲應付得十分吃力。
還不到第十招，趙元哲就被謝詞安逼得沒有還手的餘地。
「我教了你十年，不是讓你整日圍著後院的事轉，別忘記了自己的身分和責任！」謝詞安恨鐵不成鋼，把趙元哲抵在角落，讓他不能動彈半分。「你們的婚事是我起的頭，那麼也讓我來結束吧！」
趙元哲從未見謝詞安發過這麼大的火，心下有些害怕，慌道：「舅舅，你要做什麼？」
「長公主已向皇上提出和離，只要臣再附和幾句，長公主便能如願，相信你母后也不會有異議。」
「不！舅舅，我不想與九兒和離，你們別拆散我們！」
「那好，此次就和我去丘河歷練，不到半年不准回京！殿下，身為一個男人，你須謹記一點，想要守住自己在意的東西，不是靠嘴，得靠自己的本事！」
謝詞安這樣激勵趙元哲，不是為了謝詞微，也不是為了謝家的希望，僅僅是因為趙元哲心地善良，與自己有多年的師徒之情，謝詞安想再幫幫他。

謝詞安不願看到趙元哲把心思都花在後院的兒女情長上，時間一久，趙元哲在朝堂上沒有一點威望，皇上將不會器重他，就連他的岳父、岳母也都會看不起他。

當天，謝詞安就向皇上請旨，得到皇上的應允後，消息也傳到了華陽宮。

謝詞微這幾日舊疾復發，臥病在榻。

如果趙元哲二人能和離，她絲毫沒意見，她早後悔讓趙元哲娶惟陽郡主了。

原本以為惟陽嫁給她兒子後，以淮陰侯家的財力，就能任由他們揮霍。

誰知長公主卻留了後手，惟陽郡主的嫁妝還不如官宦人家嫡女的嫁妝豐厚。

謝詞微私下開了多家鋪子，藉口是為了趙元哲和惟陽以後的子女多積攢財富，還委婉在惟陽面前提起，讓長公主多支持支持，結果惟陽郡主是答應了，長公主那邊卻遲遲沒有動靜。

此次惟陽落胎，趙元哲休掉的那幾個側妃，都是謝詞微費心為他安排的。

惠康坊，如意宅。

午膳後，陸伊冉帶著循哥兒在坊院玩耍。

鄰里的幾位娘子漸漸地和陸伊冉熟絡起來，她們見陸伊冉氣色紅潤、身段婀娜，皆十分羨慕，有的甚至還向她請教起保養的秘訣來。

陸伊冉不知該如何回答，支吾半天。

一旁年齡稍長的一位娘子以為陸伊冉不好意思開口，笑道：「能有什麼秘訣？也不看看人家夫君的長相，夜夜滋補，怎能不水靈？」

幾位娘子聞言，捂嘴偷笑。

起初陸伊冉不明所以，後來看見她們曖昧的笑容，才明白是何意，臉色微紅。她不擅長說這些虎狼之詞，一時嘴笨，也不知該怎麼回答。

另一位帶著孫子的老婦人，見陸伊冉靦覥，吃了嘴虧也不反駁幾句，便替她解圍道：「淨說些渾話，人家陸娘子定是吃了上好的補品。」

還真被這老婦人說中了，自從陸伊冉回尚京後，謝詞安命人送來的阿膠、燕窩還有進補的參湯就沒斷過。

一位長相出眾的年輕婦人不平地道：「同樣都是人，人家不但夫君長得好，她自己也長得好，孩兒就長得更好了！哪像我，一朵鮮花插在牛糞上！」

「娘，我要回去告訴爹，您說他是牛糞！」小眼睛的向哥兒機靈地插嘴道。

一句話，逗樂了眾人。

幾人揭過了這個話題，又開始說一些東家長、西家短的小事。

這時，就有人提到看中了陸伊卓的那個姑娘。

從幾人口中，陸伊冉才知道那位姑娘的虎性子。

原來最開始那姑娘看中的是謝詞安，可謝詞安老是一副冷冰冰的樣子，腰上還有佩劍，她便不敢上前認識，於是又把主意打到陸伊卓身上。

說到這裡，陸伊冉都有些怕了，那姑娘如今見了她的面就叫姊姊，嘴甜得很，她阻止過幾回了，也不聽勸。

為此，陸伊冉每次出府前，都要讓阿圓先去打探一番，確定那姑娘不在這附近，陸伊冉才敢出來，就怕裊裊誤會，惹她傷心。

突然，一陣熟悉的聲音傳來——

「冉冉！」

陸伊冉以為自己聽錯了，抬頭一看，果真見江錦萍一家齊齊整整地站在坊院口，就連平日忙碌的郭緒，今日也破天荒地出現在這裡。

「表姊！妳怎麼來了？」陸伊冉抱著循哥兒，歡喜地迎了上去。

孩子們與陸伊冉熟悉，尤其是郭家的小女兒鈴鐺忙跑過去，一下子就撲進陸伊冉懷裡。

「冉冉姨！」

「哎，鈴鐺乖，有沒有想我？」陸伊冉揉了揉她的頭髮，牽起她的小手。

「想。」

江錦萍性子活潑，一把搶過循哥兒抱，調侃道：「我來我妹妹家，想來就來！」

「是、是，妹妹該打，說錯話了！」陸伊冉與剛剛那幾位娘子打過招呼後，就帶著表姊他們一家人回了宅院。

一家人進院子一看，都愣在原地，他們不敢相信陸伊冉住的院子竟這般奢華。

三個孩子一進院子，就被院中的鞦韆架吸引住了，大娃和二娃都爭著往上坐。

再一看還有隻可愛漂亮的小狐狸，都要搶著抱。

循哥兒卻不讓，轉身主動讓鈴鐺抱。

雲喜看茶後，阿圓又端上一大漆盤的糕點和糖果。

大娃和二娃見狀又開始爭搶，聽見江錦萍咳嗽一聲，他們才停手。

只有鈴鐺規規矩矩地坐著，和她爹爹如出一轍。

「姊夫，今日來可是有何要事？」幾個孩子瘋跑出去後，陸伊冉心中納悶，出聲問道。

郭緒也不再隱藏，開門見山問道：「表妹，不知能不能和謝侯爺說一聲，讓他幫忙引薦一下？我想去林院判的岐黃班。」

陸伊冉心中一咯噔，昨日謝詞安才與她提起，今日一家人就找了過來，這也太巧合了吧？林院判開設的岐黃班，一般只有相熟之人和朝中官宦們才知道，他們的消息怎會如此靈通？

她心中疑惑重重，遂問道：「萍姊姊，你們是如何知道此消息的？」

江錦萍如實道出。「我也是昨日聽一個病人提起才知道的，就想著來問一問妳。」

郭緒的醫術都是和自己的師父學的，後來到了尚京，找不準病因時，自己就看醫書鑽研。如果能得到林院判的指導，對他的醫術會大有幫助，但以他們的地位，只怕連見林院判一面都難。

原來如此，陸伊冉壓下心中疑團。

表姊第一次開口，她也不好拒絕，只能答應，當即就讓童飛去衙門告知謝詞安此事。

晚膳時，一大桌人圍坐在一起。

陸伊卓本就與郭緒熟絡，拉著他這個表姊夫就對飲起來。

江錦萍見裊裊模樣好，性子又溫順，忍不住打趣幾句。

裊裊依然害羞，只埋首挾菜，也不吭聲。

這一桌人都知道江錦萍是何意，只有陸伊卓不明白。

膳畢，陸伊卓和裊裊各自回了自己的院子，陸伊冉帶著江錦萍一家在院中消食。

就在此時，謝詞安回了府，他一進院子，院中頓時安靜下來。

這是江錦萍一家人第一次見到謝詞安，他氣質尊貴威嚴，性子冷漠，也不喜多言。

江錦萍家的三個孩子都嚇得往大人身後藏，就連性子一向活潑膽大的江錦萍都拘謹起來，不知怎麼開口。

還是循哥兒打破了沈默，一見到謝詞安的人，就跑過去抱住他的大腿，歡喜地喚道：

「爹爹、爹爹！」

不管在外有多疲憊和煩躁，只要聽到這一聲軟糯的呼喊，謝詞安就覺得再累都值得。

謝詞安把小小的人兒抱在懷中，臉上的神色也柔和不少，抱著循哥兒走近幾人。

有旁人在場，陸伊冉也不好做得太過明顯，便裝模作樣地道：「你回來了。」而後拉過江錦萍，介紹道：「這就是我萍姊姊。」接著又指了指郭緒。「這是我表姊夫。」

謝詞安忙放下循哥兒，抬手一揖。「表姊、表姊夫安好。」

幾人都是一驚，包括陸伊冉。

郭緒最先反應過來，趕緊鞠躬作揖。「侯爺安好，草民郭緒和——」

謝詞安忙阻止道：「不必如此客氣，你們既是冉冉的親人，就是我謝某的親人。」而後，他又主動提道：「表姊夫的事，我已派人打點過，明日表姊夫隨我的人前去即可。」

江錦萍和郭緒都是一臉歡喜。

此次謝詞安也算是幫了陸伊冉的忙，她不好太過冷漠，遂問道：「你可用過晚膳了？」

「不曾。」謝詞安走近陸伊冉身旁，柔聲道。

江錦萍如何看不明白，表妹還在與她的夫君嘔氣。謝侯爺一點也不像傳聞那樣，對表妹冷淡不喜，自己是過來人，如何看不出謝詞安對陸伊冉的心思？

一進院子，他的目光就落在陸伊冉身上，就算與他們說話，眼神盯的也是陸伊冉。看似對他們彬彬有禮，實則討的是陸伊冉的歡心。

江錦萍暗自高興，以後他們一家在尚京城也算是有靠山了，忙把陸伊冉往謝詞安身邊推。「冉冉，妳快去伺候妳夫君吧，有阿圓帶著我們在院中轉轉就成。」

循哥兒見鈴鐺要走，也跟在幾人後面走了。

雲喜見狀，也跟過去照看。

陸伊冉只好自己進小廚房給謝詞安端菜，誰知他也跟了進來。

灶房裡乾淨整潔，謝詞安拉著陸伊冉坐在灶臺前的小几上。

他把陸伊冉堵在裡面，她也不好出去。

「冉冉，妳陪我一起用可好？」謝詞安為陸伊冉也擺好一副碗筷。

才剛消食，她哪還吃得下？陸伊冉回道：「我用過了，你吃吧。」

「那妳答應我別走，在這裡陪著我。」知道今日她的娘家人在，謝詞安才敢提出這樣的要求。隨後他拿起灶臺上的清酒，給自己斟滿一杯，又給陸伊冉斟滿一杯。

陸伊冉想起秦大夫的交代，忙按住酒盞。「你不能喝酒。」

「與妳一起喝無妨。」

「那也不行。」陸伊冉堅持阻止。

他輕聲一笑。「好，妳說不喝，就不喝。」謝詞安喝完參湯後，見陸伊冉不停地為他挾菜，他心中開懷，拉過陸伊冉的手緊緊握在手中。「冉冉，妳已經好久沒為我挾過菜了，為夫很開心。」

「是前夫。」

這聲「前夫」尤為刺耳，但他想在陸伊冉這裡討甜頭，就得臉皮厚。

謝詞安繼續爭取道：「那個『前』字能不能先給我去掉？實在難聽。」

愣了一息後，陸伊冉才反應過來，一口回絕。「不能。」

「不能就不能吧，前夫也是夫。」謝詞安委屈兮兮地低聲道。

陸伊冉聽得啼笑皆非，不知他在委屈什麼？她想抽回自己的手，哪知他越握越緊。

「我明日就要去丘河了，半月後才能回來，妳和循兒在尚京等我可好？」

他又提到這個問題，但陸伊冉依然沈默，謝詞安變得不安起來。

他最怕的就是自己離開後，陸伊冉也帶著循哥兒回青陽。

本來兩人之間還有些距離，誰知到最後，謝詞安越靠越近，都挨到陸伊冉的肩膀了。

「你坐開些，我表姊他們還在呢！」謝詞安目光癡纏，看得陸伊冉臉色微紅。

今日她穿著一身玫紅色錦緞上襦，下穿一條同色長裙。柳腰纖不盈握，胸前鼓鼓。

情難自禁，謝詞安長手一伸，摟過陸伊冉的身子。

他的唇貼著陸伊冉的耳背，低聲道：「讓我聞聞吧，我想得緊，要半個月後才能見到妳……」

濕熱的氣息吹過陸伊冉的耳背，讓她全身一顫。

謝詞安不想放過這難得的機會，轉過她的身子。喉結劇烈滾動，他一口含住陸伊冉的紅唇，吮吸起來，忘情地纏繞著她的丁香，在口內激情索取。

陸伊冉推不開他精壯結實的身子，身子一軟，謝詞安越發得寸進尺，手也興風作浪起來。陸伊冉低低的一聲嬌喘後，他已扯開了她胸前的琵琶釦。

直到雲喜在院外咳嗽一聲，謝詞安才停下來。

陸伊冉羞紅了雙眼，眼中還有淚花。她髮髻散亂，衣衫不整，模樣楚楚可憐，如帶雨梨花般嬌美柔弱。

謝詞安心中一軟，自責起來，幫她扣好衣釦，又理了理她的亂髮。

「謝詞安，你個混蛋！」

「冉冉，是我不好，一見到妳就管不住自己，妳想打想罵都行。」他拉過陸伊冉的手，給了自己一巴掌。見陸伊冉臉色稍霽，他又厚著臉皮爭取道：「冉冉，能不能把我這個前夫的位置往前挪一挪？我不介意排在循哥兒和妳爹娘後面，只要在阿圓和雲喜前面就成。」

陸伊冉心口微顫，依然不吱聲。

謝詞安還想乘機再糾纏，就聽到循哥兒在院中的喊聲——

「娘、爹爹，今晚我要和鈴鐺姊姊睡！」

「都怪你，把循兒帶壞了！」

孩子就在院外，謝詞安也不敢胡來，遂把他的長腿一挪，給陸伊冉讓出道來。

他衣襬敞開，陸伊冉經過時，正好看到他那處昂首挺立著，當即臉色通紅，快步出了小廚房。

剛剛那點不快的小插曲，依然沒有影響謝詞安的心情，他嘴角上揚，又拿起筷子繼續用膳。

陸伊冉彎腰抹乾循哥兒嘴角的糕點屑，說道：「鈴鐺姊姊今晚要和她娘親睡。」

「不，我就要和鈴鐺姊姊睡！」說著就要哭了。

「循兒別哭，我娘也不會答應的。我們去玩鞦韆好不好？」鈴鐺乖巧，處處讓著循哥兒。

「好！」

姊弟倆又手拉著手，一起跑到鞦韆架旁。

循哥兒的腿短，爬不上去，鈴鐺就吃力地把他抱上去。

陸伊冉在一旁看得心中柔軟，當目光看到小廚房門口用完膳的謝詞安時，不禁瞪了他一眼，扭頭就進了自己閨房。

謝詞安心情極好，臉上始終掛著淺笑，又移步到鞦韆架旁，為兩個孩子搖起了鞦韆。

哪怕今晚繼續睡書房，他也沒有半點遺憾。

翌日一早，謝詞安就從漕運渡口出發。

此次他帶的是余亮，童飛則留在尚京，保護陸伊冉母子倆。

郭緒順利進了林院判的岐黃班，江錦萍家中的藥鋪還要人照顧，因此這日也急急忙忙地帶著三個孩子離開了。

第二十章

關韶自從到了尚京後，無論他的人如何跟蹤謝詞安，都沒找到陸伊冉的半點蹤跡。

他甚至還佯裝成謝詞安的好友，到侯府上門拜訪，委婉提到陸伊冉時，得到的消息均是夫人回娘家青陽了。

他鬱悶地回到青陽後，就向陸佩顯施壓。

陸佩顯夫妻倆也是近日陸伊冉來信，才知她人也到了尚京。

信中一字未提解藥的事，以她的性子，夫婦倆確定她還不知事情的真相。

江氏遂主動示好，聲稱會讓人去接陸伊冉回青陽，並把家中一半的綢緞料子送給關韶。

關韶見對方態度配合，便不再一味地硬逼，把料子收下後，聲稱有事要回西楚一趟，兩個月後再回來下聘。

其實關韶之所以急急忙忙要回西楚，是因為阿依娜已有了兩個多月的身孕。

本想一碗打胎藥下去了事，可阿依娜哭得死去活來，甚至昏厥過去。

畢竟是自己的骨肉，他最終還是下不去那個狠心。

剛好他留在尚京的人，也看到了陸伊冉的身影，他恨不得插上翅膀，去尚京把陸伊冉帶到自己祖父面前；但如今形勢緊急，阿依娜的肚子不等人，且新歲馬上要來臨了，他也只能等過了新歲，再去尚京找人了。

聽見關韶要回西楚，讓陸佩顯兩人心中暗鬆一口氣。

陸佩顯一臉愁容地說：「要不，把事情真相告訴冉冉吧？要她回青陽一趟，看她如何做決定？」

「回來做什麼？從一個火坑跳到另一個火坑嗎？」江氏派人打聽過了，知道關韶來青陽還有一個妾室跟著，聽人說在西楚的妾室都數不過來了。江氏寧願讓女兒終身不嫁，也不會讓陸伊冉進這樣的家門。「謝家女婿如今對冉冉的心意，你也是看在眼裡的。他潔身自好，身旁一個妾室都沒有；而且阿圓說漏了嘴，我聽說他的私庫已全都給了冉冉，鑰匙只怕還在冉冉房裡放著呢！」

陸佩顯倏地從圈椅裡起身，驚訝道：「這是真的？」

「自是真的。後來我又側面問了雲喜，她雖沒說，可一看那神色，假不了。」

江氏這麼一說，又讓陸佩顯想起了在尚京時，謝詞安為陸伊冉買的那宅子。從裡到外、一景一物，看得出花了不少心思，每一處都彰顯了他對陸伊冉的心意。

一個男子能把自己的私庫如數交給一個女人，這可比空口說白話強多了。

心中的那桿秤早偏向了謝詞安，陸佩顯又想起謝詞安上次帶陸伊冉離開時私下說的話，他讓陸佩顯把這件事拖到明年，他會想辦法處理的。

說得那般篤定，令他不得不懷疑，這一切的巧合都是謝詞安故意為之的。

心頭微愣，隨後呵呵一笑。「難怪人人都說他有一個七巧玲瓏心，倒是一點都不假。」

江氏抬眸一看，問道：「你在說誰？」

「沒有，就覺得或許我陸家真的要轉運了。」

自從趙元哲隨謝訶安離開尚京後，惟陽郡主就被長公主接回了長公主府。

回到自己家中，惟陽郡主依然整日鬱鬱寡歡，時不時就拿出趙元哲給她寫的那些詩來看。

在別人眼中，趙元哲就是個笑話，可在她眼裡，卻是彌足珍貴。

「九兒，妳不能整日在床榻上膩歪著，要不今日和母親去我們的新馬球場看一看吧？」長公主見女兒整日鬱鬱寡歡，便提議去新開的馬球場，想讓她散散心。

馬球場生意極好，每日車馬盈門。大齊這兩年的日子太平了，尚京城的貴人們又可以無憂無慮地享受起生活來。

她買下這塊地後，本意是準備開家客棧和詩舍，畢竟兒子有許多好友，到了春日，這裡景色宜人，許多人來看桃花，就能住到客棧裡。

誰知，陸伊冉卻建議她開馬球場，並特地強調一定要開馬球場。

剛開始馬球場的生意只能算尚可，她心中還暗暗後悔，誰知秋獮圍獵後，每日客人都滿座。

長公主還未從思緒中回過神來，惟陽郡主就開口拒絕了。

「母親，我哪裡也不想去，只想在府上等他的信。」趙元哲走時向她保證過，每日都會寫一封信給她。

長公主無奈，也只能放棄，對惟陽身旁的丫鬟交代一番，就出了府。

待長公主出府，惟陽郡主就對身旁的侍女吩咐道：「給我收拾一下，我要去個地方。」

半個時辰後，惟陽郡主的馬車就停在惠康坊的如意宅門口。

那日圍獵場，陸伊冉離開時，湊近惟陽郡主說出了她如今的住處。

陸伊冉聽人通報後，親自出來迎接。

圍獵場一事過去了這麼久，兩人再次見面都有些激動。

把人請進廂房後，陸伊冉見她精神依然不振，內疚的同時也很自責。「上次我們沒能護好妳，妾身一直心中不好受，希望郡主能想開些，等身子好了，一切都會好。」

「夫人，這與你們無關，那人想害我也不是一、兩天了，怪我自己掉以輕心了。」就連徐蔓娘她都從未責怪過，更何況還是當時身邊有孩子的陸伊冉。「夫人，尚京城人人都說侯爺對妳無情，但從那日就能看出，他對妳還是很在意的。妳為何回尚京了，還要隱藏自己的行蹤？」

陸伊冉煮茶的手一頓，微微一笑。「郡主以後就會知道了。」

惟陽郡主不再是天真不懂事的少女了，半年的婚姻讓她成長了許多，如何不明白家家都有本難唸的經？外人看到的都是表面，只有親身經歷的人才知道其中的曲折。

就好比她，夫君雖然對她掏心掏肺，卻有個利慾熏心的婆婆，後宅中還有幾個日日想要她命的妾室。如今妾室全被休棄，自己的爹娘卻又逼著兩人和離。

過日子就是這樣，從來沒有一帆風順。

想到趙元哲，她眼眶微紅，哽咽道：「夫人，妳知道謝都督帶我家王爺去何處歷練了嗎？我想去找他。他說好的每日一封信，這都過去半個月了，依然不見帶回半封信，我心中甚是掛念。」

陸伊冉了然一笑，知道郡主今日來的真正目的了。她雖然知道他們去了何處，卻不能如實相告。

經歷過上次秦王要挾一事，她便明白丘河軍營為何要駐紮在隱蔽處了，稍有不慎，便可能給他和軍營的將士們帶來殺身之禍。

「實在抱歉，他從不會告訴我公務上的事，不過妳放心，他定會照顧好瑞王的。都說心心相印的兩人，是有感應的，妳這般傷心，他也會不開心。」陸伊冉用手帕擦乾惟陽郡主臉上的淚珠，像哄循哥兒一樣，柔聲哄著她。「郡主，瑞王不在的日子，妳可以做一些自己平常喜歡做的事，這樣時間就能過得快一些。」陸伊冉心中不由得一陣感嘆，從前活潑開朗的女子，也逃不開情愛的毒。不過惟陽郡主比自己和別人都幸運，她的真心相對是有回報的，有一個眼裡、心裡都是她的夫君。陸伊冉看出了她的癥結所在，繼續勸道：「比如，妳可以為瑞王縫製一些香包和衣袍，等他回來就可以用了；或者學一些廚藝，他回來後，妳就可以為他親手做份膳食。」

「這些往日都是府上的侍女們做的，我從未做過，不過妳這樣一說，我倒是想學一學了。夫人，妳能教教我嗎？」惟陽郡主來了些興趣。府上人人都勸她想開些，但她整日無所事事，光想著一件事，如何能想得開？只會讓她越發地鑽牛角尖。

做些與趙元哲有關的事，既能讓她分散些注意力，也能讓她覺得在為自己在意的人做事，寄情於物，興致更濃，還能在學習的過程中發現很多樂趣。

陸伊冉面帶鼓勵，輕聲說道：「當然好，那我今日就教妳煮茶可好？」

「一切都聽夫人的。」

惟陽郡主十指不沾陽春水，做事動作生疏，但陸伊冉還是教得仔細。

用過午膳後，循哥兒纏著陸伊冉不放，惟陽郡主也想回去午休了，她們才停下來。

離開前，惟陽親手煮出了一壺味道還算不錯的茶湯。

「夫人，明日我想要學妳鋪子裡的如意糕點，王爺和我都愛吃。」離開時，惟陽郡主興致勃勃地說道。

陸伊冉思忖一番，點頭應允。「好，不過今日妾身可要給郡主布置一個任務。」

「還有任務？什麼任務？」惟陽郡主一臉不解。

「今日郡主回府後，尤其是晚上歇息前，一定要想想今日煮茶的步驟，最好是能記在手札上，我明日檢查。郡主能做到嗎？」

「能！」惟陽郡主爽快地答應了。

郡主日日往惠康坊跑，性子也越來越開朗，長公主心下懷疑，派人跟去一看才知緣由，心中對陸伊冉越發感激。但心頭不由得納悶，為何往日自己請的嬤嬤教習這些手藝時，女兒十分抗拒，到了陸伊冉這裡卻學得有模有樣？

不久後，徐蔓娘偷偷跟著惟陽郡主的馬車，也找上門來了。

想著徐蔓娘與謝詞淮的關係，陸伊冉本是拒絕的，但架不住徐蔓娘幾次三番地上門，並且保證不把她回尚京的事告訴謝家的其他人，惟陽郡主也在一旁替徐蔓娘說情，陸伊冉也只能勉為其難地讓徐蔓娘進門了。

徐蔓娘還有幾日就要出嫁了，她想找個繡活好的人，幫她繡蓋頭正中的「囍」字，無奈她母親的繡活實在拿不出手。

徐蔓娘自從和謝詞淮訂親後，去過侯府幾次，聽人提起陸伊冉的手藝，這才厚著臉皮來找陸伊冉。她是偷偷跑出來的，家中人看得緊，誰知防不勝防，她哪怕鑽狗洞出來，都覺得外面的空氣要香些。

第二日，她就把紅蓋頭拿了過來。

面對徐蔓娘的一臉期待和惟陽郡主的一臉崇拜，陸伊冉只能硬著頭皮接下這個活兒。

陸伊冉的繡技，完全是被江氏逼出來的。五歲時，江氏就讓她繡花，每日完成不了江氏交代的任務，就不能出去玩。

江家是做綢緞生意的，江氏從小耳濡目染，繡活十分出眾，徒弟也有很多，其中教得最用心的，應當就是陸伊冉了。

最難繡的雙面繡，陸伊冉在十六歲出嫁時，就已經能獨立繡完一副花樣。

謝詞安帶著趙元哲到丘河後，瑞王殿下是各種不適應。

先是嫌棄軍營處太過隱蔽，連碼頭都建在山中，再者是嫌棄膳食不夠精細。

謝詞安卻沒給趙元哲特權，他自己也是和將士們用同樣的膳食，除了他的大帳寬大一些外，其餘並無特別之處。

上一次，陸伊冉母子倆在時，他是用自己的銀子讓童飛單獨採購的。

此次他一人前來，就沒這麼多講究了。

每日除了處理日常公務，察看將士們練習，和將士們一起巡邏外，剩下的時間都是在與趙元哲過招。

今日是剛到丘河的第五日，趙元哲覺得自己骨頭都快散架了。

「舅舅，今日我們……就到此結束吧，明日再……」趙元哲氣喘吁吁，一句話還沒說完，謝詞安的長槍就刺了過來。

趙元哲被謝詞安推著滑了幾步才停下來。

「殿下，你今日只接了我十招，今日的膳食還是和我們一起用。」

謝詞安身穿鎧甲，挺拔的身形散發出威武的氣勢，眉宇間帶著一絲讓人害怕的威嚴。

趙元哲知道謝詞安不是在與他開玩笑，也激發出了心中血性，集中精力，與謝詞安在練武場上對打起來。

兩人手上用的都是長槍，互不相讓。

謝詞安一個側身回刺；趙元哲見招拆招，一個空翻躲開。

謝詞安淩空劈來，槍尖直指趙元哲的面門；趙元哲見他氣勢強勁，不敢硬接，只好翻了幾個筋斗錯開。

「殿下，一味地躲避不是辦法，拿出你的真本事來！」

這句話激得趙元哲提槍主動出擊，片刻間，舅甥打鬥激烈，兩桿長槍交錯飛舞，發出刺耳的兵器碰撞聲和一道道火花。

兩人身影快速移動，看得一旁觀看的將士們都不敢發出一點聲音，就怕一眨眼，錯過了一、兩個這麼精彩的動作。

你來我往，互不相讓。

三十招後，謝詞安還有精力，反觀趙元哲已癱坐在地上。

謝詞安十分滿意趙元哲這個狀態，一把拉起坐在地上的趙元哲，拍了拍他肩上的灰土，溫和道：「殿下，今晚想用什麼膳食，叫你的人去灶房通傳一聲即可。」

在謝詞安轉身離開時，趙元哲喊住了他。

「舅舅，今日我接了你三十招，能不能讓我給九兒傳封信回去？膳食你們吃啥我就吃啥。」

「只怕要讓殿下失望了，丘河驛站只傳國事的急報，任何人都沒有特例。」今日他的表現較好，謝詞安不想讓他洩氣，於是又補充了一句。「不過，你可以先寫，半月後我回尚京時給你帶回去。」

趙元哲眼中重燃希望，爽快地回道：「有舅舅親自給我當信使，那我得多寫幾封！」

謝詞安嘴角一揚，心道給別人當信使有些虧，別人妻子有的，陸伊冉也不能缺。

想要早日去掉「前」字，須得比旁人更加努力。

當晚，謝詞安連夜洋洋灑灑地寫滿了三張信箋，才覺得自己不負信使這個新身分。

轉眼到了冬月。

冬至這日，謝詞婉特意打扮一番，提著餃子到了國子監去看她父親。

她裡面穿一襲丁香色提花緞面交領長襖，外披一件同色繡花斗篷，整個人更加清新脫俗，身旁的侍女都看呆了，還是她輕咳一聲，侍女才回過神來。

侍女臉色微紅地道：「姑娘真美，可惜那人眼光不好。」

謝詞婉眼神一黯，半天才道：「以後這些話都不要說了，過了今日我就要試著忘了他。」

她來慣了，國子監的人都認識她了，她徑直進了她父親的書舍。

謝庭毓與穆惟源正在討論這一次國子監年末策問論的題目，突聽見一陣輕柔的腳步聲，兩人陡然抬頭。

謝庭毓微微一笑，臉上慈愛之色盡顯。「婉兒來了！」

穆惟源則是一愣神，聽到謝詞婉的聲音後，才瞬間清醒過來，臉上又恢復那份淡漠。

這短短的失神，卻讓謝詞婉看在眼裡。

果然沒猜錯，他對她二嫂有過那種心思。

她記得惟陽郡主的及笄禮那一日，她二嫂穿的就是這個顏色的衣裙，梳的也是常梳的同心髻。謝詞婉心死地自嘲一笑。

「婉妹妹來了，那惟源先告退。」

穆惟源正欲離去，卻被謝詞婉叫住了。

「惟源哥哥，婉兒有幾句話想單獨對你說。」

「婉兒！」謝庭毓一臉嚴肅，提醒之意明顯。

這個月初，謝家長房已同意了徐將軍家長子徐書禹的提親，婚期定在明年三月中。

徐書禹在刑部很受魏尚書器重，在刑部任職還未滿三年，魏尚書就親自上摺子，擢升他為正五品員外郎，皇上當即就准了三朝元老魏尚書的奏摺。

徐書禹年紀輕輕，仕途不可估量，又家世清白，為人沈穩，長相清俊，尚京城有許多未出閣的姑娘都想結這門親事。

無奈他對別的姑娘皆心如止水，卻偏偏看中了謝家大房的姑娘。

徐書禹的妹妹徐蔓娘嫁到謝家三房，也算是親上加親，大房的謝庭毓和袁氏都很滿意這門親事，謝詞婉也終於點頭同意。

謝庭毓無論如何不能讓自己的女兒做糊塗事，攪黃了這樁親事。

「爹爹！」謝詞婉一臉懇求，語氣可憐。

「那好，就在此處說，我去講堂轉轉就回。」

屋中只剩兩人時，穆惟源也猜到了她要問什麼，內心很排斥，但礙於謝庭毓的情面，他還是留了下來。「聽說婉兒妹妹已訂親，以後我們還是不要單獨見面，此舉委實不妥。」

為了逼自己快些放手，謝詞婉直奔主題，大膽地問道：「婉兒就想問問惟源哥哥，如果婉兒拒了徐家的婚事，惟源哥哥願意娶我嗎？」

「不願。我對妳從未有過男女之情，告辭。」穆惟源語氣溫和，卻神色堅定。

他對自己無意的姑娘，向來這般絕情。以前見他對別的女子如此，謝詞婉以為自己總會特別一些，誰知當今日問他這個問題時，也是一樣被他不留情面的拒絕。

「我究竟哪裡比不上我二嫂？」謝詞婉終是不甘心地問了出來。

穆惟源倏地轉身，厲聲喝斥道：「休要胡言！我與她清清白白！她人都不在尚京了，你們謝家的人還要如此對她！」說罷，惱怒地甩袖離去。

謝詞婉終於看到了他聲色俱厲一回，去維護一個讓他在意的人。無論她怎樣努力，都不是穆惟源心中的那個人。

一滴滴清淚像斷線的珠子從臉龐滑落，她輕聲喃喃道：「從此刻開始，我會一點一點把你在我心裡的位置抹掉，試著換成另外一個人……」

眼看又快到年底，護國侯府今年比往年更忙。

冬月二十八就是三房長子謝詞淮的大婚之日，鄭氏這一個月來也收起了編排人的心思。

雖有謝庭芳幫忙，可安排還得以三房為主，這不，謝庭芳已催了幾次了，謝庭舟夫婦倆都沒把賓客人數確定下來，謝庭芳沒辦法預估席位，因此膳房裡該採買的東西遲遲沒能買回來。

「三嫂，今日都冬月二十三了，無論如何也要把客人名單報給我。」此事一直拖延，謝庭芳只能主動找到三房院裡來了。

鄭氏虛榮心強，自己的兒女有出息了，不想在娘家人面前丟臉，這會兒正要與身邊的嬤嬤出門去給自己爹娘買件裘袍。

「哎喲，看我這記性！三妹妹先到廳堂坐坐，我與妳三哥再合計合計。」鄭氏把謝庭芳請到廳堂後，又對一旁的小廝吩咐道：「去把老爺給我叫出來。」

那小廝唯唯諾諾地說了句。「太夫人，您饒了小的吧，小的不敢去！」

鄭氏一看這情景，就知道謝庭舟昨晚歇在何處了。

「柳氏那個賤人，看我今日怎麼收拾她！也不看看什麼時候了，還敢勾引老爺！」

她穿過正院邊角門的甬道，一路罵罵咧咧，最後進了荷香院，一腳踹開廂房的門。

謝庭舟只穿了一身中衣，懷中正抱著一臉嬌羞的柳姨娘。

房門突然被踹開，嚇得柳姨娘忙抱緊謝庭舟，花容失色。

鄭氏看到這一幕，滔天的怒火直沖天靈蓋，一把拉開被褥，她不敢打謝庭舟，拉過柳姨娘就是幾個耳光。

柳姨娘是謝庭舟今年才納的妾室，本是後院打雜的丫鬟，見她長相清秀，年輕又溫順，與年輕時的鄭氏有幾分相似，看中後，當晚就收了房。

鄭氏幾日後從娘家回來時，小丫鬟已搖身一變成了謝庭舟的柳姨娘。

謝庭舟喜歡得很，幾乎夜夜留宿在她的房裡，就連之前寵愛的余氏，也就是謝詞盈的姨娘，如今都厭棄了。

謝庭舟推開鄭氏，把柳姨娘牢牢護在懷中。「妳這瘋婦！柳兒可是我正經的妾室，妳打她做甚？難不成一大把年紀了，妳還想學大房佑兒媳婦那般，把一個家鬧得不成樣！」

大房謝詞佑的妾室田婉兩個月前生了個男孩後，周氏的病情就更嚴重了，完全變了一個人，與府上的人也不往來，整日把自己關在院子裡，不讓謝詞佑進她的房，夫妻倆的關係越來越疏遠，與袁氏也徹底鬧僵。如果不是為了雲姐兒和玉哥兒，只怕周家早把她接回去了。

之前鄭氏還嘲笑周氏，如今看看自己後院的事，也清靜不到哪裡去。

畢竟她年歲也大了，罵幾句後氣一消，也就作罷。

「這都什麼時候了，你還有心思在這裡快活？一大把年紀了，也不怕把老命搭在這狐狸精身上！三妹妹在問客人的事，人都到了我們正廳！」

謝庭舟轉身拿過自己的袍子，邊穿邊數落鄭氏。「如果不是妳執意要給妳爹娘買裘袍，昨日我就把名單的人數算出來了。我看妳整日和大嫂、二嫂比，都不知自己幾斤幾兩了。裘袍一件就得上千兩，妳哪有那麼多銀子揮霍？妳的私庫能趕上她們的一半私產？」

前幾日，鄭氏見袁氏給她娘家母親買了件狐裘，便眼紅，也想顯擺一回。

「有沒有不要你管，反正我定要給我爹娘買！」

夫妻倆從柳氏的廂房出來後，邊走邊吵。

「此次淮兒的婚事，我母親私下補貼我們三房不少，怎麼沒看妳給她買一件？」

按侯府規矩，每房娶新婦、嫁女兒都是侯府出的費用，但超過了三千兩就得自己出。

鄭氏此次故意把排場弄大，早超過了侯府規定的銀子，老太太知道後，自己默默掏了腰包。

鄭氏心中愧疚，也沒反駁，誰知謝庭舟還不罷休。

「妳爹娘給妳的那點嫁妝，全賣光只怕都不夠買一件！」謝庭舟見勸阻無效，火氣更大，就往鄭氏的傷口撒鹽。

鄭氏的父親只是一個七品小官，當年她能嫁給謝庭舟，也是因為已暗結珠胎，不然以鄭氏的出身，謝家高枝她是攀不上的。

鄭氏的嫁妝比起大房和二房，實在寒酸得很，經常讓人嘲笑，此時聽到自己夫君又提起此事，氣得故意挑釁道：「我的嫁妝不夠，不是兒媳馬上要進門了嗎？」

謝庭舟神色一頓，嘆道：「哎喲我的天爺！徐家姑娘的性子，妳敢去招惹？我看妳還是歇了那份心思吧，否則只怕到時，被收拾的人是妳自己！」

鄭氏愣在原地。

謝庭舟越過她身邊，逕自進了廳堂。

這句話可不是氣話，與徐蔓娘打過幾次照面，次次都讓鄭氏吃悶虧，還不能說出來。

謝庭舟這一提醒，鄭氏也歇了給自己爹娘買裘袍的心思。

拿到客人名單後，謝庭芳預估大概有個五十多桌，就帶上人一起出府採買。

一直忙到申時一刻，還有少部分等需要用時再去拿。

謝庭芳讓採買的人先回去，自己則帶著丫鬟去了尚京有名的珠翠樓，一個月前她在這裡預訂了一支翡翠玉簪和一對翡翠耳墜。

夥計為她包好後，她和丫鬟麻利地出了珠翠樓。

馬車在惠康坊停下。

今日是陸伊冉的生辰，謝庭芳自從知道他們母子倆回到尚京後，一直未來打擾，就想等到陸伊冉生辰時再來看看他們。

門房的人一看是謝家的馬車，不敢怠慢，如實告知陸伊冉一個時辰前出府了。

謝庭芳沒空等，只好把東西放在門房，讓其轉交。

陸伊冉幾人被陸叔帶到城外西郊，之前她賣掉的田產處。

幾人下車後都是一臉懵，只有循哥兒和懷裡的小狐狸一下地就歡快地瘋跑開來。

「陸叔，你帶我們來這裡做什麼？姑娘不是把地都賣了嗎？」阿圓不解地問道。

陸叔呵呵一笑。「侯爺早就買回來了。」

幾人都是一臉驚訝，不敢相信地看向陸叔。

只見之前的田地四周，用青磚築起了高高的牆垛，一直延伸到山林口的小路交接處，完全與這邊的水田和種植的糧食、果菜區隔開。

陸伊冉心中不知是何感受，神色複雜地開口問道：「他何時買回來的？」

「那官戶人家從妳手上買過去後，只怕地契在手上還沒捂熱，侯爺就找人買了回來。」

陸伊冉聽後，心情久久不能平靜。

陸叔淡淡地笑道：「姑娘去牆垛那邊看看吧。」

「陸叔，你先告訴我們，牆垛那邊還有什麼驚喜嗎？」阿圓開心地搖了搖陸叔的手臂。

無奈陸叔只說了一句。「過去看看就知道了。」

就幾步路，阿圓立即抱著循哥兒，走得飛快。

雲喜和陸伊冉還沒到，就聽見阿圓驚呼一聲。

「姑娘，快來呀！」

雲喜止不住激動，拉著陸伊冉就往牆垛盡頭跑去，到了牆垛與山林路口交接處一看，也是震驚地捂住了嘴。

原來之前的旱田已擴大幾倍，裡面種的不是糧食，也不是瓜果，而是一大片綠油油的小草，平整又乾淨，像一張綠色的巨大地毯。

若幾人不是知道此刻在尚京城郊，都要以為是在夢中的草原上了。此處視野開闊，讓人心曠神怡。

循哥兒抱著小狐狸，和阿圓歡快地在草地上打滾。

就連一貫性子文靜的雲喜，都忍不住笑鬧起來。「姑娘，快過來呀！是您心心念念的草原呢！」

陸伊冉佇立原地，一動也不動，心中暖融融的，微微一笑。

她小心翼翼地走進草坪，好似怕稍一用力，眼前的一切都會消失。

腳下綿軟，她還未從這個驚喜中反應過來，又聽到阿圓歡快地道——

「山上也能騎馬了？」

幾人隨著她的視線看過去，就見童飛從山上牽著一匹棕色的高頭大馬，慢悠悠地走了下來。

之前山上到處都是果樹，長滿了雜草，摘果子的時候，農戶們都要扒開草叢去找路。

「夫人去山上看看吧。」童飛把轡繩遞給陸伊冉，恭敬地說道。

陸伊冉也不與他客氣，好奇地翻身上馬，循哥兒、雲喜和阿圓則跟在她身後，也往山上跑。

下山陡峭的路口已經填平，與牆垛盡頭用青石板鋪平。

陸伊冉騎馬一進山林，就看到縱橫交錯、已開鑿的小路，人和馬兒都能過，遍布整個山林。

草坪與山林連貫通暢，以後她可以騎著馬兒跑遍整個山林，山林跑累了，就去草坪。

山上還有十幾匹放養的馬兒。

阿圓看到旁邊的馬，有些躍躍欲試。「怎麼還有別的馬？」

童飛忙阻止。「這些都是侯爺買給夫人的，妳還是離遠些。」

阿圓不喜童飛，但今日心情高興，也沒與他爭辯，只「哼」了一聲。

陸伊冉心情歡快，馬鞭一甩，馬兒帶著她馳騁在山林間。除了那日在圍獵場，心中已好久沒這麼暢快過了。

她以為謝詞安早忘記了自己的生辰，沒想到他卻記得，還給了她這麼特別的一份生辰禮。就算知道兩人以後的結局，這一刻，她還是很感謝他這份特別的禮物。

傍晚時分，他們幾人剛回府，表姊江錦萍一家也剛好趕到，倒讓陸伊冉有些意外。

她從來不在意自己的生辰，除了自己的家人，也沒特意邀請其他人。

她不知道的是，謝詞安臨走時，特地請了江錦萍一家。

之前有他陪著陸伊冉，這次府上就他們兩姊弟，他嫌太過冷清。

陸伊冉在尚京的親戚不多，安貴妃一個月也只能出宮一次。

託謝詞安的福，郭緒已正式進入岐黃班，他很珍惜這次的機會，就算人到了陸伊冉府上，都在客房裡看手札。

陸伊冉今日回來得很晚，大家都在等她用膳。

陸伊冉一回來，陸伊卓就把她拉到一旁，從懷中掏出一支玉簪，看起來奇形怪狀的。

他怕別人笑話，不敢當著人前給。

陸伊冉反應過來後，拽過陸伊卓藏在背後的手，一手的傷痕，便明白是何故，心疼的同時也欣喜。「謝謝卓兒，姊姊很喜歡。」當即就插入自己的髮髻。

陸伊卓平時的銀子不是問陸伊冉要，就是向謝詞安要，這支玉簪雖然樣子不好看，但材質晶瑩剔透，一看就是好玉，要花不少銀錢，也不知他攢了多久。

裊裊見狀，也羞澀地拿出自己親手繡製的荷包。以前沒人教她繡活，是陸伊冉教她的。

江錦萍給陸伊冉做了一雙繡花鞋。

雲喜給陸伊冉做了一個暖手袋。

阿圓既沒銀子，又沒手藝，就為陸伊冉剝了一茶罐瓜子仁。

一屋子人笑得人仰馬翻，就連裊裊都偷偷笑她。

這些禮物都是自己身邊人親手做的，心意滿滿，陸伊冉開心地收下。

笑鬧一番後，大家才開始用膳。

等大家都安歇後，陸伊冉才讓雲喜把謝庭芳送的禮拿出來，拆開一看，心情變得沈重。

「三姑奶奶早知道姑娘回尚京了，卻遲遲沒上門，應是不想讓您為難。」

雲喜能看明白的事，陸伊冉自然也懂。她嘆息一聲，對雲喜道：「收起來吧，她的心思我明白。」

二十五這日早膳後，陸伊冉也沒出府，她坐在羅漢榻上算帳，循哥兒則帶著小狐狸在屋內玩藤球。

不久後，就聽到陣陣吵鬧聲傳來。

今日雲喜去了鋪子，只有阿圓在屋內帶著循哥兒。

陸伊冉放下了手上的狼毫，輕聲問道：「外面為何這麼吵？」

「也許是嬤嬤她們說話聲音大了，我去看看。」阿圓邊說邊出了廂房。

片刻後，她卻慌慌張張地跑了回來，過門檻時，還差點摔個狗吃屎。

爬起來後，她「砰」的一聲關上房門，並用力插上門閂，又推來方桌抵住門，一套操作，行雲流水。

陸伊冉心中頓感不妙，隨即下了榻，大聲問道：「外面究竟發生了何事？」

就連小狐狸也感覺到了危機，跳進循哥兒的懷中。

「噓，姑娘千萬別說話！太夫人找到院子來了，她帶了謝家族裡的人要來抓您！」

「童飛呢？」

阿圓壓著聲音，小聲說道：「童飛帶著門房的人攔在垂花門前，太夫人直往童飛的劍上撞，童飛不敢硬攔，一夥人已經到了正院中。」

陸伊冉不知是何人把她的行蹤透露出去的，但既然侯府的人知道了，這樣藏著也不是辦法。

吵鬧的聲音越來越大，循哥兒嚇到了，和小狐狸縮在一起，緊靠在陸伊冉身邊。

陸伊冉親了親循哥兒的臉龐，輕聲安慰一番後，對阿圓說道：「妳帶著哥兒在屋內待著，我出去看看。」

「姑娘，您不能出去！太夫人凶得很！」陳氏素來囂張跋扈，阿圓一直很怕她。

陸伊冉淡淡一笑，把桌子挪開，拉開門走了出去，臉色鎮定。

甬道口，陳氏與童飛兩人互不相讓。

童飛手持長劍卻不敢出手，陳氏趁此把他往陸伊冉的院子裡逼。

「你就是安兒養的一條狗，如今還敢拿劍來威脅我？你攔一個試試！」

眼見陳若芙嫁給了別人，謝詞安與自己的關係越來越疏遠，自己的希望也落空，這一切的錯，陳氏都歸咎到陸伊冉身上，恨不得當場結果了她。

正好皇后每日派人跟蹤惟陽郡主，早確定了陸伊冉未死，還回了尚京，本想再一次派人刺殺陸伊冉的，誰知童飛一直守在她身旁，根本無從下手，於是就想了這麼個惡毒的辦法，趁謝詞安不在，背著老太太，讓謝家旁支的人出手，準備把陸伊冉綁回謝家祠堂活活打死。

謝家的祠堂在南城，謝家的幾房旁支就住在那裡。

謝詞微對謝詞安身旁的人瞭如指掌，知道童飛功夫不弱，旁人去了他不會顧忌，但自己母親去了，他便不敢硬來。

只要陳氏拖住了童飛，幾人就能把陸伊冉綁走。

童飛還要保護循哥兒，根本顧及不到陸伊冉。

到時再以謝家的祖訓來搪塞，謝詞微和陳氏也能把責任推得乾乾淨淨，這就是謝詞微的如意算盤。

陸伊冉一出院門，就聽到陳氏辱罵童飛，她大聲說道：「我們如意宅沒有狗，侯爺身邊的人個個忠心耿耿，要說狗，也是太夫人自己帶進來的！」

一個身形消瘦的男子氣憤地說道：「我們好歹也是謝家的長輩，妳竟敢如此辱罵我們！」

陸伊冉認得他，他是謝家旁支的二叔，他的正妻黃氏向來愛巴結陳氏。

再一看其他幾個人，全是謝家旁支，除了三房謝詞川的父親沒來之外，其餘一大院子，全都到齊了，陳氏站在最前面。

「妳終於肯出來了！陸氏，妳這個狐狸精，敗壞家風，婦德有虧，今日就與我回謝家的祠堂受罰吧！」陳氏上前要去抓陸伊冉。

童飛攔在陳氏身前。

以目前的形勢看來，陸伊冉知道不能與他們硬來，陸伊卓此時在武館，只有童飛一人，是攔不住他們的。

陸伊冉微微一笑道：「是晚輩疏忽了，秦嬤嬤，還不快把人請到正堂看茶。」

府上的僕人都縮在一旁，管事秦嬤嬤更是為難得很。若是旁人這樣鬧，她早就把人趕走了，但這人是陳氏，他們不敢擅作主張。聽到陸伊冉喚她，秦嬤嬤忙客氣地道：「太夫人、諸位老爺，正堂請。」

有幾人有些心動，畢竟他們以後還得仰仗謝詞安，要這樣明面上撕破臉，他們也不敢。

「都不許去！今日我們非要把這賤人抓回去不可！她詭計多端，別中了她的圈套！」

陳氏一聲喝斥後，幾人也不敢違逆。

見形勢對自己越發不利，陸伊冉便主動出擊。「各位長輩，謝家究竟是誰當家，你們心中應該有數吧？我記得大伯家的長兄在太常寺的職位，還是我家侯爺給安排的吧？二叔家的兄長在禮部的職務，也是侯爺安排的；還有六叔家的小弟，明年也該參加殿試了吧？」

被點到名的幾人都有些猶豫了，六房的人甚至想當場就撤退。

陳氏趕緊說道：「你們都別怕，安兒不待見她，不然好好的侯府不住，為何把她安置在府外？大哥快去把人綁了，我來拖住這條惡狗！」見幾人依然猶猶豫豫，不敢上前，陳氏也失了沈穩，脫口道：「此事辦好了，皇后娘娘虧待不了你們的！」話一出口，陳氏就有些後悔了，不該說出自己的女兒來。

謝詞微的名號一抬出來，幾人終於鬆動，當即唆使幾個婦人就要去抓陸伊冉。

陸伊冉心中冷笑，原來又是謝詞微的手筆，真是厭惡她至極。

「我看你們誰敢動夫人！」童飛再次亮出長劍，攔在陸伊冉身前，氣勢凌人。

陸伊冉沒有一點懼怕，沈著地說道：「你們這是在強搶！皇后乃一國之母，端莊賢慧，如何會做出如此不堪之事？定是太夫人得了失心瘋！」

陳氏氣得一口氣差點上不來，半天都說不出話。

陸伊冉又乘機說道：「你們再看看，侯府的祖母和大伯父，他們可有到場？」這樣明明白白一分析，陳氏的確不占理。

幾人已經開始竊竊私語了起來，六房當場就打退堂鼓要走。

「今日你們若速速離去，我也不會追究；若再敢這般胡來抓我，我就去宮中告御狀！我與侯爺乃是當今皇帝賜婚，你們誰敢動我！」陳氏抬出皇后，陸伊冉就拿皇上來震懾眾人。

大房、二房和六房徹底丟盔棄甲，慌慌張張地離開。

還剩下四房和五房，迫於陳氏的面子，也是想走又不敢走。

陳氏氣紅了眼，她纏住童飛，讓幾個孔武有力的老僕婦去綁陸伊冉。

僕婦的手還沒碰到陸伊冉身上，就被童飛一刀削了下去，一截斷手瞬間掉落在地。

那老僕婦哀號連連，慘叫聲徹底送走了四房和五房兩位老爺。

陳氏氣得渾身顫抖，臉色發白，幾位僕婦忙扶著她搖搖欲墜的身子。

陸伊冉臉色一沈，冷聲道：「太夫人這失心瘋只怕是越來越嚴重了，妳們還不快把她送回府上！」

「陸氏……妳怎能如此惡毒？」陳氏被人扶起後，用手指顫巍巍地指向陸伊冉。

「我的惡毒，都是和太夫人學的。」陸伊冉一臉寒霜，對秦嬤嬤吩咐道：「這是妾身的宅子，這裡不歡迎姓陳的，還不快把她請出去！」

陸伊冉知道陳氏這一鬧，自己和循哥兒回尚京的消息便瞞不住了，只怕糟心的事也會一件一件地找上門來。

本想著履行諾言，等新歲過了再回青陽，如今看來得提前離開了。

當晚，陸伊冉就讓雲喜和阿圓收拾行李，只是她猶豫著要如何說服童飛。

童飛此人平時不言不語，心思深沈，盡得謝詞安的真傳，不好拿捏。

如果換成余亮，說服起來就容易多了。

陳氏離開後，童飛又調集了一大批暗衛到府上，就是怕有人再上門來找麻煩。

白日和陳氏應付一番，讓陸伊冉十分疲憊，晚上一沾枕頭就睡了過去，以至於也沒想出如何說服童飛的法子。

次日，陸伊冉比平日晚了些才起身。

剛漱洗完，正與循哥兒用早膳時，阿圓又匆匆地走了進來。

陸伊冉都要被她弄出心疾來了，輕聲訓斥道：「妳能不能改改這個毛病？我還想多活兩年。」

「什麼毛病？」阿圓一臉呆，開口問道。

陸伊冉挫敗一嘆。「算了，不說了。」問道：「又是何人上門了？」

「三姑奶奶和老太太。」

兩人說話間，雲喜已把兩人帶進院子。

陸伊冉忙起身，拉著循哥兒出門迎接。「祖母、三姑母……妳們來了。」

老太太拉過循哥兒的手，半天沒說話，原本心中有氣、有失望，但知道昨日的事後，變成了理解和心疼。「妳回尚京這麼久了，為何不來看看我這個老太婆？我天天盼著你們回來……」說到後面，老太太滿眼淚水，止不住地哽咽起來。

「祖母，都是孫媳不好。」為了打破這種傷感的氣氛，陸伊冉忙把循哥兒推到老太太跟前。「循兒，快喊曾祖母和三姑奶奶。」

「曾祖母好、三姑奶奶好！」循哥兒嘴甜，一開口就讓老太太高興起來。

「好、好，只要循哥兒好，一切都好。」老太太開心地拉著循哥兒就往屋內走。

幾人進屋後，老太太拉著循哥兒不撒手，讓田嬤嬤提過來一籃子零嘴和糖果。

循哥兒拿了一塊牛乳糖，見陸伊冉點頭後，他才道謝，剝開包裝放進嘴裡。

見陸伊冉把循哥兒教得好，老太太也很欣慰，但想到兩人的安危，還是有些不放心。

「安兒媳婦，過兩日就是淮兒與新婦的大婚。安兒不在尚京，我來接妳回侯府，也沒人敢欺負你們母子倆。」

「祖母，我與侯爺……」陸伊冉是不會回侯府的，她不想再瞞著老太太了，正想說出實情時，卻見謝庭芳在老太太身後急忙擺手阻止。

「母親，安兒沒回來之前，還是讓他們母子倆住在此處更好。陳家的人昨晚剛去鬧過，回去也不安全。」

老太太把枴杖在地上重重一拄，厲聲道：「她敢！護國侯府姓謝，不姓陳！」

陸伊冉雖不知道究竟發生了何事，但猜到應當是和昨日的事情有關。

「三姑母，是不是陳家的人不願放過我？」

昨日陳氏被人抬回去後，走路、說話都不索利，秦大夫診出有偏癱的癥狀，說是要好好休養，不能再受刺激。

謝詞微知道後，便指示陳勁舟出面，要為她母親討公道，就是要把陸伊冉投入大牢。要不是老太太極力阻攔，只怕陸伊冉這下早入了大牢。

「別怕，他們不敢亂來。妳祖母要接你們回侯府，就是想保護你們。」謝庭芳以為陸伊冉害怕，遂安慰道。

陸伊冉心中微暖。「祖母放心，童飛和卓兒都在，他們動不了我。侯府我……我也不便回去。」昨晚陸伊卓從武館回來後，才聽府上的小廝提起，因此今日沒出府，誓要保護好自己的姊姊和外甥。

老太太思慮一番後，覺得兩位晚輩說得有些道理，她雖然很想讓陸伊冉帶循哥兒回去，但為了兩人的安危，只能暫歇了這個心思。

陳勁舟現在正找不到地方出氣，就怕他一鬧起來，把三房的婚事給攪和了。

「姑母，三弟大婚，侯爺只怕趕不回來，煩請您幫忙把這份禮帶給三弟，就當是侯爺的一點心意。」禮物是一套頗為名貴的墨寶。

這一世謝詞淮與陸伊冉沒打過交道，可上一世，她記得自己冬日被罰跪祠堂時，都是謝詞淮房裡的小廝去衙門給謝詞安報的信。

自己離開侯府後，關在城郊別院時，也是謝詞淮照顧的循哥兒。

那時她人雖不在侯府，但楊婆子夫妻倆經常在她房門外口無遮攔地提起府上的事。

這也是她之前不忍拒絕徐蔓娘上門的原因。

前世，她與徐蔓娘的交集不多，只知道徐蔓娘是個火爆性子，看似溫和，實則一點就著，與鄭氏爭吵頻繁。

前世兩人的大婚時間要晚些，是在王大都督辭官後，謝詞安晉升為大都督時，那時循哥兒都快五歲了。

兩人離開後，陸伊冉冷靜下來，不得不改變偷偷回青陽的決定。

昨日她已徹底惹怒了陳家人和謝詞微，以他們的狠毒，若沒人保護他們，只怕在回青陽的路上，母子倆就會有危險；回去後，還可能會連累到自己的爹娘。

「這兩日，妳和循哥兒就別去坊院玩了，留在府上。」陸伊冉揉了揉自己的額際，對阿圓說道。

「知道了，姑娘！」阿圓雖然喜歡熱鬧，但剛剛幾人的談話她也聽到了，腦子終於靈活了一回。

——未完，待續，請看文創風1290《今朝有錢今朝賺》3（完）

2024年8月出版

姑娘這回要使壞

文創風 1280~1282

不可能吧？老天爺良心發現了，居然這麼眷顧她嗎？
她重生已經很不可思議了，沒想到連未婚夫也重生了！
原來上輩子他也沒能善終，跟她死在了同一天，
這下可好，有人能一起商量，她不用孤軍奮戰了，
何況她還得知了一個驚世秘密，這回他們的活路更大了吧？

朝朝暮暮，相知相伴／菱昭

身為姑蘇首富唯一的女兒，青梅竹馬的未婚夫裴行昭更是江南首富獨子，
沈雲商本以為自己應該享受榮華富貴，一輩子無憂無慮到老的，
萬萬沒想到，她紅顏薄命，只活到二十歲就香消玉殞，且是被人毒死的！
只因他們招惹來了二皇子那表面仁善、內心狠毒的煞星，
對方以權勢及彼此的家族性命相逼，硬生生威脅他們小倆口退婚，
小竹馬被迫娶了二皇子的親妹妹，成了人人稱羨的駙馬爺，
而她則嫁給了二皇子的摯友，讓京城許多女子心碎嫉妒，
兩樁婚姻，四個被拆散的人都不幸福，唯一開心的只有荷包滿滿的二皇子，
可她至死都沒能明白，二皇子死死拿捏住她，究竟是想從她這裡得到什麼？
她猜是出嫁前母親鄭重傳承給她的半月玉珮，難道……那玉珮有何秘密？
無論如何，幸運重生的她決定了，這回她要盡情使壞，為自己搏一條活路！
這一次不管二皇子怎麼威脅逼迫、使盡下三濫的手段，她都堅決不退婚，
裴行昭生是她的人，死是她的鬼，誰想要他，就得從她的屍體上踏過去，
何況她吃慣了獨食，誰想從她嘴裡搶，她就是死也要咬下對方一塊肉！
當然，她心裡清楚，胳膊擰不過大腿，所以得找個能讓二皇子忌憚的人！

2024年7月出版

異世娘子廚師魂

文創風 1274~1275

只要勇於爭取，小廚娘也能成為大明星！
從雲端跌入泥裡並不是世界末日，可怕的是失去對生命的熱情。
她不但要用廚藝發家致富，更要把握得來不易的幸福……

跳脫框架鋪陳專家／顧非

如果可以，季知節希望自己穿越到古代的故事能淒美一點，
像「知名廚神出海捕撈食材時不幸葬身大海」之類的，
偏偏她就是被幾顆荔枝給噎死，丟臉丟到姥姥家了。
只不過，與其糾結是怎麼「過來」這裡的，
不如專注於解決眼前的困境——舉家遭到流放，溫飽都成問題。
幸虧她有那麼一點本事，能靠做些吃食生意賺錢，
不僅是自個兒的親人，還拉拔同樣落難的未婚夫江無漾一家，
讓大夥兒刮目相看不說，甚至對她肅然起敬。
然而，季知節萬萬沒想到，她所做的一切竟引發連鎖效應，
在改變自身命運的同時，也捲入了推翻朝廷的漩渦……

花開兩朵，仍屬一枝／小粽

2024年7月出版

攀龍不如當高枝

再次見到前世夫君，她並非平心靜氣，
可他對往事一無所知，那現在的他又有何錯呢？
如今她已不拘泥兒女情長，只在意同為女子的未來，
而她，將會成為這世上第一株專給女子棲息的良木。

文創風 1276 1

曲清懿前世母妹早亡，父親任由繼母侵吞應屬於她的財產。
本想還能與愛人小侯爺——袁兆偕老一生，卻因身分之差遭構陷，
最終只能委屈為妾，見袁兆再娶正妻，而後孤守空閨而亡。
這世母亡後，她不與父親回京，而是留在外祖家守著妹妹清殊，
妹妹平安長大，性子外放歪纏，卻時時顧念她，最見不得她受委屈，
因此這輩子她的願望，便是保護妹妹周全，使她一世喜樂。
但她得先回到京中奪回屬於自己的權利，才能擁有力量守護，
並在這性別歧視的世道中，逐步為女子鋪路，方能真正完成願望！

文創風 1277 2

穿越後孤兒清殊成了個幸福姊寶，雖說生活中沒有冷氣、冰箱，
又有封建制度的威權，但獲得的親情填滿了她的生活。
在她看來，人無論在哪裡都相同，總是好人占多數，
連傳言不好惹的淮安王世子——晏徽雲，也不過是面冷心熱，
見她們姊妹在雅集宴上受欺侮，嘴上嫌煩，卻願意當靠山幫忙。
小事有姊姊幫，真有人刻意找碴也有世子靠，她日子過得安逸，
整日只顧著吃喝玩樂，在學堂與看得順眼的貴女來往，
直到姊姊遭逢意外、生死不明的消息傳來，她才從安樂中驚醒……

文創風 1278 3

清懿沒想過，這輩子在生死關頭救她的人會是袁兆，
但她清楚，能這樣不知不覺害她的就是前世那位正妻——丞相嫡長女，
她察覺對方身上有些玄妙，袁兆亦想藉此打探丞相一派隱私，
於是雅集宴上她展露潑墨畫梅絕技，並與袁兆配合意圖激怒對方，
可這回「正妻」遲遲未出手，顯然那古怪力量不能隨意使用，
於是她加緊商道的擴展以及設立學堂的事，等再收到袁兆的消息，
卻是他上元節狀告丞相黨羽勾連外敵，反遭貶為庶人一事。
對此事她並不擔憂，她知道他會歸來，而這輩子她也有自己的理想！

文創風 1279 4 完

清殊被選中擔任小郡主的伴讀，在宮中感受到階級的壓抑，
也因禍得福，與晏徽雲互通了心意，為此她深感自己的幸運。
儘管晏徽雲得前往關外駐紮，但權威的庇護使她在宮中如魚得水。
無奈她泡在蜜罐子中長大，忽略了腐朽貴胄的底線，因而被騙遭綁，
所幸對方一時不敢來強，她便迂迴應對，冷靜等到姊姊出手相救。
可她脫逃後不願息事寧人，因為有其他受害者早已慘遭玷污，
這時，她已不在意世俗的眼光，也不在乎是否影響她與晏徽雲的親事，
因為她明白，當隻不咬人的兔子得到的不會是尊重，只會是壓迫！

2024年7月出版

小公爺別慌張

文創風 1271～1273

明知是性命攸關之事，可自己卻漠然置之，
她一心只求安穩平靜的日子，不料卻釀成大禍，
不僅自己幾次三番陷入險境，
從小伴著自己長大的丫鬟也為了救她而死，
既如此，她決定不再逃避，要一一揪出幕後黑手！

我本無意入江南，奈何江南入我心／寄靄月

穿成古代孤兒，竟連姓氏都無，只知名字叫允棠，母親留下不少遺產給她，
自己承了人家的身，卻沒有原身的記憶，哪還有心思去管什麼身世來歷？
本打算這輩子過好自個兒的小日子便好，偏偏有人不讓她順心如意，
隔壁開錢莊的勢利眼婦人帶著媒婆上門替家中兒子求娶她，
但這人根本侵門踏戶，說出來的話句句貶抑，她一時氣憤就懟了回去，
甚至，她還掰出亡母生前就幫她與魏國公的兒子訂了親的謊話威嚇對方！
小公爺這號人物她也是聽別家小娘子說的，據說家世驚人、相貌俊朗，
反正，天高皇帝遠的，那不認識的小公爺可不會跳出來自清，不怕不怕！
萬萬沒想到，剛上汴京要祭拜亡母的她就撞上一名男子，一碗湯水灑了對方一身，
由路人的驚呼中，她得知這位好看的受害者是個小公爺……不會這麼巧吧？
喔喔，原來這位是蕭小公爺啊，那沒事了，這「蕭」可是國姓呢，
先前她在揚州時，曾聽說書人提起過魏國公三次勤王救駕的故事，
所以說，她很確定魏國公家的小公爺是姓「沈」才對，
還好還好，有驚無險，只要不是她編排的那個未婚夫就行……
咦？不料這個蕭卿塵竟然就是魏國公的兒子，人稱小公爺是也?!

文創風 1289

今朝有錢今朝賺 2

國家圖書館出版品預行編目資料

今朝有錢今朝賺 / 綠色櫻桃著. --
初版. -- 臺北市 : 狗屋出版社有限公司, 2024.09
冊 ; 公分. --（文創風 ; 1288-1290）
ISBN 978-986-509-552-9（第2冊 : 平裝）. --

857.7　　113011258

著作者　綠色櫻桃
編輯　黃淑珍
校對　沈毓萍
發行所　狗屋出版社有限公司
地址　台北市104中山區龍江路71巷15號1樓
電話　02-2776-5889～0
發行字號　局版台業字845號
法律顧問　蕭雄淋律師
總經銷　知遠文化事業有限公司
電話　02-2664-8800
初版　2024年9月
國際書碼　ISBN-13　978-986-509-552-9

本著作物由北京晉江原創網絡科技有限公司授權出版

定價290元
狗屋劃撥帳號：19001626
網址：love.doghouse.com.tw　E-mail：love@doghouse.com.tw